Antonio Di Benedetto

Sombras, nada más...

Adriana Hidalgo editora

Di Benedetto, Antonio
Sombras, nada más... - 1a. ed.
Buenos Aires : Adriana Hidalgo editora, 2008.
306 p. ; 19x13 cm. - (La lengua. novela)

ISBN 978-987-1156-80-1

1. Narrativa Argentina I. Título
CDD A863

la lengua / novela

Editor:
Fabián Lebenglik

Diseño de cubierta e interiores:
Eduardo Stupía y Gabriela Di Giuseppe

© Luz Di Benedetto, 2008
© Adriana Hidalgo editora S.A., 2008
Córdoba 836 - P. 13 - Of. 1301
(1054) Ciudad de Buenos Aires
e-mail: info@adrianahidalgo.com
www.adrianahidalgo.com

ISBN 978-987-1156-80-1

Impreso en Argentina
Printed in Argentina
Queda hecho el depósito que indica la ley 11.723

Prohibida la reproducción parcial o total sin permiso escrito
de la editorial. Todos los derechos reservados.

Claves:

La palabra sombras vale tanto como sueños.
Los sueños son sombras (y algo más).

Cronología y método:

Los delirios oníricos en estas páginas registrados se produjeron en tres épocas y en sitios bien diferentes. Hacia 1981 en New Hampshire, América del Norte. A continuación, en América Central. Finalmente, de modo más atenuado, en Europa.
Casi cuatro años de trayecto, con un inaprensible vacío de por lo menos tres, van de la página 11 a la 252.
Sin embargo, el autor ha cuidado, poco menos que unánimemente, que todo el texto guarde la fisonomía o un perfil de los sueños, como la incoherencia y los episodios de aparición repentina sin solución ni epílogo propio.

Dudas confesables:

En cierto pasaje de la elaboración, o del abandono, le importó más como título:
                        Sombras, vagamente sueños

En otro momento vaciló en dar al libro el título que tiene, o bien, de forma más escueta, presentarlo como un apelativo, el de la invocación final, que representa también un acto de contrición. No va como mero nombre de persona, sino por su carga o substrato evocativo de lo espléndido, o lo amado o lo bueno, y de las culpas (que no se puede ni borrarlas ni olvidarlas).

I

Emanuel ha abandonado su pisito de la Travesera del Milagro. Al marchar ha observado con simpatía la denominación de otra calle no lejos del puente sobre el río Manzanares: Ronda del Amor Hermoso.

Ha sonreído con amargura. Se ha palpado las ropas, con esmero el bolsillo donde suele colocar las llaves, y no las ha encontrado. De todos modos, no volverá a los pequeños cuartos ni ya nunca dará agua a los geranios del balconcillo.

Ahora aguarda en la parada de la Avenida de América el autobús amarillo que tiene que venir de la Plaza de Colón.

Está visualizando los nombres de las calles que convergen en esa encrucijada de María de Molina y Francisco Silvela. Pero una onda mental lo desvía hacia Amor Hermoso y de ahí recae en otras evocaciones: Espaniola, Santo Domingo, Papeete, Rapa-Nui, Te-Pito-Henúa...

Se da cuenta que está prefigurando lo que bien podría ser un itinerario, con un defecto: designa unos pocos lugares con sus varias formas de llamarlos. Luego de esa concesión a la lucidez, lo invaden nuevamente las palabras de invocar su ilusión: Rapa-Nui, Te-Pito-Henúa, Pascua.

Recuerda que su entusiasmo predilecto desde muy joven ha sido llegar a la isla de Pascua. Piensa en las esculturas megalíticas representadas en un cartel de turismo sobre el Paseo de la Castellana, que él eligió como fondo para la fotografía de la entrevista a un navegante solitario, reportaje que tenía calculado ofrecer al periódico *El País*.

Repasa y compara con otras memorias: los dibujos de línea de trazo preciso como el de las gigantescas figuras antropomorfas de Lorenzo Domínguez, aquel artista chileno tan bondadoso que por el carácter se parecía a su burro de Pascua. Domínguez lo evocaba como sufrido, frugal y conocedor: el burro conocía el camino de las estatuas más enigmáticas, esas erguidas con todo su bulto en montes y quebradas, que no se sabe dónde ponen la mirada, clavada en algo que se ignora qué es, acaso el lugar del mar donde se hundieron los dioses y por donde se espera que resurjan y regresen.

Al reparo del cobertizo de cañas que el asno, como carguero, le ayudó a construir, Domínguez tomaba apuntes para sus dibujos, que después le sugerirían formas para sus propias esculturas de piedra, y se alimentaba de langostas de mar. El burro se contentaba con su régimen vegetariano y cuando Domínguez, en plan de amistosa burla, le brindaba una ración del formidable cangrejo, el animalito rehusaba de manera cortés con un movimiento de cabeza y a lo más diciendo modosamente: No, por favor...

El bus amarillo se ha desplazado hasta Barajas y el chofer despierta a los viajeros adormecidos con un anuncio en voz alta: Aeropuerto internacional, salidas y llegadas.

Emanuel se da cuenta que no embarcará hacia Tahití ni rumbo a la isla donde seguirán a la espera los gigantes de piedra obstinados en mirar hacia un punto de las aguas del mar.

Razona que ya es tarde para volver atrás o cambiar destino. Atenúa el reclamo de su conciencia, por la deslealtad a Rapa-Nui, con la certeza de que irá a dar, de todas maneras, a una isla, allende el Atlántico. Que por cierto no es el Pacífico, cuyas aguas lamen la costa de Papeete y Pascua, ¿nombres femeninos los dos? Sonríe: ha dejado atrás la Calle del Amor Hermoso. En todo caso, nunca lo tuvo plenamente de nadie –excepto una vez lejana– y había renunciado a encontrarlo y ahora, de un golpe de timón, se está apartando de la ilusión: Pascua. Decididamente, bello nombre de mujer, el de aquella amorosa italianita de la Selva Negra, donde juntos gustaron las primeras fresas de la temporada, recogiéndolas con sus manos de las plantas tiernas, a ras de la tierra. Sonríe Emanuel, sonríe amargamente. Recuerda que con Pascua hubo risas y esperanzas, ¿por qué? Sonrisas de auspicio o de goce ¿de la vida, de la felicidad?

Otra vez será, se conforma Emanuel. ¿Otra vez será el encuentro definitivo con Pascua? No, nunca más. Otra vez será que coja el avión de Iberia en Barajas para ir a dar en las islas del Pacífico. ¿Otra vez? Antes que pueda intentarlo ¿no le saldrá al paso la sigilosa muerte? Emanuel sonríe, lastimosamente.

Está sumamente confundido, como si hubiera asumido la misión de crear el mundo y, puesto a la faena, tuviera a su alcance los elementos, pero estos fueran fugaces, vanos e ilusorios.

Como un principio de ordenamiento ha empezado por numerar las páginas y ha pulsado la ele minúscula, que da el uno. Pues le ha salido repetida, como duplicada, no tan separados los signos que representen el once, sino dos líneas oblicuas finas, muy juntas, que lo parecen. Tiene que ser una señal de su tormento: que él no querría ser uno, sino dos, y el uno doble es once pero también es uno-uno.

A fin de no ser él solo, sino él y el otro, y que el otro actuara por él (¿trabajara por él?) y él tuviera en quien descargar responsabilidades, sobre todo las morales, que son las que más pesan. Que las culpas las tuviera el otro.

En este momento, que el libro lo escribiera el otro y este corriera con la responsabilidad y la culpa de no hacerlo tan bien hecho como Emanuel lo podría desear.

También cabría argüir que los primeros capítulos, los ya desechados, porque el libro empezaba antes, no los escribió él, sino el otro y, sin embargo, le resultarían innegables, porque el asunto era suyo y recuerda con precisión la época y las motivaciones de la escritura.

Sólo que desde entonces ha ocurrido tanto que, sea él mismo o sea el otro, de todas formas será mejor entregarse al presente con la esperanza de que resulte menos lamentable que el pasado.

No está tan seguro, sin embargo, de que el pasado, maldito genéricamente, no persevere en infiltrarse en este renacimiento prometedor.

Su pensamiento está enredado en telarañas tenaces.

Esta mañana fue puntual. Había que dejar el lecho a las siete –no obstante haberse acostado a las cinco– y así lo hizo. Recogió las nociones que le habían dado en la noche: una mansión blanca al fondo, al cabo de este sendero en elipse. Se abre el portal y primero está el gran salón con sus billares de paño verde, atrás y arriba los pasillos saledizos, de madera, y como contrafuertes, los estantes de libros.

Se atraviesa el salón y de ahí, mediado un corto pasillo, se halla el comedor, junto a la cocina, donde se encargan los huevos al plato, la tortilla, el *bacon*... Las tostadas marchan solas, el café está en la cafetera de vidrio al fuego, los cereales en el armario y las masillas donde las jarras de leche y miel y el zumo de naranjas.

Todos hablan en el idioma que Emanuel apenas posee, y cuando alguien se dirige a él en el idioma que conoce, siendo este probablemente el único que aquí lo habla, le cuenta atropelladamente que en esta segunda etapa de la gran travesía había llegado con la convicción de venir a una isla y, como era tan de noche, al descender en el aeropuerto no sabía si había llegado a una isla o estaba aún en el continente. De lo primero se le hizo la incertidumbre cuando el coche del director, que lo esperaba a la llegada del avión de mínimo calado, andaba y andaba por un camino forrado de vegetación que le recordaba un túnel y también le recordaba la Selva Negra. Y Emanuel le preguntaba dónde está el mar, y el director le decía no hay mar, y Emanuel insistía disminuyendo la importancia del accidente geográfico: ¿Dónde está el río?, y el director con que no hay río. Por no mostrarse ni ignorante ni perdedor, averiguó si era que la isla estaba en medio de un lago. Pero no había lago, según el director.

Sin tocar agua, excepto la de la lluvia que batía en los caminos, salieron a un claro del bosque y allí se alzaba una casa blanca, donde había que instalarse, con las maletas, naturalmente, y cargar las maletas resultaba una faena ímproba, pues eran dos (dos las maletas y dos las escaleras, los números se duplican otra vez).

Esta mañana ha salido a la claridad y ha ido a por el *breakfast*. Ha venido con la cabeza cargada de palabras ajenas. Ha reemprendido el camino del piso, en el edificio dormitorio, donde quedaron las maletas deshechas y le ha admirado comprobar que las escaleras ya no eran dos, sino una sola, con lo que sintió un fuerte alivio que más le hubiera valido anoche, cuando las escaleras eran dos.

Con desconfianza las ha buscado, sin hallar de nuevo más que una. Una sola que sube al piso habitado y a los cuartos de baño laterales.

Ha dormido de nuevo, para reparar el cansancio de haber volado todo el día y toda la noche, primero por encima del océano, después a lo largo de la costa que él suponía de acceso a la isla.

Ha dormido dos o tres horas, se ha levantado, con ayuda del agua muy fría ha abierto del todo los ojos y se ha asomado a ver. No era tampoco, la de la travesía nocturna, la Selva Negra alemana, ni arboleda que se le parezca; este es un bosque pintado de colores, predominan el verde y cantidad de variantes, matices o gradaciones del rojo. Les fue poniendo nombres a medida que los descubría, sin saber a ciencia cierta si, encerrado en sus limitados conocimientos de la paleta, estaba reduciéndose a prodigar meros sinónimos del rojo: escarlata, púrpura, granate, punzó... hasta el carmesí en hojas afelpadas, velludas, sedosas como el terciopelo.

Aquí, abajo, tendido, un prado de pastos altos pero navegables. Enseguida, el bosque continúa.

Lo han llevado al *cottage* donde está su estudio. Es donde se halla ahora, preguntándose aún dónde en realidad ha venido a dar. Cuando se la presentaron, la cabaña era de gruesos muros de piedra vista (ahora también), con techumbre de pizarra negra y vigas de madera, por delante una galería cubierta y alambrada de fina malla para que no entren las moscas y los mosquitos en verano, supone, siempre que no sea para que no entren alimañas. En Sud África, la otra vez, era para que no se filtraran las víboras.

Ha vuelto al *room* y ha dormido otro poco. La realidad, en caso que sea la que estaba reconstruyendo, había cambiado apenas, únicamente los colores de la atmósfera. La pintura esparcida por el sol sobre los altos árboles, que fue amarilla, había sido absorbida o borrada y los troncos quedaban como nacarados.

Una que otra rama persistía en su tendencia de echar hojas sonrosadas, rojas, de fuego.

Con el planito que le dejaron a mano, que no entiende de ninguna manera, prueba a salir y volver al *cottage*. No está por parte alguna y Emanuel se sumerge en los senderos forrados de plantas hasta agotar las distancias y al fin cuando encuentra un rebaño de cabañas ninguna es la de su estudio, siendo todas de piedra, algunas de ladrillo rojo.

Piensa que si se perdiera del todo llegaría a tener hambre e imagina un hambre descomunal y desesperada, sin saber cómo atenderla. Piensa que el bosque debe de tener algo comestible. Frutas evidentemente no, sólo cría pinos.

La otra vez, en Cali de Colombia, el niño estaba subido a un árbol del parque municipal (nada de bosque selvático), muy vestido con su trajecito de terciopelo o pana azul, como de fiesta, camisa blanca de pechera y puños de encaje y corbatín de lacete negro. Comía aguacates y el zumo se le derramaba sobre las rodillas, gastaba pantalón corto.

Eunice y Emanuel, el Emanuel de entonces, se detuvieron en el borde del parque, era el crepúsculo y estaban preocupados, habían perdido a Clarice. A él no le importaba demasiado y tal vez tampoco a Eunice después de lo que Clarice hizo la noche anterior. Le dio el ataque. La habitación era para las dos y Clarice arrasó con todo lo que fuera rompible, de ella y de Eunice, y lo destrozó. Frascos, espejos, abanicos, perfumeros.

La habían perdido antes del atardecer. Eunice entró a la iglesia. Había manifestado signos de su manía de suicidarse, dejando entreverlos. Se quedaron fuera, haciendo la guardia, para llevarla al hotel. No salía y el sacristán cerró el portalón. Eunice dijo la han atrapado. Emanuel consideró: Disfrutará más, porque si la encerraron habrá sido con ese guapo mozo que la seguía. Ya verás que no se suicida.

Acudieron al sacristán, al párroco y al obispo, y este les permitió entrar. Clarice no estaba en el interior, según el primer golpe de vista. Luego de revisar con la mirada, sin explicarse la ausencia, decidieron regresar costeando el parque municipal, junto al río, para aliviar los nervios, y ahí estaba ese chico en la horqueta del árbol comiendo aguacate y tan vestidito, tan pulcro.

Le preguntaron qué hacía ahí. Les respondió que vivía en esa planta. Que si su casa, que qué casa. Que la familia, que sólo tengo abuela, y en Bogotá. Que cómo has venido por la Cordillera: que por encima, en avión, escondido en el baúl de equipajes...

Frutas evidentemente no, en este bosque de lo que supuse una isla, con cabañas y algún roedor, ahí se desliza una ardilla. Pájaros, única forma de sonido. Lo demás es silencio. Imposible rodar en automóvil por estas alamedas, no está permitido el ruido de motores.

Si fuera el otro y pasara la noche en una de estas chozas de piedra me sentiría acechado por los dinosaurios, muerto de miedo a cada llamarada de fuego de las fauces del dragón y sólo al alumbrar del día podría ponerme a la búsqueda de alimento, quizá un huevo gigantesco que se le hubiera soltado a un pez volador monstruoso, caído en el borde de uno de estos caminos sin huella alguna de ruedas ni de ninguna máquina o artificio de los hombres.

En las cabañas los escritores teclean como las compositoras echan a volar el teclado de su piano... los muros absorbentes de cualquier emisión acústica son los vastos espacios de aire entre cabaña y cabaña, muy distanciadas entre sí. Todos trabajan y el ruido perturbador deliberado es inconcebible. Sólo los pájaros, y ahora se les escucha, entre el aletear suave de las hojas que caen porque se van secando, es el otoño caliente, el *indian summer* de los indios agricultores. Muchos residentes de la Colonia lo están pintando, fotografiando o filmando, algún compositor chino o americano le extrae su música o la pone en el pentagrama. Sólo los pájaros... Una nostalgia como de otra edad, penetra a Emanuel.

La campana repica en la alta urna de la bóveda del cielo, dobla por su credo.

Para quien no tiene excesivas preocupaciones devotas, puede sonar, sin embargo, como un llamado a comer, y en efecto, es la hora del *lunch*. Pero para reponer fuerzas, ningún artista habitante del bosque será perturbado ni interrumpido, está anunciado en los reglamentos: cada uno en su cabaña recibirá su comida, la fruta y un termo de café.

Aunque despreocupado de tener que largarse a los caminos a cazar un ciervo o al encuentro casual de un huevo gigantesco, seguro de que le llevarán el alimento a su albergue y refugio, la campana, sin embargo, en este hombre animal provoca secreción de jugos gástricos, lo que al hombre racional le resulta como una invitación a la pausa en el trabajo. Levanta los párpados y observa una vez más enfrente y a los costados, allá y acullá, los árboles rojos, e intuye la causa que no aprendió en los libros, por no ser suficientemente ilustrado: el rojo es la forma otoñal de ponerse amarillo que tiene el follaje de esta vasta floresta.

Sosegado, reposa la mirada en el tapiz verde del prado que se dilata a sus pies. Por el borde viene Caperucita Roja. Al menos, es una mujer; al menos, lleva colgado del brazo un cestillo.

Bien puede ser que esa joven traiga el *lunch* en la canasta, y que su caperuza roja no sea una caperuza, sino consecuencia del reflejo o el contagio del color de la arboleda circundante. O que al observador, de tanto entregar la vista a la fronda escarlata, se le haya teñido la mirada o se le haya formado un tamiz bermellón. Y acaso así será ya por toda la vida.

Instalado en la situación, habla cortésmente con Caperucita Roja, que sostiene, en efecto, una canastilla con comida, pero no es la encargada por la cocina de distribuir almuerzos entre los colonistas, sino que ella misma es una poetisa residente y está portando de vuelta su cesta al edificio principal, después de haber comido, y con la vajilla en orden.

Emanuel conoce que será un encuentro fugaz y no se empeña en prolongarlo, sino en aprovecharlo, cargándolo de intensidad. Intensa pone la mirada, como si él fuera un individuo profundo e inteligente. No cosecha estimaciones por ese gentil atropello, pero la joven ha prestado atención a los ojos, a sus ojos, y se declara admirada por lo grandes que son. Dice algo candoroso e imposible, quizá bajo el efecto de la mirada que la ha hecho sentirse observada y, tal vez, codiciada: "¿Son así los ojos de todos los hombres de tu país?".

Como esa observación lo halaga, actúa de prisa, acortando el trámite, finge ternura y sabe que se le ve en la expresión.

No le dice como en la fábula: "Para verte mejor", dice que los ojos acaban de crecerle para poner en ellos el paisaje y la Caperucita que tiene ante sí, y se abstiene de confesar que él es el lobo.

No es un paño verde. Ahora él prefiere la impresión de que es un macizo tendido de hierba azul.

Ayer en la tarde la montaña tenía los azules con que suelen revestirse los montes en las lejanías y, de las quebradas entre las lomas, al alzarse, los árboles subían plateados con tendencia al gris, un gris metálico de aluminio. Muy enseguida, es cierto, estaban los verdes compactos atropellándolo todo, excepto en su florecimiento ocasional las hojas color cardenal.

De ese regazo de plantas se desprendía una atmósfera como niebla quieta, azulina, que se sentía caliente, ilusión que el viento de las cumbres pretendía frustrar, con el resultado, sin embargo, de que también las mejillas de los paseantes se arrebolaban.

Los paseantes son Emanuel, que ha venido con David el fotógrafo, y Víctor el estudioso de los lacandones, para observar las artesanías regionales de los apalaches, y ya están hartos, a la media hora, de muñecas de trapo, pañuelos bordados, bufandas tejidas y figuras de piedra sapo. Algunas criaturas están disfrazadas de indias e indios, llevan el rostro pintado y devoran *hot dogs* y la cara se les embadurna también del amarillo de la mostaza y el colorado de la salsa de tomate. A una chica la han dejado solitaria, tal vez como *réclame*, en una alta y panzuda barrica por donde circula agua termal; ella, desnuda, se sumerge, emerge, no nada nada, flota o hace pie, como pinitos, en el fondo de la vasija de madera y toma los impulsos que determinan la aparición rítmica de su cabecita y su cabellera larga y rubia por encima del nivel del agua que debe de ser lo único diferente, en temperatura, del rigor del frío ambiente en el monte. Nadie sabe cuántas horas o días lleva la niña ahí, si la han abandonado, si es un lento castigo indígena, ¿no estamos en el *indian summer*?

En la taberna, tercer piso de la cabaña para montañeses y esquiadores, se arma la música: violín, guitarra, banjo, guitarra eléctrica, otro violín que empecinado apunta a un ritmo de danza del *Far West*.

Algunos cuerpos, de mujeres con mujeres, se mueven, con prescindencia de los dictados de la música, con su propia cadencia, más lenta y armoniosa, hasta que aparece un varón que asume el vértigo o frenesí y lo contagia.

Emanuel siente que se va, que está ahí, abrevando del vaso de cerveza, pitando un cigarrito, y los otros pueden hablar, hablar y hablar, pero él se ha ido.

Se da cuenta que está escribiendo, sobre la excursión a la montaña, con la boina vasca en la cabeza. ¿Desde cuándo la tiene colocada? ¿Ha dormido con ella? Se da cuenta, también, que tarda en advertir los sucesos y las cosas, lo que se le viene encima. Cuando llegó, la residencia tenía dos escaleras por donde montó con su maleta de 30 kilos. Al día siguiente el edificio sólo tenía una escalera y él no encontraba la otra. Hoy no ha vuelto siguiendo como habitual el *allée* junto al prado y lo mismo ha llegado a la casa dormitorio de madera blanca. Cuando monta al *room* percibe que no ha subido por una escalera, sino por dos. Vuelve sobre sus pasos, desciende hasta la base, prueba una y otra vez: siempre dos, porque llegaba al plano tierra y cuando sólo encontraba una escalera era porque subía desde el plano donde avanza el porche, que desciende por gradas laterales, hacia un costado y al bosque. Lástima, considera, era mejor suponer que él había perdido una escalera, que eran dos el primer día pero ya nunca más, se habían vuelto una, lo que en definitiva constituía un alivio, ya que se podía considerar que una representaba menor esfuerzo que un par.

En Los Corralitos, en un espacio vacío donde se encontró buscando los espaldares de tamarindos, de repente tuvo la sensación de haber estado allí, antes, siendo que él nunca había recorrido esa finca ni pertenecía al lugar. Desechó ese pensamiento, pero no lo podía extirpar y hasta le pareció que hacía esfuerzos por recobrar nociones antiguas sobre el mismo sitio, cuando ya estaba de regreso en la ciudad. Entonces decidió que no había estado nunca ahí, que lo había soñado y lo que soñó se parecía a la realidad. Para comprobación, a la semana siguiente volvió a esa propiedad rural, buscó el lugar en cuestión y fue para él como instalarse, paulatinamente, en las regresiones de aquel sueño que suponía haber soñado. Lo intentó una vez más, en otro domingo diferente. El lugar, de lejos, aparecía sospechosamente quieto, sólo que al llegar algo se movía o sin moverse estaba vivo. Era un caballo; no, una yegua, blanca y muy dueña de sí, que no permanecía con atadura alguna, estaba, sencillamente. Estaba como parte del retazo de paisaje agreste. El animal permanecía ahí paciendo un pasto, que él no sabía de dónde podía haberlo obtenido, ya que en ese sitio no se veía crecer la hierba ni había pastura enfardada.

Eludió arruinar la visión y se retiró procurando no perturbar la pacífica atmósfera ni el tranquilo yantar del animal.

Cuando se retiraba reflexionó que la figura de la yegua le era por completo innecesaria a su ensoñación, ya que la parte más tocante estaba dada por la mera tranquilidad de ese paraje tan al alcance y tan escondido. Prefirió dudar que había visto una yegua blanca. La tenacidad de esas impresiones lo llevó a tratar de repetirlas, por su poder sedante, aunque en definitiva lo inquietara. Fue y ahí estaba el equino albo, mascando con parsimonia. Hizo por espantarlo y el buen bicho lo miró con tolerancia y después se desentendió de él. Como Emanuel no se retiraba, la yegua insistió en mirarlo, ya con altivez, y a él le entró aprensión, como si pudiera agredirlo.

En posteriores intentos de revivir la situación, aunque ya más bien solamente en el plano mental, se preguntó si era él o el otro quien había estado allí, aunque era él quien tenía la impresión de haber estado y haber vivido el episodio. Que hubiera estado el otro era no sólo probable, sino absolutamente posible... Pero... ¿cómo podía explicarse que él recordara las impresiones de otro?

Al abandonar la montaña con rumbo a la Colonia, con David y Víctor, se apearon en El Rastro, un Rastro montañés. Cubría el acceso de un desfiladero y la chatarra se apoyaba en los árboles, gozando a la vez de la protección del follaje. No bastaba para impedir la acción de las lluvias, por lo que se veía, pues aparecían oxidadas todas las piezas de metal (cocinas usadas, palas con el filo comido por el moho), agobiados por el agua los neumáticos, así como las diferentes partes de un automóvil gran sedán modelo 60. En esta quincallería mixta, la diferencia residía en el tipo de objetos y piezas. No era como en el auténtico Mercado de las Pulgas de París, no estaban en venta cepillos de dientes sin cerdas, cucharas sin mango, tenedores sin dientes. En general, la mercancía procedía de la industria automotriz caduca, incluido un tractor que ya no rodaría por los campos ¿o era un tanque de guerra despojado de ametralladoras y cañones? Como para matizar, por razones regionales, esquíes sin extremos y medias de lana tan bien ordenadas que si no fuera por la polilla y porque estaban empapadas de lluvia parecerían aptas para que las usaran de inmediato los montañistas. Desguaces de lana, de acero, de caucho, de loza, un bidet que sirvió de motivo al fotógrafo para una toma acaso melancólica, él sabría.

Regresaron al anochecer, que no es que siempre regrese, cada día es nuevo, se reelabora, y en ese lugar hace resplandecer y vibrar los rojos y los amarillos de las hojas, que mansamente se van entregando a la tierra o al asfalto del pavimento, llevadas a esa muerte por la mano del viento.

Antes, atraídos por una muestra de abultadas calabazas en el porche de las *General Groceries* entran adonde se expende pan de queso, vinos franceses, Coca-Cola americana, cervezas alemanas; en tazones sin asa mazacotes de cereales con leche. *Souvenirs*, cartas postales... y Víctor descubre en un rincón, nueva, una gran trampa para ratas marca Víctor.

La compra y la lleva para la fiesta de esta noche, en honor, pone el cartel, de las tres colonistas que cumplen años. Una de ellas se llama Anneliese, lo que al enterarse de la invitación lo atrajo porque pensó que Anneliese era Caperucita Roja, la poetisa que habla francés, así es que decidió no participar.

Después de la noche de lluvia que era sólo de viento, cuando ha comprobado que en los vidrios amanece violeta, desde el pasillo Víctor le grita los buenos días, a lo que Emanuel responde preguntándole por la trampa que llevó en el bolsillo del abrigo, si cazó a alguien o fue cazado. Víctor asoma la cabeza luciendo burlescamente una barba postiza. "Esto es lo que conseguí", dice.

–¿Cómo, fue un baile de disfraces?

–No, había juegos, con premios. Yo gané el concurso de comer una tarta colgada de una cuerda sin emplear las manos. El premio era esta barba de pirata, roja. Estuvo muy bueno. ¿Por qué no apareciste?

Él no puede decirle que no fue porque quiere concederle una tregua a Caperucita Roja, considera que no debe mostrarse ansioso.

En su cabaña del bosque, recuerda como si lo soñara: están en la "cuadra", los veintitantos redactores. Todos acusan el sacudón, comunicándose la extrañeza con miradas que se cargan de interrogación. Sin alharaca, sin alarma extrema; solamente un ¿qué es esto? no pronunciado. Algo poderoso, no visible, los ha estremecido.

Por debajo ruedan las bobinas de papel prensa (la cuadra o Sala de Redacción está construida como un tinglado de madera encima del almacén de papel) y con el peso y el empuje de las bobinas, favorecido por la forma cilíndrica, irrumpen en desbande sobre la calzada. Si no obstaculizan el tránsito automotor es porque este ya se ha detenido. Los automovilistas no han sentido el movimiento pero han observado, en los que andaban a pie por las aceras, algo extraño y paralizante, y enseguida han visto gente lanzarse por puertas y ventanas, a despecho del riesgo de quebrarse un hueso. Mejor quedar rengo que morir aplastado han entendido seguramente los que se hallaban bajo techo.

Es un temblor de tierra, pero con caracteres que hacen pensar en un cataclismo, no ahí mismo, sino a sólo 150 kilómetros de distancia. Es lo que están contando los teletipos de la Redacción, que sueltan letras excitados, como encabritados.

Mandan a Emanuel con un fotógrafo en el viejo Ford (el periódico es pobre, de tercera categoría). Con lo puesto, sin apresto ni equipaje alguno, sin avisar a la familia.

Atraviesan la noche, pero no pueden atravesar la ruta nacional. El seísmo quebró el camino y hay que desviarse y volver a desviarse, y tantear por rutas fuera de servicio y no llegar nunca. Las rajas de la tierra no son visibles. El fotógrafo trata en vano de alumbrarlas con el flash. Un coche que intentó pasar ha quedado colgado en el aire.

Llegan con el amanecer. Muros que eran una gran mole removidos, iglesias derrumbadas, enormes bloques de ladrillo soldado tumbados a flor de tierra. Gente muerta y destrozada a flor de vista. Se detienen ante un hombre aplastado y con el estómago reventado. El intestino ha quedado atrapado por el otro extremo y ahora parece una cuerda retorcida como con nudos, bastante larga. Llega un uniformado con su sable y de un mandoble se lo corta.

—Ahora ya no sufrirá —dice, no se sabe a quién.

Parece que nadie atiende, nadie quiere oír y, si oye lamentos, no más oye, de los sepultados bajo los escombros, que claman por aire o por ser extraídos.

Hacia el Norte se advierte una densa humareda que se levanta como en ondas y volutas. Un colega de pasada le dice que es el cementerio, adonde han sido llevados los cadáveres al caer la noche, por el temor de una peste están siendo quemados con petróleo.

Una mirada de inteligencia entre cronista y fotógrafo, y se deciden: ¡A la nota gráfica!

Llegan para ver una parva de cadáveres, arrumbada en una zanja recién cavada, como una trinchera, donde un rocío de combustible empieza a comunicar el fuego. Alguien que había quedado fuera de la excavación, pero que se incendia como los demás, se yergue y echa a correr. El fotógrafo, pasmado, proclama: ¡Resucitó! Y el infeliz, que corre hecho una tea, cae frente al fotógrafo que ha logrado captar su última expresión.

Emanuel se acerca, trata de apagar el fuego sin quemarse. Le sacude la cabeza. El quemado lo mira como arrancándose del suelo con la mirada. El periodista repite: ¿Qué se ve?, y se encuentra sin respuesta. ¿Qué quiso saber? ¿Qué se ve en el borde entre la vida y la muerte, de cuál de los lados la víctima estaba más cerca?

Regresan dos días después, ya no en el Ford, sino en el tren de evacuados al que suben piquetes de enfermeros para vacunar y desinfectar, temiendo el desarrollo de alguna epidemia. El cronista está extenuado, pero consigue un asiento y lleva la cabeza volcada sobre el respaldo. Le arde insolentemente la boca, por los dos días de alimentarse únicamente con salame y queso, nada de agua, es peligrosa, solamente unos mates cebados por los soldados.

Se pregunta si regresa en el tren de los muertos o de los que van a morir, con tanto gemido desgarrado. Observa un signo de vida a su lado. Una cabeza rapada, propia de un soldado en la conscripción militar, y un piojo blanco y rollizo que avanza por ese campo despejado, con esfuerzo también el bicho, habrá sido alcanzado por un insecticida.

Ha pasado dos días en cama. La madre lo despierta con un tazón de leche y los diarios metropolitanos, donde en la primera plana figuran crónicas con su firma. Se las habrá vendido el periódico local.

En la Redacción no se trabaja, casi; cada uno narra y comenta lo visto y lo vivido.

El jefe intenta poner orden, y una de sus medidas sensatas es sacarlos del tema, poner a cada uno en una sección distinta. A Emanuel le toca escribir para las páginas de Económicas. No se resigna. Don Federico, ese señor alto y apostólico como Lanza del Vasto que hizo sus armas en el periodismo de España, despliega su preceptiva: los periodistas tienen que saber de todo...

—Y aunque no lo sepan, escribirlo, escribir de todo —ironiza un periodista joven.

—Desde el editorial —continúa don Federico— hasta el cómic.

—Que viene hecho, don Federico, en matrices, en estéreo, ¿no se ha enterado?

—Puede estar deteriorado el cartón, imposible de imprimir o en inglés, sin traducción, entonces el periodista local debe inventar el chiste.

—¿Y si no tiene humor?

—Entonces, como periodista no sirve.

A otro que lo han puesto a escribir, por hoy, las columnas de Cine, le toca ocuparse de *Petróleo para las lámparas de China*. Una película muy vieja, le explica el jefe para ayudarlo, donde Clark Gable hacía de periodista despierto e insolente, muy americano según la imagen que nos daba el cine. Un periodista con los pies sobre el escritorio, recuerdo una foto.

—Otro periodismo, con aventuras en Oriente como la de guerra de Ernie Pyle, ¿no? —se mezcla otro redactor.

—Ernie Pyle, el que estudió en una universidad de Norteamérica.

—¿Estudió Periodismo? ¿Lo enseñan en las universidades? ¿Como Medicina e Ingeniería?

—Aquí los periodistas no tenemos escuela —considera críticamente don Teófilo, otro veterano—. Llegamos a la mesa de noticias porque nos entrenamos haciendo versos, creyendo que con eso nos ganaremos la vida, si no la fama y la gloria, y terminamos escribiendo crónicas de desfalcos y descuartizamientos.

—Si repasáis la edición especial del medio siglo del periódico, veréis, en la sección Onomástica, el retrato de periodistas que descollaron como escritores. No lo indico para alentaros, muchachos, sino para que os déis cuenta del tamaño de nuestra profesión y que así nomás es, cosecha su gente entre los que saben escribir porque son escritores natos o porque han cursado Letras. Por eso la bohemia —añade como conclusión don Federico— y por eso el acostumbramiento a la pobreza.

—Que las empresas explotan —aclara a su vez don Dúctil, que en sus tiempos, a pesar del nombre, fue anarquista—. Si ustedes fueran lecheros estarían en el Sindicato de Vendedores de Leche y se harían pagar un salario proporcionado a su capacidad y rendimiento.

En los más ha quedado sugerida la idea de un Sindicato de Periodistas, eso de que siempre se habló, pero interrumpe desde su oficina la voz del jefe:

—Basta de charla. Tenemos que cerrar.

Cerrar es acabar la edición del día.

Comprende que se han dejado llevar por la conversación y como íntimamente lo reconoce, no le cae del todo bien que se le anuncie a un visitante. Le trae una noticia del festejo anual de su promoción de bachilleres, que suele producirse por estas fechas.

Asoma el jefe, al parecer con deseos de hacerle notar que no debe distraerse más, pero reconoce al visitante, su ex condiscípulo, y se le acerca diciéndole usted es el doctor tal, ¿no?, ¿abogado? Y el amigo: Abogado no, dentista. Si puedo servirle en algo...

El jefe se pone obsequioso:

—Ah, odontólogo. Casualmente, doctor...

Sacará la consulta gratis, deduce Emanuel, en tanto le oye explicar que la señora también, si el doctor quisiera atenderla...

El episodio ha sido seguido por los que están cerca de él y muy atentamente, como se puede apreciar, pues, en cuanto el dentista se va, aparecen algunas conclusiones: miradas insinuantes a las que uno da forma con pregunta que busca asentimiento y apoyo:

—¿Una suave mordida...?

Alguien se molesta:

—¡No es para tanto!

Se hace un silencio, a lo que se verá, meditativo, pues don Federico se muestra dispuesto a asumir la cuestión:

—Sí, no es nada tremendo: la gratificación cotidiana, la sisa como en mis tiempos se decía en España, por publicar una noticia que ni valor económico tiene, puramente por la vanidad.

—Todos los hacemos, enseguida damos el título de amigo al que nos puede hacer un favor, o una contraprestación, por su poder, por su autoridad, por alguna posición clave que disfruta...

—Si fuera sólo eso, tan poco... Es que nosotros vemos apenas los papeles que manejamos, sin darnos cuenta, las más de las veces, de los intereses que nuestros amos, la empresa, pone en juego y de los que ellos sacan provecho.

Uno hace una indicación discreta de que el jefe está escuchando o puede enterarse con facilidad, lo que, captado por don Federico, lo determina a sugerir:

–Bien, chavales, pollos, son temas demasiado abrumadores para mentes tan frescas y aunque no les vendrá mal asomarse a las bazofias del oficio, les propongo que sea a la hora de reunirnos en la cafetería o bien, otro día, en sitio más apropiado.

Esa otra vez se produce y se habla de negociados de gran volumen, de arreglos para formar el poder o atribuirlo, a una casta, a un sector, a un partido político, a una clase social... Se nota que existe percepción de que son un pedestal. Y Emanuel se pregunta cuántos de los asambleístas no estarán ansiosos por tener acceso a los poderes y beneficios que cuestionan. Todos poseen algún detalle o una pista que, sin embargo, no emplean o no piensan utilizar como denuncia hasta un enigmático "cuando llegue el momento". Emanuel se pregunta si el momento llegará cuando esos potenciales denunciantes se ocupen con sinceridad de destapar la olla podrida para que la colectividad se entere, o bien cuando propiamente superen el miedo de perjudicarse con lo que revelen, lo que de hecho por lo menos los haría quedar excluidos del aparato que se beneficia con la situación o los manejos condenables.

Ahora, ya muy pasado el tiempo de aquel episodio, Emanuel no recuerda las palabras del diálogo, acaso una sola se le quedó prendida, tal vez porque durante la reunión no la conocía y después tuvo que acudir al diccionario y al verla escrita se le fijó, ¿qué?, ¿su grafía o su noble significado? Deontología. El colega habló de la necesidad de un código deontológico del periodismo y don Dúctil le objetó que bastaba el sindicato y que dentro del sindicato podía funcionar un Tribunal Deontológico, que es como decir, dijo, una balanza o un observatorio o juzgado de derechos y deberes de la profesión. Sin embargo, para Emanuel la autoridad del vocablo consistió en la advertencia de que puede y debe haber una conciencia moral, ética, en el periodismo, y es esta conciencia la que debe regirlo.

Al venirle a la memoria esa parcela de sus comienzos, se pregunta, en acción simultánea, si él observó y cumplió aquellos principios. Advierte que puede oponer fuertes dudas a haberlo hecho, excepto que no metió mano en caudal de nadie ni propició nunca el crimen ni la violencia, ni siquiera incurrió en exaltación de esta cuando fue cometida.

Trata de encontrarse, Emanuel, en aquel periodismo que lo cultivó, penuria en la que –se dice– en el futuro, al narrarla, habrá lectores que lo acompañen. Las formas de evocarlo son intermitentes y paulatinas y a veces interrumpen su curso o dan una gran zancada.

Emanuel reniega del pesimismo de no identificarse ni saber reconocer sus errores o malandanzas. Falta de juicio crítico, se dice, y se reconcilia aceptando el plan de contar cómo fue, cómo viene sucediendo. Es lo que hace.

Mañana se irá el compositor eslavo de mucho abdomen y copiosa melena de quien algunos residentes comentan que es temido o rehuido por las mujeres de la Colonia porque las pretende ostensiblemente e intenta avances manuales.

Pero no es de quien Emanuel quería hablar, sino del pintor que también partirá mañana. No sabe por qué cuando algún colonista dice que se va porque se le termina el tiempo de residencia, él transforma la frase y se dice, pues por discreción no lo emite a toda voz: lo han dado de alta. Lo que de algún modo puede ser exacto, ya que no estamos, ¿no es cierto?, en un nosocomio ni un manicomio, ni simplemente en una de las más afablemente nombradas como casas de salud o de reposo, no lo es, ¿no?, inquiere Emanuel.

En verdad también, nadie viene a visitarlos, aunque en la entrada hay carteles con instrucciones para los visitantes y en el vestíbulo, frente a la chimenea de leña, un libro de cantos dorados para que cada uno de estos se registre, es decir, deje sus datos personales y la firma.

El pintor se va. Se iba, ayer, y dio una exhibición de sus óleos, acuarelas y aguafuertes. Denominaba sus cuadros "Paisajes" y en ellos aparecían representados tuercas y herramientas, como martillos, punzones, alicates, yunques no de herrero sino de orfebre o platero. Sobre formas ornamentales de colores densos: azules o negros, con apenas una que otra transparencia, bandas o fajas amarillas que circulan entre todo, especie de decoración que lo angustia, sin que pueda explicarse la causa. El ambiente estaba animado y cálido, propicio a las relaciones. Sobre una mesa, dos garrafas de vino, uno rosado, otro blanco y achampañado, que se distribuía y se consumía generosamente.

Emanuel no podía decir por qué, pero a fuerza de destornillarse la memoria, llegó a sospecharlo: esa pintura decorativa tan ajena al paisaje de la naturaleza que los circunda, se parecía al estampado de unos pañuelitos de mujer que se obsequiaba a las clientas en el anexo de perfumería atendido por su madre, en la farmacia del padre, cuando él era niño. Y él los hurtaba, acumulándolos sin explicarse el objeto, por simple ánimo de posesión tal vez, ya que no podía usarlos, únicamente porque le parecían bonitos y consideraba que había que preservarlos.

Tampoco puede haber sido el motivo, quizás una mera afición a esos colores, tal como estaban distribuidos o aplicados, porque igualmente lo fascinaron en una bolita o canica de vidrio, asimismo en los más grandes, bolones, que repetían esa ilustración en su interior transparente. Esto fue un año después de la muerte del padre, cuando Emanuel enfermó, se puso melancólico y delgado, y en el colegio no rendía para nada. Lo mandaron a la casa del tío, en Palmira, zona rural encabezada por un poblado, y él no podía dormir la siesta, que era obligatoria para reponerse, según el médico, así como alimentarse de carne y mucha fruta. En la siesta, cuando los adultos dormían, furtivamente se deslizaba a la tienda del tío y se apropiaba las bolitas de colores, con las que después no jugaba, no aceptaba que se ensuciaran rodando por tierra, ni las canjeaba con los otros chicos, sólo las guardaba, escondidas, como si él fuera una hormiga que almacenara víveres en una galería subterránea.

Más adelante, ese símil se lo tuvo que aplicar a propósito de las frases hermosas que le gustaban: un verso o un pensamiento leído o escuchado; no lo repetía para que otros no lo aprendieran, no lo anotaba en el cuaderno de notas a fin de que los demás no pudieran leerlo.

Anneliese, que esa noche se descuida de ser Caperucita Roja —con jeans y sin canastilla luce como las demás jóvenes— le dice a una amiga, señalando a Emanuel con la mano ocupada por un vaso: *C'est le loup*, lo que a Emanuel lo maravilla e intimida. ¿Así es que se ha dado cuenta de que soy el lobo? Lo que me hace menos peligroso o tenebroso. Mejor así, disminuye la responsabilidad.

Más tarde, van tras el compositor a escuchar su música en la biblioteca que a esa hora, la del anochecer, a nadie le interesa que funcione como tal.

La música estaba en *tape*, ejecutada y envasada en Boston, la ciudad importante más cercana al bosque. De la ejecución concertada brotan numerosos instrumentos y voces profesionales. El autor explica que es la puesta en música de poemas de Ungaretti que se refieren a la foresta. Con una duda acerca de si ha dicho Ungaretti o Montale —las palabras y las nociones resbalan en su íntimo lago de alcohol, que Anneliese, otra vez figurándose ser Caperucita, alimenta sin cesar. Piensa en el bosque donde se hallan y se dice que sí, que esos sonidos son los que pueden surgir de un monte recorrido o habitado por animales inocentes.

Y se propone, en alguno de los días próximos, cuando esté más sereno, hablar del bosque donde está su cabaña. Lo que no querría es una descripción "a lo vivo", que diera ostensiblemente los susurros del viento y las confidencias de las aves, el ronronear de las hojas, el gotear a través del musgo cuando escurren las aguas que les deparó el rocío, o de los carámbanos que se han formado con las primeras nevadas.

Se promete describir, o escribir, no el bosque exterior, sino el bosque "en su interior". No las imágenes del bosque que puede compartir el que escucha la música o una poesía, sino que las imágenes únicamente pueden ser compartidas si él las manifiesta y las distribuye, idea que tampoco tiene muy clara.

Con la continuidad de esta tentativa y sus perplejidades se adormece en la mañana…

Durante el desayuno, Anneliese y Josephine, la señora que ha escrito un libro sobre el absurdo (Ionesco-Beckett) hablan de la música del colonista y de la música inspirada por Ungaretti y reivindican la musicalidad callada de los animales de su bosque. A punta de bolígrafo, en el carnet de notas de Emanuel, las dos colonistas van formando un laborioso inventario, llamado "el zoo de Louise" por el nombre de otra residente que también hace música. Ahí constan: la lista ardilla y la pesada marmota, esta con una variante americana nombrada *groundhong*; el intocable puercoespín; el lince sutil de la mirada aguda de largo alcance; el zorro astuto no menos sangriento que el gato montés también avecindado; el lobo de verdad que comparte el dominio salvaje con el león de montaña y el desacreditado coyote, la carnicera comadreja quizá en la variedad mofeta (*shunk*); el gentilísimo ciervo y el oso de amistosos ademanes; la acrobática y fisgona ardilla con tres registros, la gris, la roja y la listada (*chipmunk*), grande como un mono, al que se parece, y camina en la nieve dejando huellas no mayores que la planta del pie de un niño, con un grande dedo gordo.

—¿Víboras, serpientes?

—Desde hace años nadie ha visto ninguna. Ni los nativos ni los viejos ingleses americanos las recuerdan.

—¿Aves?

—Cuervos, grajos, toda la familia de las tenebrosas e invernales...

—Y las canoras, por cierto...

—Sí, hasta el mínimo canario que en libertad, si logra sobrevivir, desarrolla más vigor y resistencia que cuando está reducido a la condición doméstica. Se puede creer que a las aves de vistosos colores las seduce, por afinidad o por su fuerza, el follaje púrpura de los árboles. Con el fondo de esas hojas color de fuego otoñal el delicado plumaje del avispado colibrí (*humming-bird*, ¿ave trompetera?), joya alada, no es más que otra fugaz bolita o mancha de colores. Al pájaro azul lo tientan las semillas y migas de pan que las gentes dejan en los palomares sobre las verandas, cuando la nieve ha cubierto los campos y cegado la fuente natural de alimentos. Desde el aire las aves descubren la caseta de madera elevada en el ventanal y se avisan que podrán repostar y restaurarse para proseguir su vuelo errante; entonces descienden en bandada con frenética algarabía que, una vez satisfecha, queda pendiente en el aire, cuando se van, como un rocío de gorjeos. A la persona que de esa manera ha contribuido a mantener un ave (paloma, canario, gaviota también, el océano está cerca y las gaviotas tontuelas se extravían a menudo) aunque ella vuele, en unos instantes, fuera del alcance de su mirada, le queda la satisfacción de saber que ha favorecido la andadura bohemia de una criatura del aire y, si esta es un pájaro azul, el confortamiento de que puede haber propiciado alguna ilusión de felicidad a quienes más lejos tengan la suerte de admirar su color de cielos y de mar. Añoranza que invade a Emanuel sin recordar su sueño de ser un pájaro.

Evoca alas incansables de ave inmóvil en el espacio, alas que con frenético agitarse ya no se ven, sólo permanece, suspendido en el aire, el cuerpo como un huso o losange, acaso raya de colores. ¿Colibrí o alguacil, la libélula del Paraná? Aparecen otras alas más evidentes, dibujadas o ribeteadas de encaje azul, las del pájaro de Maeterlinck. Y seres sin la facultad del vuelo. Ardillas nerviosas o sedadas, siempre alertas. Ciervos, paciencias que se desplazan, asimismo sensibles y vigilantes. Gamos. Coyotes, una invasión del Oeste, ya han matado cinco corderos.

Emanuel está recostado en el sofá del *cottage* y recuenta la descripción de Josephine o de Louise. Se despeja repentinamente a la idea de que acaso ella también, en forma menos directa que Caperucita –pero más cruel, al decir coyote, que mata las ovejas– aludió a la incursión de Emanuel, el lobo, en esta comarca.

Se deja abatir por el peso del tazón de cereales con leche y la ración de *french toast* con *bacon* del desayuno y se pone al piano a ejecutar una música del bosque. Cuando despierta deduce que ha soñado que hacía música: ahí está el Steinway & Sons que él no sabría hacer sonar. Y siendo así, si ha soñado una música, ¿cómo es que la han seguido las ardillas que humildemente, esta vez recogidas como en misa, se han concentrado a escuchar su concierto?

Observación esta, la de que él soñó una música y esa música fue atendida por las benignas criaturas del bosque, que conduce su pensamiento a una duda que tenía arrinconada: el primer capítulo que hablaba del homicidio de su padre perpetrado por él. Emanuel, él, ¿lo ha vivido o lo ha soñado? ¿O bien es su padre quien ha soñado que su hijo lo ha matado?

Cuando sueñe que está en la cárcel, o revolcándose en su lecho atormentado por los dolores del alma, y carezca de dominio sobre sí mismo para escapar y dirigirse al hondo paraje que su hermana habita, ¿soñará con su hermana para preguntarle si ella también cree, como él, que él mató al padre, al padre de él y de ella, por un motivo que él no conoce y con una frialdad y poder exterminador que no percibía hasta el momento del crimen? Le preguntará también si ella cree que su padre considera —o sueña— que él es un parricida y si no serán, esos sueños con respecto al padre, la forma que este, el padre, elige para castigarlo y hacerlo sufrir por lo que él, Emanuel, no hizo.

Y lo peor de todo es que calcula que, aun si consiguiera librarse de ese penoso recuerdo o esa sospecha de culpa, no lograría apartar de sí la convicción de que puede reincidir. La soledad del bosque lo propicia. Esas niñas que bajaron de un automóvil en la carretera que circunvala el bosque y se entregaron a confiados juegos en el claro próximo a su *cottage* donde no hay testigos que puedan culparlo...

Le prometo, señor, quiero decir, le aseguro, que no lo he soñado: dejé de ser niño y me hice periodista.

Cuando mi melancolía era una de las graves preocupaciones de mi madre, ¿cómo un chico de doce años puede tener tanta tristeza?, mi tío tuvo la ocurrencia de llevarme en un viaje a la metrópoli. Aconsejaba a mi madre con que el espectáculo y el movimiento de la gran ciudad me despejarían y me devolverían la animación. Pero en cuanto llegamos a la gran ciudad, nos instalamos en un espacioso hotel y me hundió en un pequeño cuarto. Sólo lo veía a la hora del desayuno, de tarde él salía para arreglar sus negocios y de noche ya no volvía.

Yo me fastidiaba y me hastiaba desesperadamente. Para distraerme, sacaba partido de mi propio cuerpo. Hubiera querido jugar al fútbol en un baldío. Pero en nuestro *room* lo más que podía hacer fue, dándome maña, aprender esto, que es de circo, sin que nadie me lo enseñara. Ah, no es verdad lo que le dije, en realidad, mientras estábamos en la gran ciudad, mi tío me llevó, una vez, al circo, creo que al Hagenbeck; sin embargo, no lo he sacado de allí, de alguna prueba que presencié, se me ocurrió a mí. ¿Ve? Yo puedo doblar los dedos hacia atrás hasta que la punta toque el dorso de la mano. Toda la gente se impresiona cuando lo hago, me preguntan cómo y si no temo quebrarme un dedo. No, señor, no se me quiebra, los tengo ejercitados. Podríamos decir que los ablandé, con tanto practicar, cuando estaba solo, en un sofá del hotel, esperando a mi tío que había salido a causa de sus negocios.

Una mañana me rebelé contra tanta pasividad, bajé a la calle, que me aturdió con estrépitos, ruedas de vehículos, bocinas, vocerío de los vendedores en las aceras... Como si desenrollara un hilo de un ovillo, para guiarme en esa fuga y saber más tarde cómo volver, me deslicé a lo largo de los muros hasta llegar al pie de un edificio que tenía, a ras de la acera, como ventanas abiertas, como troneras grandes, por donde salía un rugido. Superado el temor me animé a mirar. Había una máquina, que iba y venía como por carriles, y a cada momento despedía un papel blanco y amplio como una sábana que enseguida era engullido por otro sector del mecanismo y si yo miraba, como lo hice, por la tronera siguiente, veía salir el papel plegado que iba a sumarse a una cantidad de pliegos semejantes. Yo había descubierto la máquina impresora de diarios. Con el tiempo sabría de otras más perfeccionadas y veloces, más completas en sus funciones. Además, en imágenes del periodismo antiguo las he visto accionadas por un mulo o una vaca lechera, al igual que se ponía en acción la muela de los molinos.

Después, unos seis o siete años más tarde, las naturales urgencias me llevan a la calle, a buscar mujeres. Ya no estoy en la metrópoli, de ella conservo apenas una tenue memoria; soy estudiante secundario en la comarca profunda, donde, en el transcurso de esta historia que le estoy contando, señor, vivió y sucumbió mi familia, donde tuve y perdí posición, bienes materiales y casi me quitaron la vida.

Atardece, es invierno y ha llovido. Me dirijo a un suburbio donde sé que habita cierta señora y esa señora me ha enseñado que tales y cuáles días el marido está en el campo, donde hace perforaciones para encontrar agua subterránea. Voy necesitado y con entusiasmo, si bien violentado, con cierta humillación, porque esa mujer, aunque de edad mayor que la mía, me gusta, es delicada, rubia de sangre italiana y generosa con su cuerpo. Acaso me carcome el temor de ser descubierto. Ella es o ha sido la amante de mi primo mayor, quien ignora que pretendo ser su sucesor.

Ella conoció a mi pariente en un arrabal adonde los había arreado la pobreza, ahí donde la ciudad se acaba y principian las huertas. El primo, que tenía su propia maquinaria en un campo cercano –también él era perforador– al pasar solía agasajar con un bombón de chocolate a Luisita, la niña de la casa, sentadita siempre en el escalón del portal. La madre de Luisita que había observado la gentil costumbre del muchacho, como esta se repetía, un día lo invitó a pasar al interior.

La dádiva del bombón y la invitación al obsequioso, se volvieron costumbre, siempre cuando no estaba el jefe del hogar.

En una ocasión este regresó contra su costumbre a hora temprana, que coincidió con la presencia, adentro, del primo de Emanuel.

No pareció tomarlo a mal el hombre, conocía al joven por razones de su oficio. El marido invitó con vino, que el primo de Emanuel no aceptó, al principio; luego sí, por la insistencia del dueño de casa y de la mujer que lo estimulaba a ser cumplido. Bebieron y bebieron, y cuando los dos estaban bastante tomados, el marido, que había reclinado la cabeza sobre la mesa, le soltó una mirada acusadora y un: Así que cuando yo no estoy... y de ahí a sucios insultos, que el primo, él que es tan fornido, trató de cortar cogiéndolo de la solapa y zarandeándolo con energía.

Lo tenía vencido, pero no lograba que cesara de insultar, de modo que le dio un golpe en la cara y otro y otro, hasta que la mujer clamó basta y el esposo, como reacción por la defensa que ella hacía de él, le soltó como un escupitajo: ¡Zorra! Lo que enardeció más al primo y sólo puso fin a la paliza cuando la mujer se echó al suelo convertida en un nudo de dolor y de llanto.

El primo se fue, decidido a ignorar lo que ocurriera a sus espaldas, desconociendo lo graves y ruines que llegarían a ser las consecuencias del episodio. En cuanto el esposo vio alejarse al intruso, se apoderó de la caja de bombones y la arrojó al canal de aguas barrosas que corre por delante de la vivienda. Inmediatamente dio orden a la mujer que fuera a recoger la caja de los chocolates, a todas luces un disparate tal que ella se acalambró de miedo y no dio un paso. Entonces, él la tomó por la fuerza, la arrastró y la arrojó al acequión. Seguramente para que se ahogara, ya que él no se comedía a socorrerla; pero ella consiguió bracear instintivamente, mientras tuvo energías, y sostenerse a flote precariamente o al menos sacar la cabeza del agua a fin de ir apresurando unas bocanadas de aire salvadoras, a la vez que tratando de hacer pie en el fondo del cauce, relativamente pando. Se asía a las raíces de los árboles que se extienden por el piso cenagoso, hasta que fue a dar sobre vidrios rotos, posiblemente de una botella estrellada, y sintió la herida en las piernas. Al perder el control y el equilibrio, el escozor de las heridas se repitió en la cara. Así, ultrajada ferozmente, asumió energías y consiguió escapar de la corriente que la arrollaba y se empeñaba en llevarla consigo.

Esa tarde, en el arrabal bajo el invierno, acude Emanuel a por la mujer de las cicatrices en el rostro, con la conciencia de que es de dos hombres antes que él, pero obsesionado y fatal como animal en celo.

Llega a la puerta de la casita baja y algo aislada de las demás, llama con un par de golpes en la madera, con un ritmo cadencioso que pretende ser el anuncio de aquí estoy yo, el más joven, acaso el más osado de los tres. La puerta se abre y se presenta de cuerpo entero un hombre con una chaqueta de cuero, a quien no conoce, tiene que ser el marido, que pregunta bruscamente qué quiere y a quién busca y él responde, atragantándose: A Manuel Rodríguez, el fotógrafo. No es el más osado, el primo le habría... Entre las piernas del hombre saca la cabeza, como por juego, la niñita, quien, mostrando reconocerlo y señalándolo con el dedo, lo denuncia: "Tío". Tío, lo llama, poniéndolo al descubierto, acaso por el parecido del rostro con el de su primo o porque, copiando la maña de este la otra tarde le regaló bombones, o más bien porque la madre le dijo que él también era de la familia, un tío que la niña no podía recordar.

No halla tiempo para discernir las causas, el perforador lo tiene cogido y alardea:

–¡Esta vez sí te las voy a cobrar!...

Entiende que también él lo confunde o asimila al primo y aunque le da un solo puñetazo y Emanuel atina a decir, o a imaginar que dice: ¡Ya está bien!, con sentido aprobatorio, que lo merece, o de pedido de clemencia, queda en el suelo esperando que venga a por más. No parece que lo hará e intentar alzarse del suelo le cuesta tanto que calcula que no le habría venido mal la ayuda del vengador para ponerse en pie. Alcanza a percibir que si él lo hubiera ayudado lo habría hecho para tumbarlo de nuevo de otro puñetazo y que lo único que le falta es partir, como pueda.

Calle abajo, se recompone la ropa, en una pretensión inútil de disimular ante las vecinas, que han salido para alimentar su cotilleo y, sin pizca de sinceridad, tomando el partido del marido, comentan en voz alta:

−¿Qué habrá andado buscando? Por aquí no hay esa clase de mujeres...

¿Que no hay...? masculla Emanuel haciendo ejercicios masticatorios con su mandíbula lesionada.

A medida que sale del suburbio e ingresa a la ciudad, apelando una vez a su conciencia deformante, pretende suponer que no le ha sucedido lo que le duele, que marró el barrio y se ha metido en uno de los rufianes, cuando debió haberse dirigido desde un principio a este por donde ahora anda, viviendas decorosas, de ladrillo, alineadas, por las que se llega al cierre de un murallón y antes de él, antes que la lonja termine, a la izquierda, según se sube, una casa que en el frente pone, con letras muy grandes: Imprenta.

Toma nota de su error anterior, se dice que en el primer trayecto no acertó con lo que buscaba o bien que lo que ha encontrado vale tanto, o más, mucho más, que una mujer con cicatrices de vidrios cortantes en la cara.

Aunque superadas, se consuela como disculpa: casi no se notan ya.

Se promete recordar que ahí deja la imprenta, adonde un día podrá regresar sin magulladuras en el alma que se le noten en la cara.

Se escabulle de tanta andanza desconocida, apenas presentido el rumbo; se hurta del tiempo brumoso que no se ha despejado pero promete estar más limpio y tibio porque se encamina al hogar.

Espera otro atardecer para presentarse. Se ha informado que al jefe de los talleres en las imprentas se le llama regente. Pide hablar con el regente. Es un hombre canoso, un hombre que sonríe, con una chispa en los ojos. Por ese destello en la mirada vacila en creer si le habla de manera socarrona o bondadosa o si se divierte a su costa.

Emanuel le dice que quiere ver, observar, cómo se arma un libro. El regente le pregunta si ya ha visto cómo se imprime un libro. Emanuel confiesa que no, que solamente —se jacta— ha visto imprimir periódicos, subraya la diferencia: en la metrópoli. Ahora sí los ojos del hombre francamente sonríen.

—¿Cuál? —demanda y al rebajarle el plural a la unidad le muestra que apenas puede creerle.

—¿Cuál? No recuerdo cómo se llamaba, *El Sol* o *Crítica*...

—¿Qué no recuerda? —se extraña.

—Sí, hace mucho tiempo; yo era un niño —confiesa.

El regente de la imprenta (o propietario, pronto lo sabrá) hábil artesano con vocación cultural que lo anima a ser a la vez editor de un semanario y mecenas de los poetas que no logran ser atendidos por las inaccesibles editoriales, le explica que como hoy es jueves la imprenta está en el trabajo de los libros, desde el viernes ordinariamente se vuelve a la producción del periódico.

Resulta ser un periódico pequeño, de formato *tabloid* que nunca ha visto en los quioscos. Se imprime en papel verde y los domingos se vende en los estadios de fútbol, a la gente que lo adquiere para no leerlo, sino para sentarse encima, es mucho más barato que los periódicos diarios y, por cierto, también más económico que las almohadillas.

De lo que resulta que será posible que sin pago alguno, ni del periódico a él ni de él al periódico, se le permita empezar a escribir para sus columnas, comentarios, si quiere, de las últimas películas que haya visto. Tal la propuesta de este hombre amplio.

Al decir que probará se da cuenta que se halla a punto de abordar algo así como su educación sentimental del periodismo.

El nuevo día crece en la arboleda. La luz más posesiva, de pasos tan prudentes, a ras y de costado esmalta ya el sector que a esta hora le corresponde de la cara cilíndrica de los troncos, mientras la claridad asciende impregnando la atmósfera.

Hay un hombre que yace todavía de reingresar a la vida despierta en la cual está puesto en el empeño de vivir, plenamente, lúcidamente. Y en la que, sin embargo, se debate con un desorden de recuerdos y flotando con la impresión de estar anestesiado, que todavía lo confunden más, le difuminan las miradas ansiosas que vuelva a su pasado.

Como le ocurrió ayer con las ardillas que escuchaban su concierto de piano. Ahora se da cuenta: la que se quedó quieta e indiferente a que el grupo de las otras se dispersara era una de aquellas ardillas embalsamadas del escaparate de Hospitalet, uno de los años pasados en Barcelona.

El hombre no sabe si ha despertado del todo al nuevo día, o si aprovecha los rescoldos del sueño para volver a Hospitalet, a ver si puede remediar aquella miseria que vivieron y a buscar a Helenita, que gustaría tanto de jugar con la ardilla que permanece al pie de la ventana, todavía fascinada por la música del piano...

El hombre pestañea a ver si el pestañeo basta para devolver el movimiento a criatura tan sensible, tan avisada como es una ardilla. La ardilla sigue sentada y si está mirando, ¿mira qué?, ¿hacia dónde? La cabecita está vuelta hacia allá, se aprecia. Pero, ¿es un animal viviente, es un juguete que un niño olvidó en la hierba? ¿Es un animal pérfido que en cuanto reaccione atacará con dentelladas al hombre que lo estudia? ¿Es un muñeco?

El hombre dice hola, con prudencia, a medio tono, y el muñeco nada percibe, no muestra haber advertido su hola, sigue entre la hierba aposentado, posado como el pájaro en la rama, como el mono que colgó un brazo, una mano, de un árbol. Era el verano, vino el invierno; se congelaron árbol y mono y el mono seguía colgado de una rama alta del árbol. Retornó el verano. Con el calor acudieron las moscas, las hormigas, los tábanos y las abejas, cada cual hizo su agujero en la piel del mono y entre todos lo habitaban. El mono seguía colgado, muerto y vacío excepto el confuso sonido que emanaba de él, confusión de zumbidos del mundo agitado de los abejorros, tábanos, hormigas voladoras. Un pajarito quiso instalarse, también, los otros bichos se abalanzaron sobre él y se lo comieron.

Ahora soy el simio colgado del árbol, con una agitación interior que por su resonancia parece que zumba, y lo que zumba es mi cabeza, como poseída por una nube que no flota en torno, se ha formado adentro y llamea en lo interno.

La ardilla sigue ensimismada, acaso en su pensamiento, acaso bajo el magnetismo de mi miedo de verla así, tan muerta, sabiéndola viva, pero que de momento es sólo el autómata al que se le detuvo la cuerda.

Indescifrable diferencia: ¿está viva o muerta?

Así mi padre cuando volvía de haber peleado, a veces por mujeres, a veces con mujeres, que lo arañaban con las uñas y le rasgaban la ropa... O cuando había peleado por mujeres y entonces era peor, le habían dado con un leño en la cabeza y le habían partido la frente o la boca. Mi madre, abnegada, lo curaba con un beso en los labios. Cuando era él quien había ganado, no se le notaba.

Pero después de muerto era menos guerrero y menos abnegado y ahora cuando vuelve es otra sombra entre las sombras, si puedo distinguirlo se debe a que es mi padre, aunque no lo conocí, no me dio tiempo, se murió antes.

Señor, yo no querría enredarlo en estas situaciones de mi historia, sí, pase con el libro, ya que lo tiene en las manos, pero no con mis fantasmas. No entiendo por fantasmas una aparición que ondea en un velo, no digo que sea un fantasma un cadáver con la nariz roída, digo fantasma sin poder indicarle de qué se trata, nos entenderemos si usted lo ha sentido alguna vez. Le explico lo que yo siento como algo físico que está ante mí y es invisible, gravita, veo una sombra, sin que pueda determinar cuál sombra, la sombra de qué, porque todo es sombra, digamos es noche cerrada.

Anoche fue así, noche cerrada, lo que Emanuel no había previsto no obstante haber estado contando las horas hasta que llegara la del encuentro, a las ocho, con Caperucita, en el *cottage* de ella. Cuando se asomó a la ventana a ver si aún llovía, la noche había cerrado el telón de los caminos. Lleno de entereza, intentó el desafío: él perforaría la oscuridad hasta encontrar la luz (una ventana iluminada, pongamos por caso). Procuró avanzar, en vano; las gradas de piedra se acabaron y resbaló en el cieno.

Se alzó, sentado sobre el lodo. Voz cantante era la del viento, aunque no ahuecada para sugerir que venía de las tumbas, era como un torbellino de hojas agitadas, nada más.

La oscuridad seguía ahí, compacta, aunque se hubiera vuelto sonora. Se echó atrás, no con miedo de que emergiera el padre, más bien a la búsqueda de perspectiva a fin de localizar las luces de su *room*. Lo atisbó desde la parte inferior de la escalera, alfombrada esta de amarillo, y notó que arriba, donde el amarillo terminaba, también el ambiente se ponía denso y tenebroso, como si las luces no estuvieran encendidas.

Permanece al pie de la escalera, alfombrada de amarillo, un tiempo incalculable, se acalambra, se agarrota, tiene frío, miedo no, supone. Sólo que la incertidumbre: ¿qué encontrará allá arriba?, está tan sola la casa, están tan solos los muertos...

Juan Andrés, el tío de Emanuel, es periodista. Sin exhibir su autoridad de hermano de la madre, se hace cargo de que la familia que quedó sin padre precisa, cada vez mayormente, un ingreso más sólido que el de las humildes rentas de ahorros, y en forma decidida, lo lleva a la Redacción, donde impone que se lo incorpore.

—¿Sabe trabajar...? —vacila el jefe.

—Aprenderá. Tiene algo de escritor, mucha lectura seguro.

—Literatura no es periodismo.

El tío Juan Andrés le sale al paso:

—Nuestro vicedirector es poeta.

A las laboriosas crónicas iniciales sucede, por fortuna, el terremoto, lo que le sugiere que el empellón definitivo al oficio se lo han dado unos 12.000 muertos, que es el número de víctimas, entre aplastadas, quemadas y asfixiadas.

Por primera vez tiene un ingreso propio y fijo, con lo que la madre puede respirar mejor en el manejo de la casa y la hermanita puede proseguir los estudios con cierta certidumbre de terminarlos algún día.

Lo llevan –literalmente: llevan– al Ateneo de los Periodistas, en el que debuta conociendo no precisamente su costado augusto, sino el sector de la bodega. Por no mostrarse bisoño, se excede y vuelve al hogar en estado lastimoso, pero vuelve. Lo que no se puede decir a la segunda salida nocturna, con los periodistas amigos del cantor. Hay un desafío a quién bebe más y él se propone ganarlo y triunfa, en cantidad, aunque queda hecho una ruina. Tienen que cargarlo y depositarlo en el portal de su casa.

La madre empieza a bisbisear sobre malas compañías.

Después sigue muriendo gente, no por terremotos, sino en forma natural, en la Redacción, y para remediar las ausencias a Emanuel le conceden puestos sucesivos en gradual ascenso.

Adalberto es esgrimista y suele acercarse al periódico vestido de smoking. Sólo de paso, porque acude a las fiestas elegantes, es el hermano menor del director y además pretendiente de la hija de un acaudalado industrial de conservas.

Emanuel se atreve a pedirle que lo haga invitar. Fracasa. Carece de ropa adecuada. Como en compensación, lo invita a su casa un compañero de oficina, que tiene una novia pobre y una familia entusiasmada con que el muchacho se esté haciendo un camino.

A veces, Emanuel se equivoca, al terminar la jornada, se lleva el abrigo del compañero. La madre, al llegar y husmearlo le dice: Has estado fumando. Es por el abrigo, que queda contagiado de tabaco, sin ser el suyo: el amigo y él, sin ponerse de acuerdo eligieron, en la misma tienda, la misma prenda, azules las dos, de igual corte y precio económico.

Emanuel no fuma. No obstante, haciéndolo notar se da muchos humos. Antes bien, proclama que su vicio es leer y empieza a admitir que lo consideren escritor. Más que tolerarlo lo propicia y estimula. Aunque de momento el ejercicio de tal condición no sea más que una pálida esperanza.

Lee, sí, y con tanto interés le comen el seso las novelas, que con ellas enajena el tiempo que venía consagrando a los textos de estudio. Quizás a causa de que se está despreocupando de una formación profesional, confiado en la seguridad del sueldo de cada mes, con lo que cree asegurado el porvenir.

Como redactor le tienen confianza, que se le amplía en otros sentidos. El hermano menor del director, que apenas lo pasa en edad, le ha dado confidencia de algunos enjuagues monetarios. Como que se puede hacer dinero con una cantidad de descartes de los materiales de imprenta si se cuenta con el acuerdo de proveedores y de ulteriores compradores. Materias como tintas, papel, metales... detalle que Emanuel atiende preguntándose en qué negociación querrá iniciarlo este Adalberto y en qué momento y bajo qué forma le hará una proposición que él, Emanuel, se está preparando para no aceptar, aunque no acierta con la fórmula de rechazo hábil para no molestar al otro, y que no afee la acción de este. Como el avance no se produce, Emanuel se libra de la responsabilidad de decidir, aunque después en su interior admita que estuvo tentado, y el mero reconocer de esa debilidad lo haga sentir incómodo, ya que revela que él no es de una sola pieza. Con ánimo de archivar el capítulo, lo rotula "Vergonzantes tribulaciones morales" y se pregunta si se le presentará, alguna vez más, la ocasión de que soliciten su ánimo.

Seducciones e inquietudes.

Coincidencias. En aquellos días había empezado a gestarse la campaña periodística sobre los embalses y el agua de regadío que pintaba muy al caso para el conato de controversia en torno de la Deontología del Periodismo, debate que siguió en otra parte, como lo había sugerido don Federico.

Para Emanuel, recordar el rostro y el tono de quienes discutían, tan a la distancia, más de veinte años atrás, resulta tan impreciso y azaroso como reconstruir un sueño de una vida anterior.

En realidad, más accesible le viene una especie de cabo suelto, no obstante que no puede ligarlo con otros episodios y tiene la impresión de que fuera un recuerdo prestado, ya que se refiere a una revista que en aquella época era no solamente imposible de editar, sino inconcebible.

–¡Agresiva! –dejó caer su dictamen don Federico. Se podía esperar de él tal opinión, sin descartar que abundara en consideraciones:

–Va de acuerdo con sus páginas de texto, cargadas de finas injurias y calumnias contra personalidades de la política y bajezas sobre el comportamiento amoroso de las figuras del mundo del espectáculo.

Apareció el punto de vista de don Teófilo:

—El periodismo suele reproducir los caracteres de la sociedad a que pertenece.

—Sí, señor —apoyó un colega más joven—. Aunque esas características se oculten o disimulen ante los demás.

—Claro, corresponden a los instintos y a la mala conciencia.

—Una sociedad violenta o que cultiva la perfidia, donde prosperan la traición al socio, al amigo, a la esposa o al esposo; el ocio costoso, la delincuencia común y la de alto vuelo sueltan, por alguno de sus costados, un periodismo infame.

—Si no decimos una sociedad, sino una persona...

—... o un grupo de personas, nos entenderemos mejor y tal vez estaremos todos de acuerdo.

—Sí, un grupo de personas, no toda la sociedad, porque si no todo el periodismo sería infame, y no es el caso.

—Bien, no diremos toda la sociedad. Sin embargo, como a cada paso hay muestras, aun en el periodismo más grave, del pensamiento infame, hay que admitir que el periodista recoge lo que anda en su contorno.

—Y para los lectores —para muchos de ellos— la complacencia con que lo digieren equivale a una aprobación.

—O es como una justificación, para el que en su fuero íntimo se sabe autor de algún acto como el que comenta la hoja impresa o al menos descubre que, llegado el caso, si tuviera más coraje, cometería una acción semejante.

Ahora, como en aquel lejano entonces, Emanuel se aparta de esta divagación. Igual que en otras oportunidades, en estos últimos años opta por reencontrarse con algunas preguntas con que se cuestiona moralmente sin cesar. Como que si, cuando era periodista en ejercicio, ajustó su desempeño a los mejores principios y reglas.

Le parece ver sobre su cabeza al único juez que quedó de aquel teorizado tribunal de charlas de café, aquel periodista, Luis Felipe, el más severo y exigente. Suelta una mirada tan inquisidora y acusadora. Sin atreverse a concederle, ni aun a estas alturas, tan lejos y tan a solas, la ventaja de una confidencia expiatoria, se dice que, en todo caso, si de algún modo pecó, en el periodismo y mucho más en otros aspectos de la vida...

Se autoriza, en su monólogo interior, para una pausa, a fin de ser puntillosamente escrupuloso: rememora las virtudes cardinales: prudencia, justicia, fortaleza y templanza y añade, temerariamente, con serle tan ajenas, las teologales: fe, esperanza y caridad.

La no observancia de cada cual conlleva el pecado y se ha notado propenso a clamar que, para ser juzgado, él, Emanuel, dispone de un Juez Más Alto; sin embargo, como está en proceso de recapacitar con severidad, se dice: No.

Que no está en condiciones de pasar la prueba de ese juicio.

Sin embargo, como por un resquicio, lo penetra otra especie de certeza, nada nueva en él, ya lo asaltó anteriormente: que el Juez Más Alto ya lo juzgó, lo condenó y lo hizo expiar en vida. Sólo que el Juez Eminente se sirvió de instrumentos terribles para actuar contra él: otros seres; en apariencia, sus semejantes; en apariencia, seres humanos. Ellos obraron la persecución y ejecutaron el abominable castigo. Aunque intuye que no es lo que le ocurrió, sino lo que el va a ocurrir en el futuro.

Y Emanuel, que reconoce que después de pasar el martirio –siempre en el futuro imaginable– ha quedado apocado, con disminución de todas sus facultades, se dice que si lo que le ocurrió fue por sus culpas, tiene que aceptarlo y resignarse. No niega las culpas, si bien no concuerda con las que se le atribuyeron: sólo admite las de amor y de orgullo y vanidad... Se detiene, en el borde por donde suele precipitarse a la autocondenación. Sabe que terminará acusándose de ser carne de maldad y no quiere alterarse: debe preservar intacta la tranquilidad aparente que le ha sido concedida para realizar su obra.

Lo que también lo aparta, por ahora, del intento de aplicarse a perfeccionar el plan de matar a alguien, como el otro día, aquella chica que viniendo de la carretera penetrara en el espacio de su soledad y quedara expuesta al desamparo.

El jefe de Redacción ha tenido que desplazarse, por el tema especial, a los campos, acompañado de ingenieros y topógrafos, de un redactor y un fotógrafo. Tienen que estudiar el desvío de un río para destinar su caudal a tierras inexplotadas.

Entretanto, a Emanuel se le comisiona para ir en el aeroplano sanitario a la región de las lagunas, objetivo que no ve muy accesible, ya que en esa región lagunas propiamente no hay, ni tampoco aeropuerto para descender. En conversaciones previas, el piloto de la avioneta lo tranquiliza con que hay arena y el jefe de fotógrafos que lo acompañará comenta: Mientras no sean arenas movedizas...

Desiste de intranquilizarlo, confiesa ser relativamente experto respecto de la zona y le ofrece algunas fotografías. Las tomó él, dice. En las imágenes aparecen canoas de totora. Emanuel se apresura a indicarle:

—¡Aquí hay agua!...

—Sí —replica, en las fotos. Había, hace diez o doce años, cuando estuve allá.

De cualquier forma, a Emanuel le resulta prometedora la visión de vida primitiva que entregan las fotografías de las chozas, también de totora o espadaña, con forma de pequeñas casas y techo a dos aguas, sin contar las cestas desbordantes de pescado que no es difícil vincular con las canoas.

Los mapas que maneja configuran más bien un puro desierto, en tanto que el jefe de fotógrafos persiste, con un manojo de poesías suyas, en provocarle ensoñaciones de un sitio con acciones cotidianas pastoriles.

La desmentida viene por la comprobación directa cuando el piloto les advierte: Prepárense para el aterrizaje.

Que se cumple, con algunos brincos del aparato sobre una extensión de arena, en uno de cuyos costados se divisa un coche de caballos, de los livianos llamados sulkys, del cual se desprende un hombre de chambergo y bombachas. Resulta ser el paisano de baquía, quien les explica el porqué de la multitud de pequeños caracoles que están pisando: la superficie que ahora sirve de pista cuando viene algún avión sanitario o de la policía o de tratantes de cueros de cabras, fue el lecho de las lagunas o quizá antes fondo de mar, y los caracolillos, mezclados con la arena a flor de piel, despojos de aquellas aguas.

El baquiano se ofrece a servirles en todo momento de su permanencia, pero ya llega el comisario, que tiene su propio caballo y los acompaña a la escuela. La maestra les dice que ella es de la ciudad, lo que su modo y la cuidada bata blanca ponen de manifiesto. En contraste con las pobres ropas, algunas con grandes rotos, de los chicos que, seguramente alertados, al entrar se han puesto de pie y han dicho a coro: Buenos días, profesor. Emanuel no puede contestarles que se equivocan.

Se acerca a los cuadernos que reposan sobre la tapa del pupitre junto al brazo derecho de cada uno y advierte que en el rótulo blanco pegado sobre el costado superior derecho se repite un mismo apellido. Supone que son todos hermanos, pero prudentemente explora otra posibilidad:

—¿Es el nombre del donante... o de la persona que provee el material escolar...?

—No —aclara la maestra—, los adultos se casan con sus primos o sobrinos y el resultado es que todos son parientes entre sí.

Emanuel no se asombra tanto de que hayan llegado a tal identificación que acaso un clan tiene que disponer de una escuela para ellos solos, sino que la curiosidad se le forma en otra dirección: "¿Se casan?". Eso sí le resulta sorprendente, en vista de tamaña promiscuidad, que podría hacer pensar que no reclama el requisito del matrimonio.

Y la maestra modosita: "Sí".

—¿Y dónde?

—Hay iglesia, señor profesor —interviene el comisario, sacándole la oportunidad de responder a la maestra, quien completa:

—Hay iglesia, pero no sacerdote.

El comisario alega:

—Como haber no lo hay, pero viene.

—Una vez al año —rebate la maestra.

El comisario acepta: "Y, sí, para las fiestas religiosas patronales". Entonces —la información se amplía por boca de la maestra, el comisario y el baquiano— se celebra la feria, llegan los músicos y los buhoneros, el sacamuelas y el cura. Se formalizan las uniones y se cristiana a los chicos.

La maestra hace notar el deseo de un aparte con Emanuel y cuando lo consigue le dice:

—Nada de todo eso es lo más importante. Le dicen que hay cura, prestado una vez al año, pero no le advierten que no hay registro civil y que el casamiento entre parientes consanguíneos y la promiscuidad están produciendo una decadencia mental alarmante. Faltan alimentos y si hubiera donde comprarlos no habría con qué. No puedo darle un vaso de leche a los niños nada más que cuando el economato escolar se acuerda de mandarme unas cajas de leche en polvo y como el agua de aquí es salobre y dura, horrible, o no hay, ¡pobre miseria del peor subdesarrollo lo que puedo darles!...

Emanuel hace que entiende y le pregunta:

—¿Y a usted, cómo le pagan, igualmente mal?

—Me pagan por servicio en zona sacrificada, dos veces más de lo que ganaría en la capital, pero mire cómo vivo y me apena comer sin repartir, así que diariamente comparto mis víveres con uno o dos chicos invitados.

—¿Dónde vive?

—Aquí, en la escuela.

—No, ¿dónde está su casa? ¿Dónde tiene la familia?

La joven, acaso con duda sobre las intenciones que lleva tal averiguación, vacila en la respuesta y pretende mudar tema:

—¿Cómo descubrió este lugar?

Emanuel se confunde ante la réplica:

—Me mandaron para que investigue las cuestiones del agua. No me ayudaron los mapas, he venido ignorante y a tientas.

—Este pueblo, esta aldea o esta dispersión de ranchos que a primera vista no tiene otra población que unas cabras flacas, ha sido borrado del mapa porque el país quiere que sea un desierto, y en este sentido sí que contribuye.

—¿Pero..., y las lagunas, no eran su fuente de vida?

—Más que eso, hasta sirvieron, en tiempos pasados, como guarida o aguadero de matreros famosos, recelosos de la justicia, y como refugio de tropas alzadas durante las guerras civiles. Pero, con población escasa y dispersa, que no supo hacer valer sus escasos recursos naturales, los dueños de la tierra de regiones más prósperas fueron formando diques y robaron las aguas para sus cultivos. Las lagunas se secaron y los peces se extinguieron.

Emanuel percibe que la voz femenina disminuye mientras la chica queda absorta, como si mirara en el fondo vaciado de aguas de una laguna, un pez que se arquea y golpea con la cola el cieno en convulsión de muerte. No parece acertar, la maestra sigue puntualizando las formas de extinción del pueblo:

—No quedan más que las aguas subterráneas, que no son potables. ¿Usted sabe cómo hay que sacarlas y filtrarlas? ¿No...? Algo debe de saber. Parta de que aquí no hay maquinaria alguna, de motor, digo, así que para extraerla se ha vuelto al sistema primitivo del pozo de balde y después, para que resulte bebible, filtrarla, días y días, en recipientes de piedra, por el sistema de goteo, gota a gota. Decididamente —protesta la joven— nos han vuelto a la edad de piedra.

Emanuel se asombra de ese "nos" que la abarca y la muestra consustanciada con las penurias de esa comunidad.

—Usted tiene otras perspectivas, si quiere, señorita...

—Naturalmente, aunque no para mi ventaja personal. Iré a la capital y me haré oír en los periódicos.

—No me refería a que usted asuma los problemas de las lagunas y los laguneros, sino a que usted, como profesional de la educación, en otra parte...

Emanuel advierte que la maestra está ardida por otros empeños, lo que lo decide a comprometerse:

—En todo caso, ¿por qué cree que estoy yo aquí, para qué piensa que puede haberme mandado mi periódico, únicamente a revisar escolares y parroquias...?

Promete que sacará a la luz el estado de consunción de las lagunas, con reclamo vigoroso de una asistencia que comience con el replanteo de la política hidrográfica de la región. Se embarca en un gran despliegue verbal sobre el trazado de canales, obras y equipos hidráulicos, convocatoria de la técnica que puede aportar la ingeniería y las realizaciones que deben gestionarse de los poderes públicos. Esta movilización general teórica hace sonreír por lo bajo a la señorita, que sin embargo escucha prestando atención a lo que pueda guardarse, de ese discurso, como posibilidad o esperanza.

Emanuel habla y habla, porque querría conquistar a la joven, pero no deja de sentir que mientras él divaga y promete, en otra región de la comarca anda un equipo encabezado por el jefe de Redacción portador de un proyecto que el periódico considera más factible y sin duda alentará más decididamente: el de una nueva red de diques y embalses que capitalicen el agua a favor de los poseedores de grandes extensiones de tierras. Esto es, lo contrario de la economía de los laguneros, que como muchos pueden ser reputados de minifundistas.

Cuando regresa, Emanuel deja que los días se pierdan sin aplicarse a trabajar el tema que prometió a la maestra. Carece de fe en que lo suyo pueda ser aceptado en contra de la ya domésticamente revelada política del periódico en materia de riego artificial y tan diferente de lo que se le encargó que hiciera.

Cuando se le reclama producción, a ver qué ha traído, escribe el artículo que ya sabe será el único intento de sacar a flote su gesto social y humanitario.

Al acudir a la oficina del jefe con el primer fajo de originales, desde el otro lado del escritorio lee los títulos grandes de una página que evidentemente acaba de salir del departamento de confección. En la parte superior dice: "Recuperación de la tierra productiva. Diques: progreso".

Está por desistir y retirarse con las cuartillas bajo el brazo, pero también sabe que debe mostrar que ha trabajado, en sentido contrario de lo que podía esperarse de él, pero que no se ha quedado inactivo.

Deja el material sin explicaciones, sin pronunciar los argumentos que pensó podrían servirle de introducción.

Cuando el jefe lo llama de nuevo, Emanuel, visto el tiempo transcurrido sospecha que ya las ha leído y está seguro de que la expresión del gesto de su superior le dirá el veredicto, que calcula entre el rechazo y una suspensión de dos o tres días por incumplimiento de instrucciones.

Tampoco esta vez Emanuel predice con acierto. El jefe le da lugar a explicarse, justificarse e incluso argumentar. Facultad esta última que el redactor lleva al extremo de protestar con firmeza:

—Entonces, si no la ayudamos, la zona de las lagunas se morirá de sed. He visto ya las cabras con la barriga hinchada, patas arriba en los campos.

El jefe esgrime entonces lo que no advirtió que Emanuel había leído desde el otro costado de la mesa, la maqueta de la página confeccionada para lanzar la campaña: "Recuperación de la tierra productiva. Diques: progreso". Se la muestra y además lee en voz alta agregando: Diques, acumulación de agua, riqueza. No despilfarro de aguas, desperdicio de riqueza.

Emanuel trata de alegar:

—Progreso, sí. Pero no a ese precio. Actualmente, el agua que desciende por el río Llamón se corta en el kilómetro 20 y en el kilómetro 40, y así sucesivamente.

Desde cada dique surge un canal para regar y dar agua de bebida a las poblaciones próximas a su trayectoria. Pero a las lagunas ya no les llega agua o es un hilo. Hay que restablecer el curso natural y se podrá regar hasta el otro extremo del río, revivirán las lagunas.

—¿Regar qué, arbustos salvajes sin fruto? Viñedos hay que plantar y olivares, para transformar su fruto en vino y en aceite, que son productos ricos con mercado ampliamente internacional, sin contar la cantidad de subproductos y derivados. En la zona de las lagunas no se puede pensar en vida porque la tierra no es apta.

—¿Se ha estudiado?

—En el mejor de los casos, para cada plantación habría que empezar por desmontar, lo que aumentaría impresionantemente los costos y, por otra parte, tampoco es apropiada la mano de obra...

Ante la mirada interrogativa de Emanuel, el jefe amplía la explicación:

—La gente, en su mayoría indios o mestizos, ignoran las formas del cultivo.

—¿Hay que dejar que se sequen junto a sus cabras, entonces?

—Ellos eligieron vivir ahí.

—Ellos estaban o sus ancestros estaban cuando vinieron los conquistadores españoles y tenían lagunas navegables y sacaban el pescado como alimento e incluso lo traían a las zonas más pobladas para venderlo y que sirviera de alimento a otras poblaciones.

—Ahora lo traemos del Océano Pacífico o del Océano Atlántico, resultan más cercanos, gracias a las autopistas y los camiones frigoríficos, y si no, en avión. ¿No come aquí langostas de Juan Fernández, como Robinson Crusoe cuando vivía en la isla, con la ventaja de que se las sirven en el restaurante de al lado?

Como la ironía no le va, Emanuel opta por retirarse a probar otro recurso.

Sin consultar al jefe, sin pedirle autorización, escribe una nota descriptiva del estado en que se hallan esas poblaciones de las lagunas, sin hacer referencia a los desvíos de los cursos de agua, para no interferir el programa de la otra campaña a punto de ser lanzada. Sin embargo, el jefe rechaza el trabajo. Dice, como explicación más o menos amistosa, pero en el fondo terminante: "No hay por qué crear sentimentalismos con los indios. Después, ¿quién podría sacarlos de esas tierras?".

Emanuel tiene el asunto, no olvidado, sino postergado indefinidamente, cuando llega a la ciudad la maestrita de las lagunas y se presenta en la Redacción. Está deseosa de ver las publicaciones que, supone, Emanuel tiene que haber hecho.

Como ella no entiende que no haya salido una palabra en defensa de esa gente estoica de este mismo territorio, adonde se la condena a morir de sed, Emanuel confiesa que no está a su alcance hacerlo, porque lo que escriba sería como la voz o la opinión del diario, al ser publicado por este, y la empresa es favorable a la política de los diques.

La maestrita, que sigue sin permitir a Emanuel ningún avance hacia su intimidad, ni le ha aceptado siquiera bajar a la cafetería a beber un refresco, averigua: ¿Y si lo escribiera yo?

Emanuel lleva la iniciativa al jefe con el refuerzo de las fotografías tomadas durante el reciente viaje, enfocadas como que las hizo un fotógrafo poeta y, por tanto, sumamente ajenas a la realidad dramática del tema de fondo, que sería el controvertido. El jefe tolerará que algo salga si va con la firma de la maestra. La joven acoge con entusiasmo la apertura y en un par de días lleva el artículo que el jefe, tras meditación de otros dos días, pasa a la sección Cartas al Director.

La maestra ha denunciado la condición de los niños, que llegan, algunos, desde diez kilómetros, a pie y sin haber ingerido como sostén más que un jarro de leche de cabra, en el mejor de los casos. En la escuela –refleja el texto– lo más que puede hacer la maestra es darles de tres en tres, por día, un emparedado de fiambre, y diariamente, a los que no han desertado, un poco de primeras letras sin auxilio de textos.

Aleccionada por la actitud de Emanuel, entre prudente y temerosa, la maestra no ha escrito sobre los diques, limitándose a decir que el agua de consumo es de pozo de balde y probablemente insalubre. No habla de diques, reclama caminos y medios de transporte. Caminos para el acceso a la capital, si bien hay una parte del trayecto que la cubre el ferrocarril, lo demás es desierto de arena, ahí donde ha comenzado el destierro para algunos opositores a distintos gobiernos, que a menudo se extraviaban en los arenales y, por las penurias físicas, sucumbían.

Cuando se produce la publicación, despojada del carácter con que la maestra quiso dotar el texto, el Diario

Nº 1 de la ciudad aprovecha para hilar un editorial contra la administración escolar y citando como fuente "el testimonio de una maestra abnegada", el gobierno, que hila más fino todavía, verifica quién es ella y abruptamente decide prescindir de sus servicios, por haber asumido "una actitud política incompatible con el digno y prescindente ejercicio del magisterio".

La pérdida del trabajo es para la maestrita y sus padres, gente mayor, una catástrofe, ante la cual Emanuel vuelve a confesar que él nada puede hacer, ni siquiera lanzar un gesto airado por la prensa: "El diario no es mío".

En realidad, Emanuel está dejando atrás esos episodios, ya en plan de despedida en vísperas del éxodo al Diario Nº 1, donde tiene asegurado un empleo en mejores condiciones.

Además, apenas instalado en el Diario Nº 1, otra mujer —más mujer, piensa él— aparece en su vida, con una aparición catastrófica que le dará qué lamentar.

Emanuel, en su despacho, recibe el llamado telefónico de alguien a quien no conoce, pero que alega venir recomendada por el poeta de la región, que vive, como ella, en el otro extremo del territorio.

La desconocida le expone atropelladamente tales títulos y argumentos. Emanuel que aprende, en su nueva posición, a ser más mesurado, está tentado de ponerla en orden con estas palabras: Un momento, señorita... En cambio se limita a indicarle que sería oportuno conocerse personalmente y conversar con tranquilidad. Ella se muestra de acuerdo, él le pregunta dónde se halla, para ir a su encuentro. Ella le responde:

—Aquí mismo, en el diario.

—Ah, en ese caso iré inmediatamente. ¿En qué piso está, con quién?

—Con nadie en particular, lo más cercano que distingo es la conserjería, con un portero. Estoy, creo, en los fondos del edificio, donde descargan, o cargan, no sé, los periódicos. Conozco al distribuidor en mi zona y he venido en uno de sus transportes, acabo de llegar. ¡Ay!

—¿Qué pasa?

—¡Un desastre! Se me ha abierto la maleta y se caen los zapatos. ¡Venga, por favor, de prisa, de prisa!

Urgido de tal manera, con una visión de hecatombe donde una valija se abre y a una mujer que gime ¡ay! se le desborda la zapatería, Emanuel corre a lo hondo del edificio hasta la entrada por la calle de atrás en procura de una mujer descalza a quien en cuanto tenga a la vista consultará: ¿Es usted...? y ella asentirá y él acelerará la marcha para socorrerla. Al pie de la columna del teléfono está, sí, una mujer de figura esbelta, amarilla la melena que le cae sobre el vestido verde y largo como de noche... y es mediodía. A sus pies, dispersos, varios pares de calzado fino junto a la maleta, ahora abierta, en la que seguramente viajaron con la dueña. El portero, servicial, se afana por reubicarlos en su sitio.

Con un gran suspiro por haber llegado y concluido la carrera, más que impresionado por la vistosidad de la recién llegada, Emanuel le tiende una mano de bienvenida que ella no recibe, ocupada con su equipaje desmadejado, más bien impetuosa, en vez de tomar la mano en ademán de saludo, se aferra a ella, atrae a

Emanuel hacia sí y le besa una y otra mejilla. El sofocón del hombre aumenta.

Todo tiene tal apariencia provisoria que Emanuel quiere saber: ¿Y ahora...?

Ella, recobrando o asumiendo una gentileza que le sienta mejor, le indica que debe ir al apartamento de una amiga, que la alojará –dice todo con rapidez–, no estará en la casa estos días, pero ella, Melba, se arreglará, sabe dónde está cada cosa, la ropa de cama, por ejemplo, lo sabe todo, son muy amigas, siempre están comunicándose, las llaves se las dará el conserje, está avisado.

Emanuel pone maleta y mujer en un taxi, se agrega compartiendo el asiento posterior y, tras un corto trayecto, puede decirle aquí es y esta noche, a las nueve, pasaré a buscarla, ¿está bien?

—Ahora sí —y le sonríe con los ojos al comentar—, ahora sí que se ha vuelto rápido y decidido.

Como fue día de pago, Emanuel está en condiciones de invitarla a un restaurante de categoría, no muy convencido de ello antes de llegar al encuentro, pero entusiasmado en cuanto la ve de nuevo, prácticamente con galas de fiesta, vestido generosamente escotado y atrevido peinado de peluquería.

Mujer para lucir, se dice, un tanto perplejo porque tiene presente que ella procede de una aldea, y no puede hacer más de un día que salió de ese recato. Concuerda con el tipo de la invitada lo ostentoso de la cena, de lo que se alegra el periodista, quien debe aceptar un cuestionario agresivo: cómo vive, con quién, cuánto gana, con qué recursos cuenta... A lo que Emanuel enfrenta una actitud esquiva, inserta alguna mentira, más de una jactancia y desliza la insinuación de que podrían vivir juntos, dejando sin aclarar que el tren de vida no sería del nivel de esa cena.

Le coge la mano y ella lo permite y sobre la mano del hombre pone la suya como sensibilizada, pues contiene una caricia, fugaz.

No más, ni ella ni él. Emanuel cree advertir que, sin ser esquivo ni corto el anticipo que ella le ha dado, agota la cuota de esta noche. Por lo que traslada sus esperanzas al día siguiente. Melba lo invita para la tarde al apartamento y le repite que la dueña, su amiga con quien tiene tanta confianza, estará ausente toda la semana.

Cuando, al atardecer, ella acude al llamado del timbre, deja a Emanuel en el vestíbulo, anunciándole que en un momento terminará de arreglarse y podrán salir. Emanuel se pregunta adónde, no lo han acordado ni mediaba invitación alguna. También se pregunta si no es demasiada libertad de movimiento la de ella, pero la disculpa diciéndose que es el caso de la chica que quiere gozar ávidamente de la ciudad que apenas conoce y no visita con frecuencia.

Emanuel trata de distraerse en la espera porque tiende a cuestionarse su ligereza de la noche anterior: haber propiciado que ella creyera que la pretende para embarcarse en una vida en común...

Pasa a otra salita contigua donde hay estantes con libros y los está recorriendo con la mirada cuando suena el portal que acaba de cerrarse y ha entrado alguien que avanza dando voces, nombra a Melba y en tono alto le anuncia que ya está ahí, agregando, todavía sin ver a Emanuel: "No me esperabas tan temprano, ¿no?".

Emanuel pasa al vestíbulo para retirarse y reconoce al otro hombre: Doctor...

Emanuel ha reconocido al senador, el senador reconoce al periodista.

El senador, con desenvoltura de hombre de mundo, explica: "He venido a saludar a la amiga", y muestra que la presencia de Emanuel le provoca, más que sorpresa, curiosidad, ya que averigua: "¿Usted la conocía?".

Emanuel responde no y nota con satisfacción que lo ha dicho sin tono de disculpa, no como excusándose de haber sido hallado ahí, y empieza a preguntarse quién es el intruso, ¿él o el senador?

Ambigüedad que este último parece asumir con ánimo de zanjarla de inmediato, ya que con toda desenvoltura abre un armario, se provee de una botella y copas y luego de llenarlas le pasa una al periodista.

–¿Gusta...?

Emanuel duda si responder que no, además de que no le complace nada lo que está sospechando, pero repentinamente se le aclara la certidumbre de que el entrometido, al menos en este momento, es el senador, que ha caído inoportunamente, e imagina con sarcasmo la desazón de Melba, a quien debe de haber llegado el diálogo, a menos que esté en el tocador con la puerta cerrada. Sin embargo, de todo, Emanuel se dice que no le importa nada y que en todo caso él no tiene mucho que perder, aunque se le malogra la oportunidad amorosa entrevista durante la primera cena.

El senador incita a un segundo vaso y Emanuel supone que pretende congraciarse con él, consciente de haberse puesto en descubierto en lo que puede tomarse como una sospechosa amistad, la de un patriarca de las leyes con una maestra veinteañera.

Sucede a la segunda copa la insistencia con una tercera. "Me quiere marear", desconfía al percibir los primeros síntomas, para que no me dé cuenta y si quisiera denunciarlo no pudiera dar más que un testimonio confuso.

No tan descaminada anda esta reflexión, porque Emanuel sigue perdiéndose y ya está balbuceando, quizá para sí mismo, un encelado rencor: Ahí está, el poderoso, dueño de cosas y dueño de gentes, repartiendo whisky a los pobres periodistas, para llevárseles las mujeres.

Deduce que Melba no saldrá, que tiene dos hombres ante la puerta y no se comprometerá eligiendo a uno o a otro.

Pero después de esta observación juiciosa, otros tragos lo alejan más perdidamente del episodio con el senador y lo confunde con su propio padre y ve a su padre en el dormitorio de Clementina.

La casa de verano era espaciosa, tenía muchas habitaciones y a la hora de la siesta, papá, que bebía copiosamente durante el almuerzo y después salía a tomar un poco de aire por la huerta o los corredores, al volver a reposar se extraviaba, con preferencia yendo a dar en el aposento de la tía Clementina.

Emanuel se da cuenta que Melba ha anunciado desde adentro que en un momento estará con ellos, que ya no más sale, pero él, Emanuel, está flojo y lerdo y sabe que ese caballero no es su padre, lo inflama la indignación y podría o querría sacudirse la modorra de la mente y sacudirle la cara al caballero, aunque sea su padre, porque su padre se acuesta en las siestas con Clementina y Clementina lo sacude a él con furia cuando no está el padre, delante del padre dice monerías y Emanuel, que es un niño, siempre ha querido decirle a Clementina por qué no le cuentas a mi madre quién te hace monerías en las siestas.

Emanuel tiene la sensación de que algo o alguien lo sacó del apartamento de la amiga de Melba, calle de Montemayor al naciente, cuarto piso. Estaba tan plácidamente ahí, dormido o entredormido pero alguien o algo lo hizo salir, con grande esfuerzo, y pasar al cuarto de baño y ejecutar los actos de la higiene, y después ha dormido en una casa que puede ser la suya, sin rastros del doctor, y ahora a dormir que mañana tengo guardia en el periódico, desde las nueve.

Tendría que pasar, para ir a la oficina, por el naciente, los primeros números de la calle de Montemayor, pero no se puede. La policía. Cortada la circulación y Emanuel se queda entre los ocho o diez que a esa hora temprana se congregan frente a edificio donde él, por una cantidad de signos, se da cuenta que estuvo ayer y antes, el día anterior, también había estado. Ahora lo tiene todo claro. No se puede pasar, pero él sí podrá porque exhibe la credencial de periodista. Y entra al mismo tiempo que los servidores que han bajado del furgón de la funeraria.

En las escaleras otros controles, otros policías que pueden ser superados con el carnet de periodista.

Entra al vestíbulo diciéndose yo estuve aquí y ahí estaba el doctor. Ya no hay nadie, no está el doctor, no está Melba... Ingresa por el pasillo hasta donde se abre un dormitorio y hay una cama, que le hace preguntarse al periodista, ¿ha dormido ahí?, si bien reconoce el baño contiguo o la puerta que da a ese servicio. Presta atención y descubre una hucha y las monedas están desparramadas sobre la mesita de noche.

Aparece el cronista de policiales del periódico y le pregunta a Emanuel qué hace allí, si él la conocía. No puede contestarle que la misma pregunta le hizo el senador, ahí mismo, ayer en la tarde.

El cronista le advierte: Ahora nomás la traerán. Con lo que Emanuel termina de darse cuenta y quiere saber: ¿Cómo fue?

—¿Todavía no lo has leído? Alcanzamos a poner una noticia. Nos avisaron justo al cierre. Llamó el barman del pub. Baleada a quemarropa cuando estaba de tragos en la barra.

Emanuel se pregunta si él se ha inventado que aquella joven de vestido verde y cabellera dorada presionó su mano levemente en la mesa del restaurante.

Y si es que él, Emanuel, o un periodista que no es él, inventó un lugar que no existe llamado Lagunas. Preferiría que haya sido un sueño.

La línea que acaba de marcar en el papel es roja. El color es señal de peligro. En este caso más bien la raya de ese color indica un límite. Como si advirtiera hasta aquí hemos llegado.

Hay que explicarse. Ha estado manejando unos gemelos y los ponía de manera que él mismo era enfocado por los cristales de aumento. Se creó la ilusión de haber crecido. Desplegó ramas, como una planta, y las ramas eran otros tantos factores de multiplicación. El periodista se veía a sí mismo agrandado y ese mayor tamaño, confundido con grandeza, se lo confería también a sus pensamientos e imaginaciones, a los sueños que lo visitaban.

Ocasionalmente, hace un rato, luego de beber una taza de café y asomarse a la floresta, al volver a esta mesa tuvo la ocurrencia de mirarse con los gemelos, pero al derecho, y se descubrió pequeño, tanto como lo que había estado nombrando o visualizando: la idea remota de lagunas, diques, caminos, leyendas y episodios.

Notó también que le dolía la punta de los dedos, los de escribir a máquina, ¿y para qué? Para escribir palabras, líneas y párrafos que no entendía, como si le hubiera estado dictando a una mecanógrafa incapaz de controlar la escritura o dueña de dedos endiablados que mezclaran las letras, o a una lectora de su pensamiento inhábil para transcribirlo y perita en volverlo irreconocible.

Emanuel piensa en una majadería del otro, que inventa o escribe por él, y en caso de ser él mismo quien ha escrito, que lo ha hecho en estado de desvarío, un texto delirante de apariencia mansa que no servirá para nada.

La raya roja ¿significaría entonces el límite de la perturbación, el momento del *stop* y no va más?

¿Cómo aceptarlo, con esa recóndita reserva de vanidad que le hace pensar que lo escrito hasta la raya es válido, ya que representa, por lo menos, una forma de narrar? Una forma que amasa en un solo pan las invenciones y las realidades vividas o fingidas, los factores del inconsciente y de los sueños, con el presentimiento de que estos últimos más delante de la próxima raya, pueden llegar a reproducirse y desarrollarse.

Ingresa con paso firme, se presenta con voz segura, en nombre del diario en cuyo nombre actúa. Acaso un poco de vacilación en el salón de los pasos perdidos, por la intensidad deslumbrante del dorado de los muros, el brillo de la ebanistería y el andar sobre tan muelles alfombras.

Sabe lo que tiene que hacer y pasa por la puerta lateral al palco de periodistas, en uno de cuyos extremos, aplicado a observar y tomar notas, está el Vasco, quien le advierte, al cederle el asiento: "No importa lo que discutan, lo que importa es el tono, están por comerse". Los litigantes sobresalen en los escaños porque los dos hablan a la vez con cierta fiereza. El Vasco le consulta si tiene idea de quiénes son, con ánimo ayudador, para ilustrarlo, a fin de que la crónica sea fiel en cuanto a nombres. Se los señala: Remigio Rocco, independiente. Enrique González del Prado, liberal de derechas.

El primero, que está de pie, tiene una apostura imponente y una voz poderosa. El segundo, melena al estilo de los músicos.

Rocco, que se comporta con mesura, pero se nota indignado, está diciendo: "El señor diputado no se halla al tanto de lo que informa y en todo caso lo que le falta es sensibilidad para entenderlo".

—El que no lo entiende es usted, porque es un sectario, con su ideología "progresista"...

—El señor Del Prado, con su falta de idealismo que es peor que tener una ideología, no puede captar los problemas populares.

Lo ha dicho sosegadamente, pero a continuación lanza un exabrupto a su oponente.

Brotan las protestas y las frases acaloradas de todos los sectores.

Del Prado intenta apaciguar los ánimos dejando a salvo el honor:

—Déjenlo, señores. El señor Rocco se siente tan popular que ha pasado por alto las buenas maneras propias de esta Cámara.

Rocco amaga írsele encima, varios legisladores intervienen y no dejan que se adelanten los contendores, el uno sobre el otro. La presidencia suspende la sesión para calmar los arrebatos y entonces Emanuel consulta el reloj y el colega que tiene al lado le pregunta ¿a qué hora tienen ustedes el cierre? Emanuel dice ya, el Vasco ha ido a despachar el cuerpo de la crónica, yo vine de relevo por si había tiros al final.

—¿No te han puesto vehículo?

—Sí, ahora salgo.

Al llegar a la Redacción lo imponen de que el Vasco lo espera en la imprenta y acude con rapidez a pasarle el informe.

—¿Cómo terminó la función?

—No ha terminado, va para largo.

—¿Algo importante? ¿Reparto de hostias?

—¿Hostias? No, amagos, la violencia se les va en chorreras de discursos.

—Palabras, entonces. Alcanzaremos a ponerlas. Adelante, escríbelo. Muy breve, eh.

El motociclista, con mensaje urgente del periódico, lo hace volar de la cama, temprano en la mañana. Se ha recibido noticia de que Cantinflas está pasando por encima de la cordillera y él debe ir al aeropuerto a entrevistarlo.

Cuando se acerca al periódico en busca de fotógrafo, ya hay un cambio de instrucciones. El actor cómico ha llegado y está en tal hotel donde a las diez dará una rueda de prensa. Emanuel se consuela: al menos habrá desayuno.

Con el artista está una chica que también lo parece. Lo mima y le envuelve el cuello con el brazo en cuyo extremo pone una copa, acaso de ron.

Emanuel se ambienta: Cantinflas ha venido en un pequeño avión con el que pasó las montañas por travesías a 3.000 metros de altura y trae a César Romero de copiloto. La chica no es azafata de su máquina, ni mexicana ni artista, es azafata de hotel y aprovecha que saldrá en cantidad de fotografías en los periódicos.

César Romero, con ser tan astro de Hollywood, no priva de protagonismo al colega mexicano.

No se habla de la reciente *Vuelta al mundo en ochenta días*, sino de *Los tres mosqueteros*, donde Cantinflas es un D'Artagnan a la usanza de los peladitos de México, con un pequeño bonete ladeado en la cabeza, pantalones caídos y zapatos enormes y sin forma.

—En la escena del baile me recuerda a Chaplin —comenta Emanuel.

Cantinflas muestra que espera comparaciones más gratificantes, ya que se defiende alegando su originalidad: que él no copia de nadie.

Emanuel, al ver desautorizada su apreciación delante de los colegas, aduce que la semejanza no parte de los zapatones y en general del atuendo, sino del estilo con que uno y otro figuran ser, en la pantalla, personajes característicos, como el guardián del parque, el presidiario, el camarero, el vagabundo, el bombero...

Diálogo que, al escribirlo, Emanuel se cuida de limar de toda pedantería de su parte y, sin embargo, algún diario de la tarde, de los que ahora él llama "el otro periodismo", explota de manera sarcástica.

En la noche están en el restaurante del Ateneo de Periodistas, con una cena para celebrar que un colega acaba de graduarse de abogado. A los postres, incitan a Emanuel a que hable, por ser el más nuevo, el recién ingresado al Periódico Nº 1.

Emanuel recoge el guante de una manera lastimosa, ya que dice que lo hará en nombre de los resentidos y los fracasados, puesto que él también intentó la carrera de leyes y va notando que ha anclado en la medianía del periodismo. Ideas y confesión que decepcionan por inoportunas y despectivas y no recibe ninguna muestra de aprobación.

El Vasco está llegando tarde a la cena y cuando se le bromea con que se perdió "el responso de Emanuel", corresponde con otra ironía, preguntando si Emanuel echó el discurso sobre sus propios despojos.

—En cierto modo, sí –indica el bromista, sin tener idea de lo que el Vasco se propone anunciar: que en las

Cámaras se ha planteado contra Emanuel una cuestión de privilegio.

Emanuel apenas atina a preguntar por qué.

—Concretamente, por violación de los fueros parlamentarios.

—¿De qué manera, qué fueros...?

—Por haber reproducido los insultos de Rocco contra Del Prado. Del Prado se considera agraviado por la difusión de lo que él llama un mero incidente parlamentario.

—¿Pero acaso no se produjo? —se defiende Emanuel—. Me limité a relatar lo que presencié en el recinto. Y para eso, siquiera, tiene que haber libertad, creo yo. ¿O no? Que la gente del pueblo conozca sin tapujos lo que discuten sus representantes, y cómo lo dicen. Y si lo que hacen es reñir y agraviarse, ¡allá ellos con sus responsabilidades y sus fueros!

—No te excites, no tienes que explicármelo a mí, lo que no sabes, puede creerse, es que a la hora de fregar los platos, todas las expresiones insultantes son testadas de la versión taquigráfica, con vistas a que no queden impresas para la historia en el "Diario de sesiones" y no incordien la biografía de ningún prócer.

—¿Eso quiere decir que los periodistas debemos escribir un "Diario de sesiones" no oficial, anticipado y censurado? ¿Únicamente hasta ahí alcanza nuestra facultad de dar testimonio...?

—Además, tu caso se ha agravado por parcialidad.

—¿Cómo?

—Favoreciste al diputado independiente.

—Yo no tengo compromiso con nadie ni tantas simpatías hacia un legislador o partido cualquiera como para comprometer mi profesión.

—Pusiste en tu crónica el insulto que le mandó Rocco.

—Sí, lo puse.

—Pero no pusiste, ni al volver anoche a la imprenta parece que te acordaras, de que a Rocco le replicó Del Prado repitiendo y agrandando la frase ultrajante, con lo que, para el lector, queda que la alimaña es Del Prado, pues ocultas que también Rocco fue comparado con una alimaña. Si hubieras reproducido los dos insultos, con no ser muy elegante, tu reseña habría resultado mejor compuesta, tú habrías quedado más parado y no habría cuestión de privilegio. ¿Entiendes?

—No. Porque yo no he escuchado que Del Prado devolviera el insulto a Rocco.

—Está en la versión taquigráfica, puedes verla mañana en la sala de taquígrafos. Fue leída esta noche como fundamento de la cuestión de privilegio.

—Entonces, ha sucedido después que me retiré, tenía que volver para el cierre de la edición, usted, Vasco, lo sabe.

—Sí, por lo que a mí respecta estás absuelto. Pero ese argumento no es válido ante la Cámara, ellos no tienen pruebas de que te fuiste para cerrar el diario.

Con una fuerte depresión, Emanuel consulta al hermano mayor:

—Comprendo. Y ahora dígame, Vasco, ¿qué puede pasar?

—Ya pasó, ya ocurrió. La cuestión de privilegio ha sido aprobada, pasó a comisión. La comisión de Fueros

Parlamentarios es la que dirá si te aplican cinco días o un mes o dos.

—¿Un mes de qué?

—De arresto.

—¿Arresto a mí? ¿Y dónde, en la cárcel...?

—No será para tanto. En la propia Legislatura.

Emanuel intenta sonreír, entre tranquilizado y avergonzado por su miedo.

El Vasco, al observar esa reacción que sugiere que para Emanuel ya ha pasado todo, le advierte:

—No te hagas ilusiones. No es que vayan a permitirte errar libremente puertas adentro del palacio. Qué más querrías... Te instalarías en la biblioteca a escarbar lecturas y escribir versos durante los quince días, ¿no? Te prevengo que después del primer patio hay unos calabozos que si no son de lujo tienen siquiera una cama, una mesa y un plato.

Emanuel inclina la cabeza. Confiesa:

—Pienso en mi madre. Cuando lo sepa...

—Tienes tiempo para avisarle, esta noche.

—Sí, es muy tarde. Disculpen, me voy.

—No sin tomar otra copa, te vendrá bien.

Paternal y amigo, el Vasco, con su veteranía.

Emanuel no tiene que volver al diario hasta el final de la tarde, pues le fue asignada la tarea de cubrir los actos de la festividad religiosa y la jornada reviste una atmósfera de tibio feriado.

Se incorpora a la concentración al pie del templo, uno más entre la multitud, y le sienta bien ese perderse, dominado por la idea de haber naufragado.

A la salida de la imagen de la Virgen se pone en marcha con todos. Pasada la plaza se cumple la primera estación. La procesión se detiene, se reza el rosario, la multitud de rodillas ante el altar improvisado.

El murmullo de las oraciones es aislante del resto de ruidos propios del entorno de la ciudad, las palabras pías se vuelven anegantes y Emanuel las recibe como una benevolencia que pareciera haberle sido otorgada para sedar su inquietud. Aunque cree que no piensa en nada, tiene vaga noción de que la generalidad ha caído en actitud de acatamiento al rito y asimilación de la piedad que lo inspira, ya que percibe que detrás de él y en cada costado no queda gente de pie ni en marcha. Así es como toma conciencia de que resulta el único que ha permanecido sin hinojarse y que su posición discordante tiene que ser demasiado visible, hasta ostentosa.

Comprende que no puede seguir en ella y tiene que humillarse, lo que realiza no con una acción física sino, por súbita inspiración, con una plegaria que se le forma en la mente. Y con ella acude en pedido de que algo ocurra que lo libre de ser arrestado. Agrega: Por mi madre.

Muy pronto, cuando emprende los pasos necesarios para sumarse a la marcha solemne otra vez en movimiento, se arrepiente, pues advierte que se ha escudado en un recurso infantil para hacer valer su ruego, en tanto que honestamente sabe que se le produjo en forma espontánea y libre y no hay motivo para avergonzarse.

La procesión lleva por delante, en las calles, una furgoneta descubierta con un trompetero que abre paso mediante sus toques sonoros y precede un piquete de caballería cuyos soldados se tocan la cabeza con cascos dorados empenachados, contingente seguido de policías con el uniforme de los guardias suizos del estilo Vaticano, tres nada más, pero en compensación del breve número son los que más seducen la atención y forman su propio cortejo de niños deslumbrados por el ropaje extraño. El séquito más numeroso, sin embargo, es el que después del desfile de curas y penitentes disputa posiciones junto a las filas de damas beatas de las cofradías y asociaciones de caridad. Que de momento no sueltan la mano, esta no se abre para distribuir su caudal de medallitas de santos mezcladas con monedas hasta que la procesión llega a las gradas de retorno al templo.

Emanuel ha venido mezclado con la turba de los más mendigos y aunque fue apercibiendo que ponía harto cuidado en no rozarse con los harapos mugrientos que se apresuraban a su lado, no ha cesado de decirse que él es asimismo un menesteroso y, de alguna manera, un leproso. Del alma.

Está recordando en el bosque escarlata, tantos años después, aquella tarde y aquella procesión y no se le escapa que eso de figurarse vergonzante menesteroso y hasta leproso del alma corresponde a un juicio posterior, cuando se metió más en la vida, o puede ser la adjetivación actual, del último recodo, para aquel momento crítico de su formación y su inconformismo. Recuerda algo más: cuando, concluida la procesión, desistió del impulso de retirarse precipitadamente y se acercó al altar sorteando sacerdotes que oficiaban ya la misa vespertina en medio de las ondas graves de la música de órgano, varios órganos, mitín de órganos, pudo poner la mano un segundo sobre el mármol y elevó la mirada a la imagen. Le parecía necesaria esa forma de confirmar el sentimiento con que pronunció la súplica en la primera estación.

Más tranquilo, emprendió la ruta hacia el desasosiego previsible en cuanto se reincorporara a la Redacción.

Al presentarse, el jefe le espeta: ¿Estuviste en misa?, y dando por descontado que Emanuel ha cumplido el encargo aunque no haya respondido a la pregunta –se ve tan volado...– mezcla el comentario con una forma particular de dar la orden:

–Si ya estuviste en misa, ahora serás consagrado: el director te espera.

Desciende con prontitud excesiva las escaleras, un compañero que se cruza con él le suelta: ¿Te lleva el diablo?

Entonces Emanuel se modera, de cierto modo se compone y puede entrar con la debida dignidad al despacho de la dirección.

Contra lo que podía esperar, no lo aguardan fauces rugientes, ni siquiera un enojo visible, sólo la expresión afable del bondadoso director, quien con un ademán lo invita a avanzar.

Aunque pone atención estricta a sus reacciones, Emanuel se siente observado por muchos caballeros de altivo talante: en los muros está formada la galería de retratos de los antecesores, del fundador en adelante.

Del fundador del periódico es precisamente de quien el director le habla, que fue un periodista combativo a quien, es fama, no pudieron acallar los gobiernos.

—Joven amigo, cuando el periódico estaba junto a la antigua imprenta, a mi padre le dictaron arresto domiciliario, en su propia casa de la calle Río de la Plata, con prohibición de escribir. Pero él lo hacía, cada noche, y enloquecía a los gobernantes, no sólo porque sus denuncias no paraban sino porque la policía no lograba descubrir cómo pasaba mi padre sus editoriales. Yo era un niño, de ocho años, y resultaba normal que saliera a jugar en la acera con mi aro. Daba al aro los golpes de vara que lo hacían rodar y allá yo, tras él. Pasaba una calle y dos y ya estaba en el periódico. En la media llevaba el editorial. No había teléfono entonces, si no todo habría resultado más fácil.

Invita a un trago a Emanuel, que escancia de una botella que comparte posiciones con la colección encuadernada de rojo de las obras literarias publicadas por la Biblioteca de *La Nación*, las de Balzac entre ellas, con el nombre y los títulos en filete dorado. Detalles todos que reconfortan el atribulado espíritu de Emanuel, quien se dice que ha venido a dar con la idea que él tenía de lo que puede ser un verdadero caballero.

Noble de alma, además, está apresurándose a dictaminar Emanuel, cuando el director se pone de pie y el redactor no sabe si es el anuncio de que la audiencia ha terminado o ahora vendrá la reconvención.

No es así. Le refiere que el diputado afectado vino a exigir una reparación, concretamente, una rectificación.

Ya Emanuel, que hasta el momento sólo ha escuchado, se anima a hablar:

–¿Qué...? ¿Que el periódico diga que no es verdad que en la Cámara se le dijo aquello?

–No exactamente, no se precipite.

El director contribuye a serenarlo con un gesto en que va implícito lo que declara a continuación:

–"Caramba –tuve que decirle–, no parece saber, el señor diputado, que el buen periodismo no se rectifica nunca, no por obstinación, sino porque lo que publica es tan real, es tan reflejo de la verdad que lo que dañaría a esta sería justamente la rectificación."

Emanuel resplandece de satisfacción, orgulloso de trabajar junto a un director así, que hasta lleva su celo a dejar en pie una reserva que constituye una discreta recomendación:

–No nos vamos a rectificar, publicaremos un documento indisputable, la versión taquigráfica en su integridad. Y en adelante, joven amigo, evíteme tener que recibir a visitantes que traigan tales querellas.

–¿Quiere decir –se atreve a preguntar Emanuel con el alma encogida– que este asunto va en vías de terminar...?

–Quiere decir que terminó, joven amigo.

Se lo celebran esa misma noche, a la salida del trabajo, en una mesa abierta a otros colegas, ya que es lugar público, el Ateneo, y existe camaradería aunque pertenezcan a distintas empresas.

Está don Federico, quien opina que era fácil de imaginar...

—¿Qué era fácil de imaginar...?

—El triunfo del periodista adolescente, que pudo decir la verdad y no llegará a sufrir el castigo con que fue amenazado. Era difícil suponer lo contrario, que un político profesional se atreviera a causar molestias de fondo al Diario (lo dice con mayúscula). Los legisladores y los altos cargos, los políticos en general, que se ensoberbecen cuando llegan a tener mando, no se engañan y se dan cuenta que el poder no lo poseen ellos.

—¿Quién, entonces...? —interviene don Dúctil, que también está sentado a la mesa del festejo—. ¿Quién, qué...? ¿El periodismo, los diarios?

—Sí, Dúctil —lo encamina don Federico—: los diarios.

Por una vez, don Dúctil se aviene a serlo:

—Sí, Federico, estoy contigo. En cierta medida y en ciertas ocasiones, sí. Pero te diré cuándo. Cuando los gobiernos son veniales, cuando la base política e ideológica es débil, cuando el gobierno no es gobierno de fuerza, porque frente a estos no hay reclamo ni muchas veces, defensa.

—El poder... —queda meditando Emanuel.

Emanuel, al nacer inscripto con ese nombre, por causa de Vittorio Emanuele III, rey de Italia, era hijo de Giuseppe, Giuseppe era hijo de Nicola. Nicola era el marido de Carmen.

Carmen era Carmené, así se la llamaba en el *paese*, de donde vino, ¿unida ya a Nicola o se casaron a bordo del barco de emigrantes?

Sólo se conoce que Nicola era agricultor desde la niñez perdida, ya que el padre, soldado garibaldino, se fue a la guerra y nunca volvió.

De Carmené, que era rolliza, lo único que se conocía era una prima desvalida, de nombre Aída, llamada vulgarmente Aita, y que las dos mujeres amasaban el pan y atendían todas las otras obligaciones de la casa.

Nicola y Carmené vivían en el campo, en un viñedo con casa al frente, la casa con amplia galería de mosaico y madera.

Cultivaban la vid y vendían la uva de vinificar a las bodegas grandes. Nicola había formado una bodega chica, de vino mejor, que vendía en cantidades limitadas a precio muy provechoso.

Padecía, con formas benignas o ataques violentos, la nostalgia (pronunciaba "nostalyía", acentuando mucho la i) que, al mejorar sus ingresos, fue a curar al *paese* argumentando que él recordaba que allá existía un tipo de vid resistente a la filoxera, enfermedad que enerva y mata la planta. Se fue a Italia en primavera, haciendo presente a todos que allá era otoño y luego del otoño empezaría el invierno y él no sabía si los barcos podían pasar el océano en la época de los grandes fríos, cadena de pretextos que fue ampliando y permaneció fuera más de un año.

Al regresar no venía solo. Traía a una mujer, mucho más joven que Carmené y sin hijos (Carmené ya había contribuido con cuatro). Como en la casa faltaban habitaciones, Nicola construyó una casita en los fondos del viñedo, más allá de la bodeguita, para la recién llegada, una guapa moza de mejillas encendidas, a quien llamaban Tosca.

Carmené se resistió, pero no objetaba los preparativos de Nicola, ni siquiera le hablaba. Tanto se acostumbró a esa privación de la palabra que nunca más le habló al marido y, muy poco, lo indispensable, a los hijos. Ni siquiera montaba en cólera que acaso, por descontrol, podría haberle hecho soltar un agravio o una maldición.

A su vez, la Tosca también se fue retirando, no de la propiedad, sino en los límites estrictos de la casita, amasaba su pan y cultivaba su propio huerto. Tenía un gallinero donde criaba pavos, gallinas y conejos. De tanto en tanto sucedía que un gallo picoteaba en los ojos a un conejo y lo dejaba ciego. Entonces, Nicola mataba al gallo y despenaba al conejo. El primero se lo comía en la mesa de la Tosca y el segundo se lo llevaba, sin explicarle el origen, a Carmené, quien lo guisaba, con asombro de verle los ojos estrellados, pero no hacía preguntas.

La hija mayor se casó por segunda vez, con un hombre contra quien Nicola llevaba una inquina secreta, sin revelar que era porque había intentado seducir a la Tosca. En una ocasión ese personaje invadió el fundo retirado y solitario donde se desenvolvía la vida recogida de la Tosca y como sus pretensiones no prosperaron se dio a desacreditarla con el sistema de llamarla –en vez de Tosca, como todos– Putana.

Pero un día, el marido de la hija de Nicola, que tenía que trasladarse a otro campo, al poner al galope el caballo cayó y se desnucó. En el velatorio se comentaba que Nicola había aflojado las cinchas de la cabalgadura del yerno.

Emanuel no conoció sino de niño a la Tosca, pero vivió enamorado de sus ojos grandes y apasionados, de su melena azabache, la seductora que por tradición se conocía como causa del sacrificio del desairado primo

Enzo, soldado, melancólico profundo, que se abrió el vientre con el arma de servicio.

Estas historias y sus variadas versiones, infiltradas en el pensamiento de Emanuel, lo llevaron desde la infancia a concebir que su abuelo fue un personaje faunesco rodeado de muerte. Cuando le contaban de otro hijo de ese abuelo que era constructor de bodegas vitivinícolas y referían que se embriagaba y borracho caminaba por las vigas desnudas como un equilibrista, él demandaba, con ansiedad: ¿Y qué le pasó, se mató?

Emanuel estuvo viviendo, tiempos, la ansiedad de saber que alguien se mataba o lo mataban. Más tarde dedujo que era una apetencia tardía de cobrar cuentas al abuelo Nicola o a los hombres que pudieron conocer a la Tosca y acaso ser amados por ella.

Leoncio Leonardo no trajo una mujer de Italia —aunque sí extranjera— ni mujer capaz de hornear el pan para la mesa de un hombre o del hogar, sino dada a vestir sedas y pieles.

No la instaló en una casa rodeada de viñedos, sino en un piso elegante y céntrico, adonde trepaban fácilmente los olores de cocina del restaurante de abajo y cuando se volvían insoportables ella salía al balcón y regaba la atmósfera con colonia 4711.

Vivían de fiesta, lo que él podía sobrellevar con su formidable vitalidad y su relativa juventud, era quince años menor que el hermano, el director del periódico, en los hechos su mano derecha, pues llevaba los asuntos administrativos y, al volver de Europa, convencido de haber bebido en las fuentes de la política internacional, atendía –y opinaba periodísticamente– los asuntos entre países lejanos y las grandes potencias.

Las noches de amor no lo consumían y de madrugada ya estaba escribiendo los episodios que en sucesivos volúmenes le formaron categoría de escritor, base también de la plataforma cuando el partido Blanco lo tentó con una postulación para diputado.

El director no se mostró de acuerdo:

–Ni tu padre, ni tu hermano aquí presente nos hemos comprometido nunca con un partido político, arriesgaríamos la independencia del periódico.

–Ni nuestro padre, con ser el fundador, ni mi otro hermano sin ser nunca diputado, rechazaron, cuando les fue ofrecida, una cartera de ministro.

–Lo de ser ministro es ocasional y transitorio.

–Mi padre, que en gloria esté, y mi hermano, aquí presente, se incorporaron a un partido nada transitorio, el conservador, que maneja intereses que lo hacen permanente en la vida del país.

–Pero te estás pasando al radicalismo, el sector blanco lo es.

Y así fue diputado, de los enérgicos y arriesgados, como si tuviera un monolito donde apoyarse, y de hecho lo tenía. Era el periódico, donde ingresó Emanuel cinco años más tarde, cuando estaba cambiando la fisonomía política de la nación, pero se mantenían en vigencia las predicciones de Leoncio Leonardo. El conservadurismo, aunque con menos escaños en la Legislatura, mantenía la conducción de los grandes asuntos de orden económico, dueñas siempre, sus familias, de la tierra y de la ganadería mayor.

Fue en los tiempos de Marlene Dietrich ya superados, Greta Garbo había hecho *La dama de las camelias*.

Leoncio Leonardo tenía su visión del ideal femenino un poco contagiado de los ideales canallas. Le importaban sentimentalmente tanto las empleadas de las grandes tiendas como las mujeres de cabaret. A Gardel no lo seguía mayormente, pero había compartido con él alguna noche de banquete elegante, al que el cantor, como el diputado, llegó vestido de levita.

Bailaba Leoncio Leonardo y las mujeres de su categoría social tocaban el piano y de la mano pianista de una de ellas se prendió, sin desconocer que detrás de los ojos soñadores de la damita había bienes materiales en cantidad.

Organizaban el casamiento con los requisitos de la aristocracia criolla, desde la iglesia desbordante de cirios y flores hasta el traje de novia con bordados de la abuela y encajes traídos de Brujas, hasta la cadena de despedidas y recepciones de gala a la culminación del viaje de bodas a París.

Leoncio Leonardo no lo mencionaba ni lo ocultaba ante Medina, la mujer importada dos años atrás. Le mentía sin cesar para justificar sus ausencias nocturnas y se sentía en el más fácil de los mundos.

Había una fecha y no era un secreto. En la víspera, Medina le anunció que él no podría gozar de su noche nupcial. Leoncio Leonardo tuvo un encogimiento interior como si le hubieran informado que una venganza imparable seccionaría su virilidad.

Leoncio Leonardo despierta, cree que en otro ámbito. A poco reconoce objetos, a poco asaltan su sentido olfativo las proezas de freiduría del restaurante... Atina a buscar el frasco de colonia 4711, tropezando con la noción de que, si la semejanza de las emanaciones es real, está en otra casa y ya no con Medina que vaticinó que no podía disfrutar su noche de bodas. Rebobina y corrobora: tomó en matrimonio, no a Medina, sino a Pilar del Rocío, una mañana en la basílica brotada de altares y ramos florales, mas luego, en vez de dirigirse al hogar conyugal, para mostrar a la otra que haberse casado con la segunda en aparecer no significaba que se desprendería de la primera, acudió a buscar a esta, Medina, y se fueron a cenar fuera. Estuvo inmerso en una embriaguez de pasión y alcohol un tiempo que no puede calcular, junto a Medina y, por cierto, esa aventura lo privó de consumar la unión, ya bendecida por la iglesia, con Pilar del Rocío. Esta padeció la humillación del abandono y readmitió a Leoncio Leonardo a su retorno tardío, con abnegación e indulgencia, a cambio de la promesa de que tal fuga no se repetiría en toda su existencia.

No podría suceder, realmente, al menos con Medina, ya que, decaído el fervor del rapto que ella había perpetrado con Leoncio Leonardo, escapó con otro hombre hacia la metrópoli y el otro y ella murieron en un accidente en la carretera.

El repaso que ha puesto en marcha al despertar, es seguido, en la mente de Leoncio Leonardo, por la comprobación de que si está atado a una promesa con su esposa, esta es válida con relación a Medina, pero al formularla su intención no fue privarse de otras posibilidades, a condición de que estas fueran diferentes. Esta convicción le abre camino al llamado de su instinto, que le hace ver que si él se ha quedado en cama, soñando, hasta tan entrada la mañana, tiene que ser que Pilar del Rocío ha salido, acaso de compras, y él ha quedado solo y puede llamar a Suspiros.

Llama. Se recoge en la cama, dormita y entra otra fragancia, de mujer o, a menos que lo esté soñando, aroma de cuerpo de mujer entre sábanas, su pierna se desliza entre las piernas de ella.

Ella de pie a su lado, quedamente, con discreción, pregunta: ¿Llamaba, señor?

Él se incorpora y rescata el propósito que dejó colgado:
—El desayuno.

¿Qué hora es? Se lo ha preguntado a él mismo. Las dos, ¿de la tarde o de la noche? El día entra por la ventana. ¿Ha despertado al cabo de una noche o de muchas noches? ¿Cuántas? ¿Las necesarias para soñar (o vivir) la *liaison* con Medina, la traición de él a Pilar del Rocío, la traición de Medina para con él, y ahora su pierna profundizando entre las piernas de Suspiros?

Ahí está el olor de Suspiros. Desde la almohada, mirando de costado ve las manos, inconcebibles sin un mate a punto de ser servido, ofrecido. ¿Suspiros ofrece la infusión o se ofrece ella...?

No obedece el impulso que lo insta a volcarla en el lecho, se viste con prisa y se refugia en el trajín cotidiano del periódico.

Tiene que irse, ¿con Suspiros? Llevarla, no irse con. Información Social de Viajeros: al Nuevo Paraíso, don Leoncio Leonardo y doña Suspiros. Viajeros, Enfermos, Reuniones, Onomásticas... Frivolidades a cargo de las cronistas Zoraida y Betsabé, con Pilar del Rocío como corresponsal ordinaria y desfacedora de entuertos de sociedad.

–¿Cómo puede pretender que publiquemos otra vez una noticia que ya ha salido?

–Sí, la ha visto, sabe que salió, pero dice que siempre en segundo o tercer término y pide aparecer en primero.

"A Suiza, el doctor Sebastián Pérez y su esposa, Clotilde Encina." Una infamia, porque Clotilde Encina era la amante maldita que incordiaba la vida del doctor Pérez y su esposa verdadera, o era la secretaria con la que él decía no tener más trato que el de la oficina. Habrá que dar otra noticia enmascarada que confunda a los lectores y a la damnificada le caiga como una reparación debida.

Azares y entretelones que están por decidir a Leoncio Leonardo a transferir a Emanuel la propuesta recibida de una lectora que firma Terpsícore: escribir un guión o libreto para un espectáculo coreográfico titulado *Notas de sociedad*, con un vasto y reiterado proceso, desde el "Guarda cama, siendo su estado y el de su hijo satisfactorios", indicador de un nacimiento, de varón por supuesto, hasta el cierre fatal en la columna de necrología, pasando por las noticias del bautizo, la confirmación, pedido de mano, casamiento, enfermos y rogativas que allanen el fatal desenlace. Con la música adecuada, del álbum clásico la marcha nupcial y el réquiem, del moderno todo lo que tuviera que ver con fiestas y desenfrenos, moderadamente matizado bajo los rubros Traslaciones y Viajeros, dando pie, en el ballet, a la presencia de esbeltas figuras femeninas por el viaje a Cannes y Biarritz.

Leoncio Leonardo lo medita, un sí es no es gozoso, en el *foyer* del teatro, mientras observa cómo su esposa es asediada por las señoras que pretenden figurar y cuyos aconteceres publicables Pilar del Rocío recoge para entregarlos a Zoraida y Betsabé. Medita y está en observador. No le bastan los descotes que revelan la serenidad del nacimiento de dos senos aclimatados a la tibieza de ese ambiente bajo la caricia de la mirada de los caballeros. Más bien, en Leoncio Leonardo revive la visión de esta mañana, que no se conforma tampoco con el par de gacelas un tanto desaforadas en el caso de Suspiros, sino que da la vuelta a esta para aplicarse a su parte del reverso, sus otras redondeces y las moles enérgicas de donde nacen las firmes piernas de la muchacha.

Dos veces falla esta noche Leoncio Leonardo: la primera en considerar que bastaría volver a su casa, ya que sólo falta una hora para que termine el concierto; la segunda al regresar con la señora y tratar de consumar su propósito a toda velocidad, mientras ella invierte su tiempo en las últimas protecciones del tocador: las cremas, el paso ordenador del peine o del cepillo de cabeza...

Se lanza hacia el cuarto de Suspiros y a la orden de echarse, pronunciada con acento de amo, pasando por alto cualquier forma de seducción más delicada, la criada procede como lo haría un perro poco inteligente, se echa en el suelo y al advertir la intención del hombre de seguirla en la acción, es decir, volcarse en el piso junto a ella, de nuevo con el estilo animal, pero de bestia sobrecogida, temerosa de que el hombre descargue la paliza, se enrosca a fin de hacerle imposible la consumación del atropello. Con rabia y con prisa de desvestirla, le desgarra la prenda de dormir que la cubre apenas, para poner en libertad las tórtolas. Enardecido, se las muerde y ella grita, no tan alto que pueda confundirse con una denuncia a la señora, sino como una prevención para contenerlo y como auténtica manifestación de su dolor. La reacción es eficaz, logra que Leoncio Leonardo se retraiga, no sin dejar en voz baja la advertencia de que volverá esa misma noche.

Cuando observa dormida a su mujer, rehace el camino anterior y, tanteando para no encender la luz eléctrica y no delatarse, llega a la cama de la empleada y le reclama, con voz medida de tono pero perentoria como su ardor y su celo, que se despierte, y al no obtener respuesta, palpa a ciegas y sin resultado. Deduce que Suspiros se ha encogido o está en algún rincón del suelo o se ha ido a dormir con la cocinera.

En su cama se entrega al sueño y se sueña rasgando velos.

En la mañana, deja que Pilar del Rocío parta sin cambiar él su posición y actitud de durmiente. En cuanto se percibe solo, pide el desayuno y no lo tomará en la cama, lo aguarda levantado, para decirle a Suspiros, desde su altura:

—Esta noche no te perdonaré.

Al fin del día se deja demorar por las obligaciones del diario, avisa por teléfono a su mujer que no irá a cenar y sólo regresa cuando calcula que ella ya está reposando.

Repite la incursión nocturna, contando con que las puertas de los cuartos de servicio no tienen llave, pero al intentar abrir una traba poderosa se obstina en impedírselo. Deduce que la joven ha puesto detrás algo pesado como la máquina de coser y guardándose los insultos o las amenazas, se resigna a esperar la ocasión de una noche que Pilar tenga reunión con las amigas, que no sea el simple té-canasta con el arzobispo, ya que termina demasiado pronto.

El día que se le presenta oportuno, finge cansancio para recogerse antes de lo habitual y quedarse a la espera de sorprender a su presa.

Reclama la presencia de Suspiros, le encarga un té y cuando ella viene con las manos ocupadas por la taza, aprovecha y, con riesgo de hacer que el líquido se derrame, la fuerza a una posición en que puede tomarle la cabeza y abrumarla de besos.

La resistencia no es tan tenaz y la joven se pone a temblar, contagiando a su perseguidor que también vibra, de excitación.

Le ordena que se acueste.

—¿Aquí?

—Aquí.

—¿Y la señora? —con desmesurado asombro.

—Qué te importa de la señora, de ella me ocupo yo.

La toma con voracidad y ferocidad. Las características del encuentro pronto le hacen notar que ha vencido no sólo el pudor de ella, sino algo más importante. La moza, soportando su dolor que la penetra mezclado con goce, se pone todo lo dócil que antes no lo fue en el preludio del abrazo y en los días de rechazo y dilaciones. Se ofrece en el borde de las sábanas y estas se marcan de sangre.

Después ella realiza la operación con rapidez y eficacia. Traslada el lienzo blanco al baño y frota la parte manchada de rojo con agua caliente y jabón. Enjuaga y escurre. Sale y reaparece con la plancha eléctrica, que aplica sobre el sector mojado de donde brota un fino vapor, señal de que se va a cumplir su objetivo.

Luego que Suspiros ve completadas las precauciones para cuando regrese el ama, él le ordena que se vaya, y cae en un sueño pesado. Ella también, en su cama de hierro, donde se ha acostado apretándose contra una pierna como para continuar las sensaciones de posesión del hombre que la tuvo un rato antes.

En la función en que ambos llegaron a compartir el papel protagónico, ninguno empleó la palabra león. No hubo necesidad ni oportunidad, no hablaban. Jadeaban o suspiraban, cada uno por sus motivos y acaso en momentos diferentes, siendo el hombre el primero en resollar porque lo hacía dando escape a su ansiedad.

Ajeno a toda convocatoria, un león entra en el sueño de Leoncio Leonardo. Sin ninguna cautela ni prevención, desaforadamente. Ha estado debatiéndose con el cerco que lo encierra, recio e inquebrantable a los premiosos embates. Después ha venido dando saltos, a fin de superar, por lo alto, la dificultad de salir (o de entrar). Sin resignación ha buscado de otra manera y ha descubierto el túnel (o la cueva) donde ha entrado como lo haría un león no enamorado, endemoniado por el ardor y la pasión, con violencia ciega, notando a poco que estaba, la caverna, húmeda y acalorada, como lo están los hombres que luchan con los leones. La cueva lo ha devorado hasta dejarlo exhausto y como él tiene la facultad de contemplarse desde afuera, se ve la piel, donde el color de león ha desaparecido. Se siente ya no como un león victorioso, sino como un pingajo, trapo húmedo de apariencia miserable.

Suspiros ha dormido un rato con plenitud, tiene conciencia (la segunda conciencia, que vigila a la primera) de haber roncado o de estar roncando en el momento que ve al león y los ronquidos son bramidos de la fiera.

Esta se abalanza sobre ella (¿otra vez?) con una uña pérfida y aguda como la hoja de un puñal, y se la hunde. Duele. Duele la carne abierta y la sangre abierta se desahoga a lo largo hasta toda la extremidad. Suspiros despierta de repente. León no hay, sólo el dolor le ha quedado, alevoso y desgarrado. No lo sabe ahora, pero en el sueño, en su sueño, ella era una pantera negra.

Pero esa imagen se le ha borrado y cuando abre los ojos y hace por rememorar, le vuelven impresiones tibias, cariñosas, protectoras y la idea de que ha estado con una paloma tibia y en el nido del ave.

Para desautorizar tal sugestión empieza a latirle, como un pulso, como un golpe de sangre que golpeara en una vena, hasta derramarse, y otra vez le vuelve la ternura del nido del pájaro. También le queda una especie de sonrojo, que le enardece la piel. Tiene que ser porque el rostro de él, con tanto pelo en la barba, frotaba su cutis, impresión que al reflexionarla se le confunde con una noción más complicada, algo así como la vergüenza para la cual no se pone a buscar porqués, sólo que advierte que ya está pasada la hora del mate con leche y correrá a servírselo a la señora, y es donde se le representa el ama, con los ojos clavados en ella, como tratando de saber qué ha ocurrido anoche en ese lecho matrimonial suyo.

Inquietud no compartida por el hombre a su lado, que ha depuesto sus sueños de león y no ruge, ronca, aun ahora que es tiempo de incorporarse e ir a asumir el otro papel: el de hermano del director, el de copropietario, el de responsable de las operaciones económicas de la empresa.

Sentado al escritorio, supone que ya ha olvidado lo que ocurrió anoche y sin embargo le vuelve la impresión de lo que soñó, a él que suele decir yo no sueño nunca y si sueño no recuerdo lo que soñé, tengo la conciencia tranquila...

Suele negar haber soñado; no obstante no puede ocultar, y menos a la esposa que descansa a su lado, que a veces se siente atrapado por alguna pesadilla, porque lanza gritos de terror.

Lo de anoche, no el episodio con Suspiros, sino la ensoñación con el león, lo memoriza como una pesadilla, no de esas de espanto que suele soñar, sino como el sedimento de las que lo dejan exhausto y con la mente oprimida, como la presión de todos los sentidos y del deseo insatisfecho, tal lo que le ocurre a los adolescentes.

Esta impresión, ligada a una de las palabras que la desencadenó, lo acerca a la memorización de una lectura: la que le enseñó que el sueño es la expresión, no puede precisar si decía de un deseo reprimido o de un deseo frustrado. Sin embargo, repasando los hechos, tiene que concluir que no puede ser que lo que soñó fuera una representación deformada, disfrazada, de su deseo carnal, porque a esa hora, la de soñar, ya sus deseos se habían visto completamente satisfechos.

Lo que le hace preguntarse si con un solo encuentro como el que tuvo se ha agotado su deseo de Suspiros o, por lo contrario, se ha enardecido.

En igual litigio se halla la moza, herida de hecho, pero no resentida por el atropello, no compungida por lo que pasó. No se le esconde que sin ser para ella demasiado malo, no es suceso que deba ser mentado jamás ante la madre, sin embargo de que esta seguramente la empleó en esa casa ahogando la sospecha de que algo podía pasarle, ya que Leoncio Leonardo y los varones de su familia, excepto el director, no son gente de fiar si se les pone una falda por delante.

No piensa, no reflexiona, Suspiros, a ver si está o no resentida; lo único que percibe es ya como un dolor amortiguado en la parte. No quiere sacar conclusiones y evidentemente ni se le pasa por la cabeza aprovecharse de haber servido. Anhela la confrontación, que el señor regrese, ojalá que no demasiado tarde, sino cuando ella esté despierta, para distinguir qué se le lee en la cara. Más bien la domina la tentación de repetir: lo que ocurrió fue como el despertar del hambre, que luego se pone devoradora y no se conforma con poco.

Leoncio Leonardo vuelve demasiado avanzada la noche y Suspiros no puede verlo. En realidad él ya no tiene ánimo ni puede creer que la ocasión sea propicia para repetir la proeza de la noche anterior.

Suspiros se ha recogido mordiendo la amargura de saberse novia prematuramente abandonada y aunque conoce la historia de lo que Leoncio Leonardo le hizo a la patrona —esta sí fue desposada y, sin ser amada ni una vez, abandonada— no se le ocurre asimilar la una a la otra porque advierte que no hay comparación posible entre las dos, si bien, se dice, echando cuentas de la pasión que provocó el asalto de su cuerpo por Leoncio Leonardo, elabora nomás el paralelo diciéndose qué tengo menos que ella, ¿vestidos, alhajas? No obstante, su porción sensata le está avisando que lo que ocurrió puede haber sido lo que se llama un capricho de hombre, el cual, una vez logrado, puede derivar en olvido o desdén de la víctima.

Algo de esto cree notar cuando atiende el desayuno, que en estos casos, cuando el matrimonio se ha levantado aproximadamente a la misma hora, suele servirse en la mesa, con el estilo de abundancia y variedad que lo asemeja a una comida fuerte, propia de las personas que por sus ocupaciones (él en la empresa, ella con sus modistas y sus obras de beneficencia) no almuerzan o lo hacen a la ligera.

Al darse con Suspiros, Leoncio Leonardo sólo le dirige una mirada apática y de inmediato pasa a otra cuestión. Ha estado maquinando una fuerte inversión para la cual precisa respaldo y aporte de Pilar del Rocío, que goza no sólo de la parte proporcional de la herencia del padre, sino de bienes raíces propios. El hombre le habla de negociar estas propiedades, para colocar el dinero en una ampliación o modernización de los servicios telefónicos de la región. El plan, debidamente conversado en la familia propietaria del periódico, consiste en tener una parte de los futuros beneficios de esa modernización, por el capital aportado y porque el diario se embarcará prontamente en una campaña a fin de convencer a la gente de los beneficios técnicos a su alcance con tal cambio y dar la sensación que desde los teléfonos de todo el mundo se está a la espera de poder comunicarse, mediante el telediscado directo, con los habitantes de esa comarca. La campaña periodística servirá, además, para abonar el terreno a la autorización legislativa, ya que la empresa telefónica no pasa de ser concesionaria, el servicio telefónico es nominalmente del Estado.

Empeñado en la persuasión, Leoncio Leonardo habla a Pilar en voz alta y vehemente, hasta que su mujer le hace notar la presencia de Suspiros que entra y sale con el servicio de la mesa. Leoncio Leonardo no ha asimilado con prontitud la situación y cuando lo hace y está atenuando el tono hasta convertirlo en mero susurro, aparece Suspiros, quien toma el cambio hacia la reserva por un desaire o desconfianza de ella.

El hombre no alcanza a percibir el efecto que su actitud ha causado en la moza y sin embargo en ese momento se acuerda de algo que tenía en mente desde ayer y lo plantea:

—Mira, Pilar, la casa de campo junto al río está abandonada, se está arruinando por el descuido y la soledad, sin nadie que la proteja.

—La hago limpiar una vez cada quince días, ¿no es cierto, Suspiros?

Suspiros asiente comedidamente mientras está bebiendo la actitud de Leoncio Leonardo, a ver dónde conduce. Él dice:

—No es suficiente. Ahí hacen falta dos personas estables: un jardinero y una mujer.

—¿Piensas en nuestro jardinero?

—Desde luego que sí.

—Pero no tiene mujer.

—Pienso en Suspiros.

—¿Los vas a casar?

Para la aludida aumenta la zozobra.

—No, Suspiros puede instalarse allá y llevar la casa para cuando queramos ir a pasar unos días, un fin de semana, o cuando yo necesite aislarme a escribir la Historia.

Ha sido tan decidida la propuesta del amo que parece asunto concluido. Sin embargo, ha dejado sus puntos de vacilaciones, hasta alguna reserva de inquietud en la esposa y en la empleada una sensación mezcla de complicidad e incomodidad, ya que no se le escapa que Leoncio Leonardo quiere retirarla del sitio donde está permanentemente su mujer.

Por si fueran insuficientes sus argumentos de convicción, Leoncio Leonardo aplica una actitud de fuerza, zanjando el asunto:

—Bien, estábamos hablando de los teléfonos. ¿Cuál es tu posición, cómo ves el negocio?

Ha recobrado la voz potente y sin ocultamientos, olvidando o fingiendo olvidar la recomendación anterior de que guardara discreción.

Al observarlo, Pilar se retrae y hace una pausa prudente que Suspiros malinterpreta y sin pensarlo contribuye a que los otros se retiren del tema:

—Señora, perdone, pero tengo que preguntarle: ¿Qué prefieren para la cena?

Leoncio Leonardo no deja de extrañarse por la interrupción y la señora, más diplomática, sale al paso:

—Ya lo arreglaré yo con doña Inés.

—Pero, señora —insiste Suspiros sin atender al hecho de que está fastidiando—, es que hoy la cocinera está enferma, con sus riñones, y hay que hacer la compra. Iré yo al mercado, ¿qué compro?

—¡Riñones! —exclama Leoncio Leonardo, no como guasa, sino con exasperación, y se levanta de la mesa.

La mujer se extraña de la salida de tono, pero se resigna a su indelicadeza.

—¿Te vas ya?

Leoncio Leonardo quiere dar por terminado su planteamiento:

—Sí, me voy, tengo que estar de regreso en el despacho. Pero no sin saber si estamos de acuerdo.

—¿En la cuestión de...? —dice Pilar del Rocío callando la palabra teléfonos por sobreentendida.

Pero Leoncio Leonardo, más brusco:

—...¿de los teléfonos? No, eso lo veremos después, más tranquilos. Quiero saber si estamos de acuerdo con la instalación de Suspiros y el jardinero en la casa de campo. Tiene que ser así, no veo otra solución.

Sin ser preguntada, Suspiros avanza su aceptación:

—Si el señor lo dispone...

Leoncio Leonardo no espera a conocer la opinión de la esposa. Da órdenes:

—Pues, entonces, en marcha. Organiza el traslado de los dos, pueden emplear la furgoneta, por si deben llevar camas, aunque allá hay las suficientes, me parece. El jardinero no tiene por qué estar de forma permanente. Bastará con que vaya dos o tres veces por semana.

Cuando el marido parte a la oficina, la señora mantiene distancia respecto de la empleada, solidaria con la actitud ofendida del marido, aunque la joven no sea la responsable, pero nada agrega. Simplemente observa que esta anda con el plumero, con el trapo de frotar los muebles y el saco de la compra, manejándolos torpe y lentamente, como sonámbula u olvidada. Suspiros misma se está notando en esas condiciones y se está diciendo que no fue anoche sino antenoche cuando su tiempo de dormir tuvo una interrupción y sobrevino el desvelo con el dejo de dolor que no llama ella, para sí, ni vergüenza ni remordimiento, porque ahora que lo siente más al hombre, a ese hombre que se le niega, él le ha dado con el traslado de casa una esperanza tan formal, tan armada a propósito que, comprende, debiera sentirse alborozada.

Viene la voz de la señora a entrar en su adormecimiento soñador o en el estado de ausencia de Suspiros:

—¿Estás dormida?

—Señora, no duermo bien, desde anoche. Tengo pesadillas.

—¿Cómo cuáles? —indaga la señora que es adicta a pesquisar el significado de los sueños para pronunciar, siempre, algo arbitrario, evidente o vulgar: Soñar con peces en el agua es libertad, soñar que se ahorca a un perro es muerte de un pariente cercano; perder un diente, luto en la familia.

—Soñé que me casaba con un hombre rico...

Pilar del Rocío sonríe compasivamente.

—¿Qué más hacía ese hombre en el sueño? ¿Estaban en la iglesia?

—Sí, había un cura, que era pálido... y arrebatado como el señor. Además, tenía una mancha en la mejilla.

—Muerte de un hijo —se apresura a sentenciar Pilar del Rocío.

—¿Muerte de un hijo? Si los curas no tienen hijos.

—¿Que no tienen? —despunta la insidia del ama.

—Bueno, yo no lo sé. Pero —con más vehemencia lo expone— había una iglesia y un sacerdote, que en vez de cantar daba gritos.

—Sería el de Almagro, siempre desafina.

—Había todo eso que parecía una boda y yo era la novia.

—¿Vestida de blanco o de celeste?

—De morado.

Respuesta que deja confundida a la augur porque ese color de ajuar no figura en su libro sobre la interpretación de los sueños o en todo caso ha escapado a su memoria.

A fin de no mostrar su curiosidad cabalística, la estimula a continuar:

—Había todo lo necesario, pero algo andaba mal, ¿no es cierto?

—No, señora, mal no: peor. El hombre que se iba a casar conmigo ya no estaba en la iglesia, sino que yo con él estábamos en su casa, en su cama.

—¡Jesús! —prorrumpe Pilar del Rocío.

Y se queda callada, mordida por un feo presentimiento, provocado por el último detalle, que la suelta a repasar la noche ante–anterior. Como siempre desconfía de su marido, desde el infortunio de la noche de bodas, enmudece para darse una tregua y tratar de alcanzar los indicios de una posible relación entre Leoncio Leonardo y Suspiros, provisoriamente descartada por la escasez de fundamentos y por el avance de otra suposición: si lo que Suspiros ha soñado no será el sueño de alguna otra aventura reciente del marido, mejor dicho, que el sueño de Suspiros sea la revelación de una infidelidad real. Pilar del Rocío entiende, cree, los dos lenguajes: el de los sueños y el de la traición conyugal.

Abstraída en descifrarlos, le deja una marca, como la de una verdad puesta de manifiesto a medias, y es tanto así que en la noche repite al marido el sueño de Suspiros, preguntándole a continuación, con aire inocente, qué significará. Sin alarmar a Leoncio Leonardo lo pone alerta, lo que hasta cierto punto lo retrae al gozoso recuerdo de que tiene allí, a su alcance, a esa mujercita tan joven y tan madura para el amor, pero... en zona de peligro, lo que se demuestra con haberle contado a su esposa lo que sucedió, fingiéndolo un sueño.

Medita que a la insensatez cometida por desconocimiento, la de poner a esa "soñadora" junto a las conjeturables suspicacias de su esposa, ha correspondido, con previsión impensada, tomando la medida enérgica de apartarla de su hogar. Ahora todo se reduce a exigir que su orden sea cumplida con prontitud, a fin de poder actuar con segura impunidad.

Ha posado en la mesa de noche el libro que estaba leyendo, su mujer lo ha observado, sospechando que él ha suspendido la lectura atravesado por un pensamiento diferente o más capaz de absorberlo. Supone que puede ser por las especulaciones; que la Telefónica... Pero Leoncio Leonardo sigue absorto, a luces vista, y dice un vocablo que parece venirle de muy adentro: "carne".

—¿Qué has dicho? —se entromete la mujer también en este caso ansiosa de descubrir qué hay detrás de la frente de los demás, provocada por un término tan poco apropiado al presumible rumbo de los pensamientos de quien yace a su lado.

Él, sobreaviso, trata de salvar la situación:

—He dicho carne. Es lo que se llama una respuesta diferida, que tarda en formarse en el espíritu.

—¿Postergada?

—Sí, postergada.

—¿Y a quién le estás contestando tan tarde y desde acá?

—A Suspiros, cuando esta mañana preguntó qué queríamos comer.

Pilar del Rocío no se satisface con esa respuesta, se la guarda, tras haber hecho con la palabra una asociación en cadena: Carne-mujer-Suspiros-mujer -arnal.

No se decide por la señal de alarma que contiene la divagación de su esposa, que él no ha escuchado, sólo la ve concentrada, hasta que se transporta.

Está en un territorio de frío y nieblas, que él sin embargo domina hasta muy adentro con una mirada penetrante —como la del petrel, y en su ambiente, se susurra—, país inexplicable porque le resulta ajeno, él es de una tierra caliente, nunca ha visto ni la niebla ni las brumas.

Se abre paso como si estuviera entre gasas, que no le resultan una poderosa sujeción, sus movimientos son libres. Bracea para avanzar, se da contra los troncos de los árboles. No con troncos sino con hombres sólidos que enseguida se revelan forajidos, lo que no llega a incomodarlo. Presiente la aventura de la banda, de la que no es excluido. Ocuparán la cabaña del bosque para apoderarse de alcohol y comida, lo que encuentren.

Adentro está una joven, al principio rubia y de largos cabellos, como nórdica. Cuando él la reconoce, reviste la piel tostada de Suspiros.

Sin esfuerzo y sin pena mata bandidos y enseguida se abalanza sobre Suspiros, que le dice te esperaba y juntos emprenden una travesía hacia donde harán el amor. Los conduce un cochero de plaza, desleal a su gremio, pues los lleva hasta un garage donde eligen un coche automotor con asiento trasero muy amplio y cómodo para los dos...

Él, que estaba ardido de deseos, se pone cariñoso e irresoluto y le confiesa a la joven: Mi padre me persigue. En efecto, no su padre sino el de ella se les ha plantado delante con una mirada fiera. La mirada desbarata la intención del transe pasional y deja a Leoncio Leonardo con un balbuceo que denuncia su alivio por no haber tenido que enfrentarse con su propio padre.

Le viene como conciencia de haber estado aduciendo, a voz en cuello: "No la violé, no la violé, ¡no hice uso!"... Recela de que su mujer lo haya oído, pero ella duerme.

Sin embargo, Pilar del Rocío despierta en ese instante, ya es de día, y él lee en sus ojos enrabiados esta acusación: "¡Estabas acostado con otra!".

Se desprende de un modo tajante de aquellas imágenes, ni el regusto de la pasión se deja, aunque le tiemblan las carnes por el acto frustrado. No sea que la mujer advierta que la otra era Suspiros.

Una vez puestas las tazas ante el matrimonio, cuando Suspiros se dirige a la antecocina para traer las tostadas y la miel, Pilar del Rocío le comunica a Leoncio Leonardo, poniendo entera normalidad en lo que dice:

—Es el último desayuno que nos servirá aquí, a los dos en una misma mesa.

Sin ocultar sorpresa, él demanda:

—¿Por qué?

—¿Acaso no es tu orden? Esta tarde se trasladará con sus cosas al retiro que le has marcado.

Leoncio Leonardo empieza a violentarse; no obstante, conserva dignidad cuando requiere:

—¿Te ha afectado esa orden, porque la he tomado sin consultar tu opinión?

—Si no lo hubieras hecho así, yo misma la habría despedido.

—¿Por qué, te ha faltado, no trabaja bien?

—Porque es necesario que se aleje de esta casa.

En vista de la aceptación pacífica, hace por comentar como una nadería:

—Pero algo saco de provecho de lo que estamos hablando: la casita de campo no tenía nombre. Se llamará como la has nombrado: El Retiro.

—No es muy ingenioso, aunque quizá no le demos el mismo sentido.

Ante el riesgo de enzarzarse en otra discusión, Leoncio Leonardo opta por la callada.

Se está en los inicios de otra estructuración para sacar, junto al Diario Nº 1, otro periódico, con diferente concepción, más gráfico y dinámico que de doctrina. Como en principio se contará con el mismo personal que duplicará o al menos aumentará su jornada, a pesar de que la empresa ofrece un sobresueldo sustancioso para quien acepte el incremento de trabajo, la cuestión debe discutirse con los interesados, es decir, una representación de estos con la parte patronal, personificada por Leoncio Leonardo.

Entre los delegados elegidos por los periodistas acude Horacio, igual que otra vez en otro tiempo, cuando Emanuel se iniciaba en el periodismo profesional, y lo invitó:

—Si no estuvieras comprometido para el domingo, ¿querrías venirte por casa?

Aquel domingo que conoció a Gema...

Había almuerzo al aire libre, con carne asada, empanadas y dulces caseros. Una reunión de veinte personas, entre colegas y familiares. De sobremesa empiezan a templarse las guitarras, tres, y se entabla la payada, con Horacio como uno de los cantores. Después, con el acompañamiento de guitarra, se baila en el patio de tierra, bajo el parral. Emanuel termina de descubrir, visualmente, a Gema, la cuñada de Horacio, algo más joven que la esposa de este. Pero nada ocurre, ni acercamiento siquiera, ya que Emanuel se abstiene de bailar. Más tarde, Emanuel se siente cansado, de la comida y el ruido, y se suelta a caminar por la orilla del canal, bordeado de pastos altos. Tal vez los más jóvenes lo han seguido por juego o para tener una reunión aislada de la mayor. Cuando llega a un claro de los arbustos, adonde acaso sin proponérselo, lo convocan el parloteo y las risas de los adolescentes, desemboca en el explayado causando sorpresa, a tal punto que Gema con sus medias negras caídas, se esmera por alzarlas rápidamente y ponerse en orden.

Emanuel extiende una sonrisa de muda aprobación y vuelve sobre sus pasos, las risas se han apagado.

Aún con las medias desarregladas y las piernas delgadas que resaltan tan blancas, a Emanuel Gema se le queda prendida como una imagen que le inspira cariño, tal vez removido por su instinto sexual, aunque no haya puesto el pensamiento en ello.

Esta forma de obsesión elemental lo acompaña cuando regresa a su hogar de soltero que habita con la única compañía de la madre, y al día siguiente llama a la casa de Horacio. Tiene la tranquilidad de que la voz femenina que atiende le anuncia que ya ha salido y entonces le pregunta quién es ella. Ella contesta:

—Gema, ¿no me reconoce?

—Nunca había escuchado su voz por un cable.

—¿Y ahora?

—Ahora deseo más... —se le atraganta la intención que llevaba, de declararle, sin vacilación, que quiere hacerla su novia.

—¿Más como qué? Pero, diga, ¿usted ha llamado para hablar con Horacio o conmigo?

—No, con Horacio.

—¿Por qué es tan cerrado?

—No lo soy... no lo seré cuando pueda estar con usted.

—¿Conmigo?, no puede ser.

—¿Por qué no puede ser?

—No habrá otra oportunidad, mañana me marcharé.

—¿A otra región, a estudiar?

—Ojalá yo también tuviera la oportunidad. No, mi madre quiere que vaya un tiempo con mis tíos de Córdoba.

—¿La castigan?

—Qué barbaridad está diciendo. Bueno, tengo que darme prisa. Lo dejo.

—¿Hasta cuándo?

—No lo sé, quizá me quedaré a vivir allá.

De lo que Emanuel dedujo que ella había escapado de él o la madre la había instado a irse al descubrir —¿cómo, si él no lo reveló?— el interés por ella.

No la vio más, no sabía ni se atrevía a preguntar adónde escribirle, hasta que aquella mañana, en la avenida principal, frente a la gran cafetería, se encontró con ella de repente, caminando en sentido contrario, y ella al descubrirlo, al instante, quizás instintivamente, se detuvo para alzarse las medias e inclinó la cabeza. Emanuel no se atrevió a hacerse notar cuando ella estaba en esa operación y luego el uno y la otra se perdieron entre la multitud de transeúntes.

Todo eso sucedió en la plena juventud y ahora, Emanuel, aislado en su despacho de consultas y para visitantes, rememora aquel pasaje y absorbe la conjetura, bondadosa para él, de cómo pudo haber sido distinta su vida de unirse con la chica de las medias negras. Se dice: una vida decente, con lo que manda aparte la serie de ansiedades, humillaciones, reprobaciones y odios, que lo han ido lastimando estos años. Ni tendría tantas responsabilidades absorbentes.

Un año antes Emanuel había estado en una especie de juego de topetazos, como el de los carros locos de los parques de diversiones. Llevan un paragolpes circular y aguerrido, estos cochecitos que funcionan por impulsos eléctricos en una pista conductora del fluido. Al avanzar, por descuido o voluntad del conductor, un coche o carrito choca con uno o más, es el caos del tránsito y ni retroceder se puede sin padecer o provocar otras colisiones.

Para sustraerlo a los ánimos de venganza del diputado, el director consiguió paralizar la cuestión de privilegio que podía dar con Emanuel en un calabozo. Pero la bondad fue más lejos: Hijito, para que ese señor se olvide de usted conviene que desaparezca de su vista. Usted ya no irá más a la Legislatura, en vez frecuentará las galerías de arte, las exposiciones de pintura.

Emanuel no pudo decir que no, no sólo correspondiendo al gesto, sino porque en materia de arte no pasaba de haber sido siempre un mero espectador pasajero. Se propuso visitar al que iba a ser su jefe, de momento retirado en su hogar, a causa de una enfermedad.

Antes del día elegido lo comisionaron para una crónica de rutina: un acto en la plaza principal con dos oradores, un religioso y un diputado de ideas afines, que tenía un apellido compuesto y largo. Emanuel tomó notas y en cierto momento pasó un sobresalto, ya que el diputado lanzó una invectiva contra su diario. Emanuel se arreboló como si de un insulto personal se tratara. Enseguida pensó en una revancha; escribir sobre el acto un relato irónico y sarcástico. Se retiraba madurando su propósito, ya convencido de que la mejor venganza consistiría en disminuir al petulante y para ello no dar su nombre como orador o, caso de darlo, únicamente poner la primera partícula de su apellido. Este, completo, luego del nombre Jorge Ricardo, era Pérez de Puesta y Aguilar. Decidió que saldría sólo como J. Pérez, sin perder de vista que podría acarrearse otro conflicto, por ser el otro diputado; sin embargo, se dijo, no hablaba como legislador, sino como ciudadano común, no lo respaldaban sus fueros. Medio liado por su propósito, dándose cuenta de que parcialmente, en Pérez de Puesta quería ejercer venganza contra el diputado de la cuestión de privilegio, iba a los topetazos de sus ideas, cuando se le presentó una ocasión de descargar sus ánimos de una manera inocente y acaso chistosa. Vio venir en sentido contrario, atravesando el paseo, al jefe de fotógrafos con su cámara colgada de un costado.

–¿Adónde vas?

–Al acto religioso.

–Ya terminó, pero no has perdido el viaje, tengo una nota urgente. Es un reportaje a Schubert.

–¿El corredor olímpico?

–No, el músico, acabo de hacerle un reportaje, me hace falta la ilustración.

—¿Dónde lo encontraré?

—Está alojado en el Plaza Hotel. Te escribiré el nombre: Franz Schubert.

El fotógrafo se resignó y siguió camino adelante, el hotel estaba al borde del paseo.

De regreso en la Redacción, Emanuel esperó el tiempo prudente. Al notar que pasaba más del necesario para revelar la película y hacer la copia, lo llamó al laboratorio.

—¿Qué ocurrió, hiciste la foto?

Sin enojo, pero con convicción, el fotógrafo respondió:

—Ese señor ya no corre, está muerto.

—¿De dónde has sacado ese dato?

—Vamos Emanuel, no te pases. El chasco ya me lo llevé. Pregunté por el señor Schubert en la recepción y alguien, creo que era el director de la Orquesta Sinfónica, le indicó al conserje:

—Dígale a ese periodista que Schubert tiene que estar ahora componiendo un vals triste celestial. Murió hace un siglo.

—¿Entonces no hay esperanzas, no tendremos la foto?

—Si baja del cielo mañana, te lo prometo.

El nuevo jefe al que Emanuel había sido asignado, Tirso, llamó por teléfono en procura de novedades y de ese modo trabó relación verbal con Emanuel. Ya se conocían, pero sólo en ese momento Tirso supo que Emanuel se convertía en su colaborador. Le dijo que al día siguiente a media mañana lo esperaría en su casa.

Al dirigirse al encuentro, Emanuel cayó en la cuenta de que tenía idea que Tirso vivía en cierto suburbio, pero sin poder precisar calle y número. Renegando por su falta de previsión, por no haberlo preguntado antes de salir del diario, fue probando su orientación mediante preguntas en la supuesta vecindad. Indicaba que se trataba de un periodista del Diario Nº 1, muy delicado y rubio, con una familia grande donde los padres y hermanos eran también poetas y pintores, lo mismo daba. Una señora lo estimuló: Siga todo derecho por ahí, va bien. Es una casa grande y vieja. Primero encontrará una plaza con un burro.

Localizó la casa, más vieja de lo anunciado, y en el zaguán, a la sombra, en una hamaca de mimbre, Tirso, que lo hizo sentar pero lo atendió con negligencia y, a una niñita delgada que andaba por ahí con cara de humildad y de susto, le encargó que trajera el mate.

La niña vino con un brasero, animó el fuego y se quedó cerca para ir pasándoles el mate cebado.

Emanuel contó su dificultad para llegar y las señas que le dieron: una plaza con un burro.

Sin abandono del aire desganado o de enfermo, Tirso contó que él había traído un burro del campo, pero como en la ciudad no tenía qué darle para comer, lo ataba a los árboles de la placita del barrio para que entretuviera el apetito mascando hojas. Dejaba la cuerda de un largo estudiado a fin de que el burro llegara a dos o tres plantas y ramoneara de ellas, pero no más lejos, no se fuera a escapar. Emanuel no considera oportuno manifestar su asombro, por este poeta de ciudad con el cargo de un borrico famélico destructor del arbolado urbano. Pensó en algún cuadro de Chagall.

Después de unos mates sorbidos en medio de un silencio como de olvido, Tirso sacó el porqué de su invitación:

que le habían dicho que Emanuel escribía o quería escribir. Emanuel se puso quisquilloso: Que cómo le preguntaba eso, si ya le había entregado un cuento y él, Tirso, opinó que estaba bien, que quizá más adelante lo incluiría en el suplemento dominical. Emanuel, un tanto alterado, escrutó el rostro de Tirso que permanecía indiferente; entonces acudió como a por un testigo y la única persona para el caso era la niñita que, silenciosa y apocada, no daba indicios de que pudiera sorprenderle algo que dijera o hiciera su pariente.

A Emanuel todavía le faltaba escuchar, de su mismo invitante, esta declaración lapidaria:

—Sí, te lo dije para estimularte, pero me parece que más bien para hacerte notar que te considero un jovencito engolado.

Emanuel busca los ojos de la niña, testigo de la frase ofensiva, sin embargo, de verlos tan carentes de atención no obstante ser despiertos, deduce que la niña no sabe cuál es el alcance de decirle engolado a un escritor, por lo que prescinde de la aprensión de haber sido menospreciado ante testigos. Se da cuenta que estaban solos, él y Tirso, y que la niña, estando, no pertenecía a esa atmósfera.

Otro día, ya bastante repuesto, lo invitó a cenar, propuesta que Emanuel soslayó no sin lamentarlo muy pronto, en cuanto Tirso le dijo:

—¡Qué lástima! Quería presentarte a una artista, una bailarina de danza clásica. Sabrás que vivimos juntos.

—No lo parecía en la casa de tus padres.

—Eso es la casa de ellos, sirve para refugiarme a escribir.

A falta de otra forma de expresar su malestar, Emanuel

suelta una pregunta acaso indiscreta, ya que entre ambos no existe confianza para pedir tales franquezas:

–¿Lo saben tus padres?

–Nunca lo hemos hablado. Seguramente lo sospechan, aunque no saben con quién. De todos modos, me voy a casar y entonces tendré que presentarla. La más enterada de este asunto es Ave, hace de mandadera.

–¿Quién es Ave?

–Mi sobrina, la que nos cebaba el mate. Mi mujer, la que lo será, se llama casi igual, Evelina, porque Ave es el anagrama de Eva. Lo inventé yo, soy poeta y tengo el derecho, ¿no?

En otra oportunidad es Evelina la que se presenta a Emanuel, por teléfono, al llamar preguntando por Tirso. Cuando Emanuel dice: Ahí está, se lo voy a llamar, ella le reprocha: Sé que una noche no aceptó venir a cenar con nosotros...

–¿Yo?

–Sí, usted.

Emanuel sabía que ella era bailarina y tal vez poetisa, pero no la conocía, ni la imaginaba tan franca y resuelta.

Le pasa el auricular a Tirso, que atiende y escucha contestando sólo con monosílabos o con algún gesto que los demás redactores observan, pero que, naturalmente, Evelina no puede ver.

Al terminar la conferencia, Tirso, sin pizca de humildad, explica para todos en general:

–Era mi mujer, que me ha reñido. Dice que hago mal entregando cosas tan buenas para el consumo ordinario de todos los días. Que nadie me las va a pagar.

—¿Qué quiere decir?

—Que entrego algunos de mis mejores escritos al diario.

—¿A qué se ha referido? —se atreve a preguntar Emanuel.

—A mi artículo de hoy. Dice que debía reservarlo para formar, con otros del mismo tema o estilo, un libro.

Ante Emanuel, Evelina ha crecido. Se quedará unos días imaginando para sí una esposa semejante, una compañera capaz de dictaminar: esta parte buena de ti, para más elevados propósitos; lo ordinario, lo habitual, lo hecho con pie forzado, para el jefe de redacción, que lo publique el diario.

Se da cuenta, no obstante, de la diferencia que existe entre él y Tirso, este es un poeta ya hecho, un cronista con buena formación y probada experiencia.

Pero más adelante, el poeta muere. Lo encuentran en un charco de sangre, la niñita Eva es quien lo descubre. Evelina abandonó el lecho muy temprano ese día, Tirso se levantaba tarde, siempre.

Aparece más patente, ante Emanuel, la niñita de los ojos de fuerza contenida. Hoy la imagina de ojos asombrados.

Llega, en una de tantas giras del cine neorrealista italiano, el actor Amadeo Nazzari. Los empresarios tratan de brindarle las mejores oportunidades de conocer la comarca, donde la mayoría de la población es de ascendencia italiana y, como en Italia, se cultiva la vid y se elabora el vino. A Nazzari no le importan mucho las reminiscencias de su país ni los vástagos que este haya plantado en ultramar. Prefiere una invitación para ir a la montaña, no a escalar, no a pisar nieve, un paseo en automóvil, nada más, que le permita ver las moles de piedra que cierran por el oeste el horizonte.

También lo han convocado a Emanuel, por si puede facilitar la conversación por sus conocimientos de cine, será más cómodo o familiar para Nazzari. Emanuel va sentado junto a otro de los empresarios, quien a fin de adularlo celebra que tenga ese puesto en el Diario Nº 1, pues seguramente ahora llegará a jefe, heredando la vacante del muerto. Lo que sonroja y turba a Emanuel, como si le estuvieran sacando a la luz, en público, secretas ambiciones. Sin embargo, por vía de razonamiento, prefiere indignarse de esa suposición que considera mezquina. Se absorbe hacia su interior y le van apareciendo pensamientos derivados del episodio. Uno de ellos es, del abanico de posibilidades que abre esa muerte, el que más lo tienta: si algo pudiera heredar del fallecido sería la viuda.

Entra de nuevo en el juego de topetazos: una mujer que ha estado casada o llevando vida matrimonial con un hombre no es lo que Emanuel quería, lo que ha venido ambicionando. Emerge de rebote la ilusión de la joven de las medias negras caídas... y también se golpea contra esa reminiscencia porque ¿ella lo abandonó, no es verdad? Porque han pasado unos años y no sabe su actual condición, quizá la ha resuelto por la vía matrimonial, y en ese caso, ¿cuál sería su posición frente a ella? ¿Luchar para conseguirla, pero en qué estado la tendría ahora, ya usada?

De todos modos, siente la urgencia carnal de la viuda y se propone buscarla, logrará que lo reconozca y... Se da cuenta que no es capaz de tanto. Lo que él quiere es un amor fresco, recién nacido, y para él.

Atiende una pregunta de Nazzari y poco después han llegado a la Hostería de los Cerros, en torno de la mesa la conversación se generaliza, un poco Emanuel oficia de traductor, pero ya se pierde de las lucubraciones que traía durante esa última etapa del viaje.

Emanuel no hereda la jefatura de Tirso, aunque sí muchas de sus obligaciones, que lo comunican constantemente con artistas y, en ocasiones, con poetas y poetisas.

Se presenta, una tarde temprano, una jovencita, que el portero dice no conocer, pero, como ha invocado que es sobrina de Tirso...

–¿Qué Tirso? –, demanda, y el portero le dice el muerto, pero en Emanuel no aparece la imagen del poeta ni muerto ni vivo, sino la del burro que ramoneaba en la plaza de barrio. Entonces lo gana una gran curiosidad de hablar con la chica para saber del borriquillo, qué ha sucedido con él a la desaparición del dueño.

Con timidez que acorta sus pasos y encoge su menudo cuerpo, en las ropas de luto, llega la niña al otro lado del escritorio. Emanuel se siente grande y acaso poderoso ante ella, tanto que ni se le ocurre la elemental cortesía de invitarla a tomar asiento.

No averigua del burro, más bien querría detenerse en una intimidad o una ternura con la chica, a quien de pronto, sacada del zaguán de aquel caserón de los tíos o abuelos, vestida con ropa negra pero de calle, de salir, la encuentra mayor, y un instante, como una ráfaga, le pasa la memoria de la novia que no llegó a ser novia, posiblemente por asociación con la falda o la blusa, negras, y atina a observar que una y otra son de cuerpo que se podría llamar infantil.

Esta apreciación se le sube al entendimiento y se dice que ya ha conocido mujeres más dotadas, con más cuerpo.

Se le enciman esas nociones a la memoria de su madre, cuando en la puerta de calle, de madrugada, esperaba al hijo que esa noche había resuelto ser hombre y no regresó hasta clarear el día.

Se le ocurre que la pena que sintió por la madre abnegada no la hubiera sentido, porque los hechos se habrían producido de distinta manera si ante quien hubiera tenido que rendir cuentas fuera ante el padre. Si tuviera padre, este, por ser hombre, lo habría comprendido. Mientras monologa para adentro, dejando a la niña como olvidada, reflexiona que al crecer huérfano de padre, él mismo se acogió a la protección y vigilancia de la madre, como si ella tuviera en el hogar todas las funciones, las de madre y las de padre, y de hecho las ejercía.

Redescubre a esa chica de negro, paciente e impávida, y vuelve a sentirse hombre, es decir, mayor, y le habla a la niña en forma resuelta y con autoridad, si bien finge no reconocerla.

—Usted me ha conocido. Yo lo vi cuando usted estaba con mi tío en el zaguán de la casa... y hablaban del burro y usted se reía.

Emanuel no recuerda haber reído, esa mañana estaba aplanado por el mal trato que le daba Tirso.

La niña no quiere abandonar el hilo de la palabra:

—Usted se reía y yo lo admiraba, porque era tan joven y habían dicho que era escritor y escribía tan bien...

—¿Quién le dijo que yo escribía bien?

—El tío, lo dijo en su casa, a Evelina.

Con recelo de no haber sido clara, específica: La viuda.

Emanuel se siente en el parque de diversiones, precisamente en el área de los topetazos, aunque este encuentro y lo que le va revelando no lo hacen sentir en tren de diversión, todo lo contrario, pasa por un dejo de amargura. Porque acaba de recorrer el camino de la viuda a la mujer que le devoró esa noche cuando no volvió a casa por parecerse a ella, y de ahí a la niñita, que ahí está, esperando, esperando sin saberse qué. ¿A qué ha venido?, se descubre preguntándolo. A verlo, a verte, a conocerte, a estar contigo.

Fantasías. Ella no lo dirá (no lo dice), aunque esté deseando tal propuesta. Él no podría asumir tal responsabilidad. La madre no lo aprobaría.

Tiempo se ha disuelto desde aquella noche y aquella madrugada. Tiempo... sin Gema, la cuñadita de Horacio, a cuya imagen se sobrepone ahora la de esa sobrina de Tirso.

—¿A qué has venido? —se atreve al tuteo, está tomando posesión de ella.

La visita de la sobrina tiene que ser breve, nada más que los minutos que se debe atender a alguien en una oficina donde se está trabajando, con mayor razón si no expone motivo válido para estar ahí. Emanuel ha intentado retenerla con esa invasión de forma entre amistosa y paternal: ¿A qué has venido? Él dice que siendo ella de la familia de Tirso y —por lo que le dijo la mujer que lo orientó a la plaza del asno— ahí quien más quien menos todos son poetas o pintores... ¿acaso ella es poetisa, acaso pintora...? No. ¿Acaso admira a la tía política? Hay un gesto de rechazo. ¿Que por qué no? Es poetisa y bailarina, artista en una palabra. La niña sólo dice: "La muerte del tío". Todo lo demás, en esta terca conversación cargada de prisas, de ocultamientos y negativas, es igualmente de giros en un círculo cerrado.

Ella ha nombrado la muerte del tío sin aclarar qué quiere decir, se limitó a enunciarla. Como Emanuel repasa el cuadro familiar, acaso con tendencia a que resurja Evelina, por complacerse en oír de ella, la chica le dice:

—Usted, que ha leído tanto, sabrá que en Venezuela había una raza de murciélagos, de la que los conquistadores españoles dejaron noticia...

—...que —completa Emanuel— se acostaban junto a los hombres dormidos, o caían sobre ellos y les sorbían la sangre con tanta delicadeza que ni los despertaban; los hombres morían sin haberse recobrado. Has leído el mismo libro que yo, seguramente estaba en la biblioteca de tu tío. Él me lo prestó, quería que yo conociera ese pasaje.

La chica, abismada en algo que la roe, dice que sí que fue el tío quien la indujo a esa lectura.

—Pero... —opone Emanuel y vacila al ir a pronunciar su nombre porque no lo recuerda—, ¿cómo te llamas?

—Eva o... —concede— Ave.

—¿Eva?

—Eva María y el apellido de mi padre, que también murió.

—¿Era hermano del Tirso que yo conocí?

—No, cuñado. Hermana de mi tío era mi madre.

—Bueno, Ave o Eva. ¿No será Avelina, y transformación del masculino Abel?

—Tendría que ir con b labial.

—Sí, sí, perdón —Emanuel se da cuenta que está diciendo simplezas para que no se apague el diálogo, porque no puede tomar al pie de la letra la lectura que la jovencita invoca, y se lo dice:

—Yo no puedo creer en vampiros porque sería lo mismo que creer en fantasmas. Esas tendencias corresponden a otra época, más obscura.

La visitante mueve ligeramente la cabeza, como para sacarse de encima una mala impresión, y Emanuel teme que entre en mutismo; pero no, ella dice:

—Me daba cuenta que no me estaba tomando en serio, usted —dice un usted aguzado en la punta.

—Quizá, sin saberlo, tienes afición a la literatura fantástica y por eso te aferras a tales lecturas. No te lo aconsejo.

—No es así, pero ¿por qué no?

—Porque no hay vampiros.

—¿No? —responde como una insinuación de que ella sabe más.

—No —le replica en forma concluyente.

La jovencita se alza dispuesta a irse, no con enfado, al menos no lo muestra en el rostro y lleva la mirada baja, inescrutable.

—¿Te vas? Podemos hablar otro día, más tranquilos. No es una consulta, es una propuesta, una invitación.

La chica dice sí y previene: Yo lo llamaré.

En su interior lamenta que se retire sin concretar el cuándo y la manera. Sin embargo, no insiste en especificaciones porque no teme perderla de vista, sabe dónde vive, y el acceso a su hogar y a la familia no le será imposible, supone. Además, le brota una certidumbre: que si Eva ha ido a verlo es porque tiene interés en conversar con él, ¿de qué?, y no dejará pasar mucho tiempo sin hacerse notar.

Los días, por ausencia del llamado, lo convencen de que se ha equivocado... No cesa de tenerla presente y se persuade de que ella estaba interesada en él, aunque fuera una niña, dándose a imaginar el placer de modelar para sí a una mujer desde la edad tierna. No se le escapa, tampoco, que su interés por la viuda ha dejado de ser acucioso y pleno, para dar sitio a esta curiosidad con la que querría experimentar. Se dice que, después de todo, mayor garantía de pureza difícilmente se pondrá otra vez a su alcance.

También se le filtra a menudo la sospecha de que la chica tenía algo que confiar o revelar, y lo eligió para esa confidencia o denuncia. Esa idea de vampirismo... –se dice. Conjetura que Eva, bajo la influencia, propulsada por Tirso, de aquella lectura de los conquistadores, se ha quedado con la nueva obsesión de que en la viuda resurgieron aquellos históricos bebedores de sangre.

Por donde ve crecer su interés en Ave: Se dice que si es una anormal, podrá aprovecharse de ella y si fuera acusado por la familia argüiría que la chica no estaba en sus cabales y que él no la ha tocado. Se dice también que él es un canalla.

Además, le atribuye alguna anomalía a la viuda, no por chupadora de sangre, eso es increíble, sino por lo difícil de seguir la maraña de pensamientos que, acaso bajo la sugestión de Evelina, teje Eva, sin que esta se los haya expuesto expresamente.

Sabe que despojado, por su nuevo interés carnal (en la chica), lo que le ha crecido es la voluntad de seducción de la viuda, para vengarse del marido o amante que lo motejó de engolado y comentó a sus espaldas que él estaba en pos de su cargo en el Diario. De todos modos advierte que se ha producido en él un deseo cuyo tamaño o intensidad abarca a las dos mujeres: la recién formada y la experta, y que el deseo de una fomenta el de la otra, sin orden; por momentos la inclinación es hacia la jovencita y de pasada hacia la mayor, y otras veces al revés.

En esa maraña de tentaciones se halla cuando lo llama Ave y el día que se encuentran fuera de la oficina y fuera de la casa de ella, le pregunta a bocajarro qué es lo que quiso decirle de la viuda.

Y sin contenerse le expone su propio pensamiento: que la lectura que les dio Tirso era como preparatoria, más que de un presentimiento, de un temor enfermizo. La revelación de ese dato perverso fue como una advertencia, en definitiva una denuncia, contra su propia mujer, especie de venganza de ultratumba, asimismo fuera de época para las mentes actuales.

No obstante, llega a preocuparle su insistencia en atribuir lo extraño a las creencias antiguas, cuando solapadamente, aunque lo nieguen o lo disimulen, se albergan también en el espíritu de quienes llevan la vida más actual.

Luego, como tenía decidido, habla con claridad a Eva, sin que le quite energía el aire sumiso de la niña, su ausencia de ánimo litigioso. Le espeta que ella es una tontita que ha asimilado los pensamientos alevosos de

Tirso, quién sabe por qué oculta afrenta o cuál tipo de rencor que él guardaba contra su compañera. Y que, asumiendo la acusación de que la viuda sorbió la sangre de su hombre, con olvido de que este fue hallado muerto en un charco de su propia sangre, sin que se observara herida ni mordedura, sino –en opinión del médico– hemorragia por los conductos naturales: boca, nariz y ano. "Evelina, en caso de ser una vampira, no habría desperdiciado esa sangre, la habría bebido", dice para redondear sus argumentos de convicción.

Se admira de sí mismo por el vuelco que ha dado a su argumento, hasta el borde entre el humor negro y el sarcasmo, de lo que se disculpa, porque la niña muestra signos de que le parece que de nuevo él se está burlando de ella, y cómo no descubrirlo.

Ave, muy modosita, confiesa que temía un nuevo encuentro porque, si se producía, él otra vez la tomaría a broma y acaso la ofendería. Sin embargo...

Emanuel se prende de esas palabras: "Sin embargo", y se adelanta a decirle que no es posible seguir en ese plan de acusaciones, recriminaciones y sospechas, que hasta lo tienen distraído, en cada ocasión, de decirle cómo le agrada su compañía y qué encantos femeninos va descubriendo en ella.

No obstante han quedado irritados entrambos y si bien Emanuel se aferra a que ella es terca y que se obstina en una creencia supersticiosa, reconoce que puede perderla en cuanto la jovencita se empeñe más en su creencia o bien porque él trate de desgarrar esas fantasías de niña asustada. Decide transigir, y como no tiene acordado otro encuentro, ni ella lo llama por teléfono, por primera vez resuelve dirigirle una carta por correo.

Piensa encabezarla poniendo solamente el nombre: Eva. Piensa que es poco, como seguramente lo fueron las palabras cariñosas del otro día, que antes nunca le habían salido. Piensa que debe mostrar más sentimiento hacia ella... Elige expresiones cercanas a lo amatorio, para no comprometerse demasiado, y da forma, con la palabra, a un homenaje a su juventud y su pureza, ausente por completo de su pensamiento del sentido de castidad de la religión.

Sin embargo, destina al encabezamiento, no al final, unos párrafos que, piensa, allí tendrán más efecto:

"Estamos riñendo por algo improbable e incomprensible. Lo primero porque no podrías probar la existencia de vampiros ni yo su inexistencia. No comprendo a los vampiros.

"Si bien, y voy a darte una satisfacción, te diré que me he representado a Evelina aquella noche besando a tu tío y lo hacía como si sorbiera los líquidos vitales. Él era delgado y débil, ¿no?

"Si bien admito que hay formas secretas de ser lo que no se es y pasar inadvertido en las sociedades humanas. Es lo que suele ocurrir con los unicornios que en algunas películas bajan a las zonas pobladas, ¿o no crees en los unicornios? ¿Por qué no, si puedes creer en los vampiros hembras...?

"En todo caso y en plan de procurar que nuestra reyerta (¿me atreveré a llamarla riña de enamorados o es prematuro decirlo?) no tiene que generar entre nosotros ni una ruptura ni un desastre, ni siquiera una incomodidad, me allano.

"Conocí en la Capital a un joven escritor, niño casi, que se llamaba Manuel y me dijo que cuando él fuera mayor escribiría un libro sobre los besos de la mujer araña.

"Adiós, hasta que me llames sin enojo, pureza mía."

Eva no acude prontamente al teléfono para dar acuerdo a la conciliación. Considera que debe responder a Emanuel por el mismo medio que él usó, una carta escrita, que de primera intención concibe igualmente artera, irónica y desconsiderada. Calcula la respuesta para cada párrafo, tiene tanto que expresar que cuando están juntos no llega a pronunciar... Pero al aprestarse a escribir se encoge su pretensión y solamente pone:

"Emanuel:

" No es prematuro lo que has vacilado en decir.

"Emanuel desengáñate, yo no soy pura."

Al llegarle la carta, y observar en el dorso el nombre de quien se la remite, Emanuel ha tenido una sonrisa de triunfo, como si le hubiera llegado un halago. Al abrirla y ver que sólo contiene un texto brevísimo, la satisfacción se acorta a una incógnita, rápidamente despejada por la fácil lectura. Va bien, es casi nada... hasta la última línea, donde Emanuel tropieza. Tiene que volver al principio: leer de nuevo, una y muchas veces. Inimaginable que haya sido escrito lo que está escrito. Increíble que sea verdad.

A la irrupción del disgusto sucede la sorpresa. ¿Ha estado creyendo una niña a Eva? Sin embargo, como tal no la trataba, procuraba acercarla a sí, un tanto como ejercicio del placer de la seducción otro tanto para tratar de gozarla como mujer, con las primicias que su escasa edad podría brindarle. Pero, ¿cuál es su edad? Nunca se lo preguntó. Acaso podría ser imputado de estupro, no obstante que a pesar de su pecho enjuto y de su escaso desarrollo físico, mentalmente funcionaba como una adolescente enterada, no carente del conocimiento del mundo. ¿Cuál es su edad, quince? En ese caso le parece abominable lo que le ha ocurrido, sin que pretenda acusar al desconocido causante del irreparable daño, sino resentido por no haber sido él. ¿Quince, dieciocho, acaso veinte...?

Piensa vertiginosamente y llega a otro extremo en su divagación: Ave representa un peligro, porque una jovencita que ha hecho eso, seguramente a escondidas, engañando la fe y el concepto de sus padres, torna imposible que se confíe en ella, la mujer adulterada es una mujer adúltera. Si engañó a sus padres, si tuvo una relación a escondidas de ellos, casada podría tenerla a escondidas del marido.

Pero es que por apetencias físicas como las que lo inclinaron a Evelina, o por sustitución del ideal a medias que fue la novia frustrada, ¿llegaría él al matrimonio con Ave, tan urgido está de formar su pareja? Y en todo caso, ¿qué pensaría su madre, si supiera que la novia había tenido una experiencia anterior?

Al decir madre, piensa en padre, y se dice qué distinto sería si pudiera contar con el consejo, la opinión de mi padre. O de un hermano mayor, aunque de este, que a veces lo imagina, sabe que no podría esperar mucho: sería de ideas más avanzadas e incapaz de escandalizarse por el amor hacia una joven que ya ha pasado la experiencia. Y él no quiere esa clase de posiciones tan perdonalotodo o no-te-hagas-problema, tiene que suceder, si no contigo, con otro. También en la mujer se llega a cierta edad y viene el apetito.

Pero, se aparta del diálogo con el hermano, ¿a qué edad ha llegado? No tengo idea de cuándo dejó de ser pura. ¿Habrá sido un accidente?, busca una escapatoria.

A medias se tranquiliza atendiendo a que con Ave no ha tomado ningún compromiso, sólo han llegado al despunte, a la primera agua, sin sangre, en un entendimiento visual y afectivo que sí, es cierto, pudo derivar, por las reglas de sociedad y convivencia que Emanuel respeta, a un matrimonio santificado.

Pero —retrocede— aún le falta saber si esa carta fue contestada por Ave o por la maléfica viuda, celosa, ¿de qué, de quién? Prefiere explorar esa teoría más tarde, sin trastornar al presente las líneas de pensamiento tendidas respecto de Eva.

¿Y si la carta fue escrita por Eva pero ella no dijo la verdad? De todas formas, se dice ¡qué asco!, expresión que no corresponde a una real repugnancia física, sino a algo como el paso ante un tribunal de ética y el código por aplicar fuera el de la moral corriente. Y él, ¿está por encima o por debajo o más allá de la moral corriente?

Él pretendió ciertas reglas, como la de la castidad, la castidad que se requiere de la mujer antes del matrimonio. ¿Y al hombre no se le pide ni exige nada equivalente? Advierte que ese código es discriminatorio en favor del varón, y al flaquear otra vez en el cómputo de justificaciones que lo favorezcan, se siente exclamar. ¡No podría ser! Entonces, ¿hay que legalizar, está legalizada la infracción consuetudinaria? De hecho lo está, porque el hombre pica donde puede y cuantas veces quiere, mientras no adquiera una fama de libertino que arruine el concepto ante la propia novia y esta, aparte de censurarlo, si es que lo hace, lo rechace, pero si esto no ocurre, nada entorpecerá la unión legal ni alterará el concepto de aceptación que le muestre tener de él la sociedad. Porque los desvíos, las infracciones del hombre no son computados, se prefiere ignorarlos o pasarlos por alto. Cuando no el galán, aparte de no ser cuestionado, cobra prestigio de Don Juan que enardece a algunas mujeres y las predispone a ser seducidas o vencidas por el Tenorio.

Abismado en la reflexión, lo aparta de ella, un instante, la aparición de un ordenanza con una información, que él tendrá que despachar. Entonces se da en considerar que ha estado un buen rato en dependencia de una sensibilidad y unas ideas que no pueden ser las de hoy: denuncian su formación de adolescente que puja por sostener modelos de una moral que ya no es corriente. Sin embargo, se dice, cuánto le duele a ese adolescente la revelación de la pretendida noviecita. A lo que suma la consideración de que ya, por pretender hacerla suya, de hecho o idealmente, él mismo es quien está en infracción respecto de esas normas y tabúes con que se ha volcado a elaborar su juicio, anticipando la condena.

Porque, se da tregua, no debe precipitarse a obrar por influencia de la carta. Haría falta la ratificación, cara a cara, la confesión. Se pregunta si tendrá energía para reclamarla.

¿Quién confesará ante quién?

Tendrá que hacerlo, ella, pero no lo ha hecho. Suena el teléfono y es Ave.

Van a encontrarse junto al lago de la rosaleda, este mismo anochecer.

Emanuel tiene conciencia de que acude a la cita sin serenidad, con el ánimo confundido y el sentimiento rasguñado. Tal vez ha hecho mal en aceptar un encuentro tan inmediato, pero se enciende más, se dice qué importa, va y actuará como le funcione el carácter; está dispuesto a todo, a matarla si fuera preciso, por algo subconsciente eligió la orilla del lago: puede ahogarla. Una mirada en torno le confirma que no habrá testigos: es día de trabajo, se ha hecho la hora de cenar. Siente que la violencia da forma a sus manos. Se le ocurre pensar en *Noches blancas de San Petersburgo* y considera que no viene al caso, sin embargo sí, porque se ha revelado lo contrario de la honestidad femenina que embellece la novela. Salta a otros libros del mismo autor y se compadece de sí, porque en el fondo de su alma se están agitando desesperaciones como las de los personajes más atormentados. Recuerda que Raskolnikov mató y que los Karamazov mataban y se convence de que él podría, pero ¿por qué? ¿Qué es él? Ya no viene al caso, sólo importa lo que siente, y se siente como un marido engañado. Al tratar de imbuirse de esta conclusión, no se le escapa que exagera: él no es el marido de Eva y ni siquiera ella le ha conferido derecho sobre sí. Se le pinta la página de crímenes del periódico de mañana, con su retrato y el título "Mató por celos".

Afirma el paso para llegar, ella lo espera sentada en un banco del paseo, donde se corta el plano inclinado de la hierba y empieza la fosa de agua. Emanuel modula el tono, bien seguro de que desea de ella la confesión, para obrar en consecuencia, y no la obtendrá si la intimida.

Sin embargo de esta preocupación, no puede abstenerse de enrostrarle como comienzo inmediato la pregunta: que si es verdad lo que le dijo en la carta.

—¿Qué...? —como si no pudiera establecer con precisión a cuál aspecto se refiere él.

—Que ya no eres pura.

—Sí —un sí dicho con altura, con humildad, no con vergüenza tampoco.

—Sí qué.

—Que no lo soy. Te lo he advertido en la carta.

Entonces Emanuel toma hacia donde menos lo había pensado:

—¿Quién fue? —reclama impetuosamente.

—¿Te hace falta saberlo?

—Sí —la urge con ferocidad.

Pero ella muestra no estar del todo a su merced.

—No es quien me lo haya hecho...

—Sí — nuevo arranque bravío.

—¡No! ¿Te bastará saber que fue por mi voluntad?

—Pero —enrabiado— ¿por qué?

—Ya tenía veintiséis años. Era una mujer y estaba sola.

—No estabas sola, tenías a tu madre —la amonesta descartando su argumento.

Se le echa encima y trata de arrastrarla, pero Eva se resiste con energía a ser llevada y Emanuel siente que ella tiene mayor capacidad de resistencia de la prevista. Alza el brazo y le propina una bofetada que da con la joven por tierra.

Al instante está con ella, sobre ella, casi cara a cara:

—No quería hacerte daño, ¡pero me has desafiado, me has ofendido más de lo que ya lo estaba!

Se va acabando la convulsión de él y, ella más dueña de sí, se alza, se sacude y estira la falda. Él, medio arrastrándose desde el suelo, llega al banco y toma lugar. Está agitado y la cabeza no se le mantiene enhiesta. La joven comprende que, con sus últimas acciones, Emanuel ha anunciado la deposición de las hostilidades. Se acerca con cautela, como pidiendo permiso para hacerlo, se sienta a su lado, sin rozarlo. Él echa una mirada y pregunta:

—¿Nadie nos ha visto?

—Creo que no, aunque hay gente en aquel coche.

Señala el automóvil detenido en la avenida que bordea la parte superior del lago. Él mira hacia el automóvil, que está con los faros apagados, y en ese instante se distingue, tras los cristales, el encendido de un mechero, seguramente para dar fuego a un cigarrillo.

Emanuel permanece a la expectativa un momento y luego, abandonando la idea de haber sido visto en su acción, prorrumpe en algo que parece lo contrario de la actitud temeraria o cautelosa de hace un momento:

—¡Qué me importa! Después de todo...

Ella consulta:

—¿Nos vamos?

Él revienta en un atropello que comienza siendo verbal, pero puede prefigurar otra agresión física:

—No nos vamos. ¿Estás satisfecha? Yo no. Matarte debía.

Ella alza las manos con instintivo ademán de defensa, del insulto o de un golpe en los dientes.

Y Emanuel, con un bah despectivo, reanuda:

—¡Cochina! Con todos —con lo cual indica la convicción de que ella ha ido con muchos, a lo que Eva opone una reacción de negación insistente y ahora sí suelta el llanto contenido durante el maltrato.

Él la deja que se recobre, pero no cesa de repetirle:

—Cochina, cochina...

Vuelve a reprocharle: "Con todos...", y como ella levanta las cejas sorprendida de la amplitud de la incriminación, Emanuel completa la frase: "Con todos, menos conmigo", ya con un tono de amargo reproche.

A ella se le forma en la mente esta réplica: "Conque eso es lo que querías...", pero no tiene coraje para pronunciarla y en el trámite interno se le presenta otra salida:

—Es que, Emanuel...

Esta objeción, que no sabe en qué va a terminar, queda en el aire mientras el hombre advierte que ella la completará diciendo: No me lo has pedido, nunca... —momento en el cual la llevará en sus brazos no sabe adónde, pero sí adonde la pueda besar con pasión lastimándole los labios.

Sin embargo, luego de tropezar con otro hipo de llanto, Eva retoma el hilo y dice:

—Es que, Emanuel, eres tan distinto...

—¿Distinto de qué? —reclama él ansioso.

—Distinto de todos los hombres.

Él inclina la cabeza, como admisión y con orgullo.

–¿Te he hecho mucho daño? –pregunta, y ella se inhibe de indicarle que es la misma pregunta que querría hacerle a él, aunque ya ha tenido la respuesta.

II

Como si se pudiera, Emanuel decidió no volver a soñar. Ya tenía treinta y dos años, pretendía ser bien mirado y no le convenía sentirse culpable, en tanto que lo era: se sentía recónditamente responsable de la catástrofe que se desató a causa de la quema de la cabellera. Lo que sería poco si no hubiera habido otros motivos para cuestionarse a sí mismo.

De Emanuel, desde que era muy joven, se decía: "Sueña..." por algunas divagaciones optimistas o ambiciosas y también por sus trances de sonambulismo en la oficina, en el curso del trabajo.

La ausencia imprevista de alguien, un jefe, por ejemplo, o de un compañero que prosperaba más, o la enfermedad de esta persona, lo hacía embarcarse en la esperanza de que ese alguien se muriera. Inconfesables sus sueños homicidas, lo llevaban simultáneamente a soñarse trepando de posición en posición.

Así, con la complicidad de la realidad, llegó a ser jefe de la Redacción. Lo que a otro le habría costado el largo de una vida, a él se le dio en un tiempo relativamente breve.

Desde esa situación que ya se podía llamar encumbrada, intensificó la vinculación con Leoncio Leonardo y alguno de los demás que era autoridad en la empresa.

Emanuel no quería festejos de cumpleaños y, sin embargo, Eva, en seis años de vida en pareja, no lo había asimilado, hasta propiciaba la aparición de amigos y vecinos en esa fecha.

Para no verse envuelto en ese tipo de agasajos, Emanuel adquirió la costumbre de ausentarse en tales días. Viajaba a la metrópoli o a otras ciudades grandes; pero esta vez quiso ir a las montañas, en cierto modo como ejercicio periodístico, pues no las conocía sino desde un coche y no más allá de la cinta del pavimento. Con el pensamiento de que podía darse con imprevistos que justificaran la nota periodística, no emprendió el viaje solo, sino en un vehículo de la empresa, con el jefe de fotógrafos y un periodista provisto de magnetófono, para que recogiera observaciones, temas, o acaso diálogos con pobladores de zonas apartadas.

El objetivo de la gira periodística que Emanuel dispuso —en la empresa ya podía no sólo hacer, sino disponer— era internarse o pasar por aldeas cordilleranas, remontar valles con alguna urbanización (porque, claro, era preciso ir al encuentro de gentes) y al cabo de cientos de kilómetros desembocar en las planicies caudalosas extendidas al pie de los caminos elevados hacia la inmensidad.

De cerca, o en su seno, las primeras llanuras le resultan de una monotonía aplastante, que algo se modifica hacia un costado donde, no a escasa distancia, emergen, sin ganar altura una especie de isletas de piedra. Vistas de más cerca son recintos circulares erigidos como defensa o reparo de viviendas del mismo material, acaso volcánico, de las cuales se ven las techumbres, en doble plano inclinado, a dos aguas.

Discos voladores de roca maciza sugieren, si no fuera porque en su obra se advierte la mano del hombre y su sentido absoluto —también propio del hombre— de estar allí aposentado, como en escala de un viaje interplanetario, a no ser por las casas que se protegen o esconden de los recién llegados. De las que, no obstante, no sale el menor indicio de vida. Puede que estén abandonadas, de modo permanente o por estos días. Lo que no hace seguro que los que allí habitan se escondan. Emanuel y el cronista recorren a pie la periferia. Encuentran cierres de chapa metálica firmemente implantados, sin cerradura de llave reconocible desde afuera.

Están por terminar su diligencia de comprobación, ya se han hecho el propósito de una investigación más prolija en el viaje de vuelta, cuando se oye un ladrido y un balido. Un perro y una oveja. ¿Y nadie con ellos, persona que los cuide o los gobierne?

Coinciden, los cuatro ocupantes del coche, en que tienen hambre y sed, y no parecen hallarse en lugar dotado de posada o despensa. Flaca previsión de Emanuel que prefirió y dispuso no cargar alimentos, así como evitó y prohibió los mapas, de modo de salir y andar más a su aire.

Sin seña de poseer un sitio de hospitalidad o revituallamiento para los viajeros que, en caso de estar habitado el lugar, sobradamente hubieran sido oídos, no sólo por el motor del vehículo, sino por su conversación y sus llamados hacia adentro, hasta un bocinazo largo que se le ocurrió al chofer y que tuvo que agotar así como se agotan hasta los llamados de angustia.

Deciden internarse algo más hacia el sur, contra la opinión del conductor, que más o menos conoce y sostiene que ahí no hay nada, sólo pastos, y si se aventuran demasiado se acabará el combustible y quedarán abandonados en un desierto donde raro es el tránsito de ser viviente.

Penetran, a pesar de la advertencia, y el rodar por el camino de pedrusco, o la huella natural alguna vez reacondicionada, tiene un sobresalto, tal si hubieran pasado sobre una chapa de metal recostada, como tapa, sobre el suelo, sólo que de grandes dimensiones... Se detienen y vuelven a ver y en efecto hay láminas tendidas, aplanadas sobre la costra de tierra, perfectamente rectangulares y de las que ha desbordado, en algún momento, posiblemente muy reculado en el tiempo, una especie de pasta obscura, como de exploración y explotación desaprovechadas y finalmente escondidas con torpeza las muestras de excedentes.

Una, dos, tres, cinco chapas semejantes, a lo largo de dos o tres kilómetros, sugieren perforaciones abandonadas de una riqueza domesticable en cuanto se pusiera sobre ellas una torre metálica y se perforara y canalizara el petróleo que vale como el oro.

Echan teorías del porqué de la no explotación, por qué no ha ido esa riqueza negra a las refinerías industriales, mientras recorren prolijamente el lugar que reitera los signos y características. Emanuel las hace fotografiar, sin pensar todavía en otra cosa que en documentar su rareza.

Lugar de abastecimiento de naves espaciales lo designa el redactor, fantasía que provoca a Emanuel para imaginar algo clandestino manipulado furtivamente o con el conocimiento de las autoridades que regulan y administran las fuentes de energía del país.

Con el cronista debaten, bajo el sol rajante de noviembre, las posibilidades de un negociado de alcance internacional que se estaría gestando a escondidas del fisco.

Emanuel no arriesga ninguna conclusión, pero alimenta información que ya ha dejado de pensar que servirá para una nota periodística, todo lo contrario, tendrá que quedar en reserva hasta que pueda confidenciarlo a Leoncio Leonardo y este, como administrador del Diario Nº 1, y como político con tribuna parlamentaria, por medios públicos o reservados movilice medios propios y de las oficinas y laboratorios burocráticos, a fin de establecer la naturaleza y el valor del posible yacimiento.

De ahí en adelante, por un rato, Emanuel se imagina potentado, magnate que negocia el petróleo con las grandes potencias mundiales, o más humildemente, secretario y hombre de confianza del magnate, que con eficacia, sin duda, lo sería Leoncio Leonardo.

Le viene el apetito y depone un tanto su fluencia imaginativa, conviene en que hay que manejar ese paquete informativo, pero que es el amo, para el caso, Leoncio Leonardo, quien llevaría las riendas. Lo que no lo priva de pintarse a sí mismo, no sin repugnancia, pero sin pena, como chantajista del amo, es decir, saltar por encima de él o tener a su arbitrio la empresa periodística que –ah, se dice– también da dinero y, lo que es mejor, concede poder.

El conductor, con discreción, sugiere volver a las casas de piedra, a ver si se ha abierto algún portal o –insinúa– si ya los ocupantes han despertado.

El cronista lo cuestiona:

–No despertarán en miles de años, para eso se han hecho estas casas de piedra, para reposar ausentes hasta que pase esta civilización podrida, de ambiciosos traidores y especuladores.

Emanuel lo escucha sin aprobación ni indulgencia, no obstante admitir que el cronista parece haber estado abstraído y, sin embargo, le ha estado leyendo el pensamiento.

Descansan andados unos kilómetros del regreso y ya de lejos avizoran un destello metálico, causado por el sol sobre una especie de caja rodante. Tiene forma cúbica y es como un camión carrozado para distribución de mercancías.

Entretanto, entre el viaje de ida y el de retorno, el paisaje ha cambiado. No tiene de fondo los platos voladores de piedra o de ceniza volcánica compacta. Es pura llanura por nada significante perturbada.

No es el propio vehículo el que acarrea la gran caja metálica, al alcanzarlo lo comprueban: delante lleva, a guisa de remolcador, una *limousine* de capota atrozmente vulnerada por el tiempo que ha llegado a perforarla. El cronista bromea con que fue usada para ir a la iglesia en la boda de los antiguos patrones del diario.

Especie de furgón de gran tamaño, perfectamente acorazado de aluminio, guarda una especie de depósito de tienda de ropas y telas, a la que da acceso una puerta abierta a todo lo ancho del costado. Cuatro o cinco mujeres, jovencitas, menos unas mayores, están seleccionando prendas de vestir, que en el furgón van apiladas o colgadas de perchas, y hasta aplicadas a maniquíes, de manera que las compradoras pueden ingresar como en una tienda, sólo que esta es ambulante y no es grande.

Emanuel está asombrado por la transformación del ambiente, personas incluidas, y observa que el lugar de donde han salido reviste asimismo los atributos de un recinto amurallado, y de piedra, aunque no volcánica, ni con la forma chata de los otros discos voladores, de los que evidentemente está lejos. Lejos también en el tiempo. Persisten los rasgos: la piedra del muro circular, de metal el portal.

A poco emerge un hombre mayor, un paisano de bombachas y sombrero agauchados, con un perro al lado. ¿El perro que ladraba mientras la oveja balaba? Oveja no hay, al menos visible. Emanuel se adelanta al hombre de aspecto patriarcal y por la puerta entreabierta descubre, a espaldas de este, que el recinto circular no acoge una, sino varias viviendas, más bien pequeñas, por la diferente calidad del material de construcción.

Emanuel, seguro de estarse dando con el amo del reducto, intenta explicar la situación y decir quién es, pero la actitud ceñuda y la cerrada indiferencia del paisano lo desarman. Se limita a pedir que le provea o le venda, para los cuatro, alguna comida y algo fresco de beber.

Que no es pulpería, alega el hombre como negativa, que es una casa de familia, y emite un silbido agudo, aplicándose dos dedos a la boca, a lo que reaccionan prestamente las mujeres y el perro, se van al resguardo tras la muralla circular.

El buhonero, de apariencia próspera, si no fuera por la *limousine* en estado lastimoso, muestra el aspecto de resignación del que ha comprendido la orden dada con el silbido, y desmantela o desciende el portalón lateral. La tienda está clausurada. Es evidente que la intromisión de los viajeros indispuso al paisano y motivó la recogida de las mujeres.

Emanuel quiere saber el porqué de esa reacción, si ellos son tan mal vistos. Y por qué, si ni siquiera han conseguido darse a conocer. Aunque el hombre, si sabe leer, habrá leído en las puertas del coche el nombre del periódico, el más importante de esta parte del país.

—Ahí está la cuestión —acata el buhonero—, usted lo ha dicho, si supiera leer...

A la andanada de preguntas que descargan los viajeros, el mercader responde que son las hijas, algunas sobrinas y dos mujeres viejas, tía una de ellas, que las ayudan y gobiernan la casa.

—Las casas —corrige Emanuel, y no puede evitar la semejanza con las ciudades amuralladas de la Edad Media, o acaso con las varias edificaciones construidas en los espacios libres al pie de un castillo, fortaleza o alcázar, viviendas del pueblo llano: servidores y hombres de armas de poca monta.

—¿Y el hombre vive con todas las mujeres?

—También en eso ha acertado: vive.

—¿Qué quiere decir con eso, que hacen vida matrimonial, las jóvenes también, con el paisano, que a lo mejor es el padre?

Con acento y gesto astuto, el vendedor ambulante dice:

—Yo no diría tanto, si usted lo piensa corre por su cuenta. Yo, por mí... Nunca he visto cómo se apañan. El cercado es de piedra, jamás lo he pensado. Tampoco tengo noticia ni comentario de que ahí habite con ellas otro hombre, ni viejo ni joven. Y hace cuatro años que ando por aquí con mi carro, antes era una carreta no más, ¿saben? Las he visto crecer a las cachorras.

—¿Ellas se ocupan del ganado?

—Cabras y ovejas, sí. Las llevan a pastorear, con el perro. Cuando el perro olfatea a un hombre, hay otros pastores que andan por ahí, ladra de un modo tan especial que es como si llamara al patrón a cuidar su rebaño. Y él, enseguida, responde al llamado.

El cronista, que ha sacado su cuadernillo de notas, donde hace apuntes rápidos, enfoca al vendedor:

—¿Cómo se llama?

—¿Yo...? —vacila, pero proporciona el dato— Alí Safar, sirio.

—No, usted no, el otro, ese hombre, con "las cachorras".

El mercader dice que no quiere comprometerse, si su nombre aparece en los diarios, como él es extranjero, aunque muy de esta tierra, y no sabe lo que puede hacer un periodista; que él es pobre, aunque tenga el furgón y la mercancía.

Emanuel parece comprender, se reduce a preguntar solamente cómo se llama el lugar.

—No tiene nombre, el Sur nomás.

Emanuel lo toma como un mal trago. Esa reticencia, esa obstinación en no contestar, lo humillan, le hacen un feo papel ante sus colaboradores; él es una persona a quien no se puede dejar sin respuesta con una pregunta colgada de los labios.

Como se toma un instante para no reaccionar de manera torpe, durante ese claro irrumpe en su mente la impresión de que este –el Sur– es un país especial, como si él, ellos o el buhonero estuvieran en la costra de la tierra, en una edad remota, antes de las civilizaciones.

Por su parte, aprovechando la pausa, el conductor aprovecha para una gestión que trata de hacer en el tono más amistoso:

–Usted, que tiene tantas cosas para vender, ¿no tendría combustible que le sobrara? Dudo que con lo que nos queda podamos llegar hasta una gasolinera.

–Ah, sí.

El sirio quiere vender.

Ha encontrado la oportunidad de sacar beneficio de la parada tempestuosa ante el harén o recinto de piedra.

No regresarán a la ciudad. Desandan más millas hasta dar con una región donde encuentran talleres de automóviles para poner el suyo en condiciones de subir cientos de metros por la montaña. Entretanto permanecen instalados en una hostería, donde pueden gozar de un baño de inmersión.

Reajustado debidamente el coche, con carga de combustible para unos cientos de kilómetros, mediante un tanque auxiliar, al dirigirse hacia arriba dejan al costado y en el fondo abajo, el feudo del pastor. Desde cierta altura, donde han detenido la marcha para no desviarse de su camino, observan el anillo con tejados de pizarra dispersos como caídos de un cubilete, que sobresalen un poco en medio del espacio circular. Lo demás es mudez, soledad, ausencia de vida, como si nadie lo habitara... y Emanuel no puede olvidar, ni recordar sin rencor, que ese hombre de apariencia tosca, rodeado de mujeres, un par de ellas de presencia apetitosa, pero con las medias bastas, tejidas en casa, o a pie desnudo en alpargatas, ese déspota, padre o lo que fuere, tal vez sultán criollo de su serrallo, ha tenido un desplante que lo rebaja.

Incapaz de reacciones inmediatas frente a la agresión o el desprecio, se conforta pensando en su arma: el periódico. Cuando regrese, escribirá sobre ese personaje y el cautiverio y la sumisión de sus mujeres... Pero, se dice, hasta que regrese pasarán unos días, y ¿a quién importará? No al interesado, ciertamente, ni se enterará, no sabe leer.

Mas lo recupera la idea de que él tiene el secreto o la primicia de esa exploración petrolífera inexplotada vaya a saberse a causa de qué intereses tenebrosos o de alto vuelo, que el Diario Nº 1 tendrá que desenredar y, una vez esclarecidos, a la hora de tomar la palabra, él, Emanuel, adquirirá la autoridad y el poder que viene apeteciendo.

Sin embargo, la lección recibida lo pone más cauteloso. Está actuando en terreno ajeno, no en la ciudad, su dominio o campo de acción donde todos saben que es un periodista y le temen o lo odian, pero no dejan de tomarlo en cuenta.

En la montaña existe una mina de antracita. En vez de dirigirse a la propia explotación, lo que podría servirle asuntos periodísticos más naturales y expresivos, elige la vía jerárquica y hace enfilar el coche hacia donde dice Administración.

En la zona hasta donde se empina el monte el camino se ensancha como formando una plazoleta y tiene en un costado algunos edificios, de tipo administrativo, así como unas viviendas con apariencia de dormitorios y comedores colectivos. Casi todo, construcción de madera.

Al entrar por la calle única, que es un tramo, aunque el final, de la carretera, como siguen andando a la busca de un sitio donde hablar con alguien de autoridad, al enfilar el coche hacia unos desvíos se topan y prestamente son rodeados por unos mineros que vuelven con sus ropas manchadas por signos del trabajo, antiparras con orejeras, y una linterna en mano. Estos los detienen. Que por ahí no se puede pasar.

—¿Por qué? —reclama, empedernido, Emanuel.

Un minero contesta sin palabras, con un ademán que anida la intriga en la frente de Emanuel. Tendrá que saberlo. Se extraña a sí mismo de tal planteamiento que se hace, ¿qué tiene que intrigarse?, será una zona vedada, lo más probable por razones de seguridad. ¿No se halla esto sobre una mina con sus excavaciones? ¿No alumbra a pleno aire, en este cielo aquí arriba, más diáfano al sol? ¿Cómo sospecha un misterio entre tanto hombre resuelto, robusto, sano, que anda por el caserío? Y a propósito, parece retenerlo un reparo. ¿Sólo hombres? Sí, sólo varones se observan por doquiera. ¿Que viven sin mujeres...?

Repetirá la pregunta, al ser recibido por el secretario o ayudante del administrador, en la Administración, el principal ha bajado a la ciudad, por una encuesta policial.

—¿Una cuestión policial? —se enciende la curiosidad de Emanuel—. ¿Algo de orden criminal?

—Aquí no sería raro, señor. Con todos estos extranjeros fugados de su país, estamos tan encima de la frontera... Pero no es el caso. Sólo una insubordinación.

¿Y qué clase de insubordinación, en una aldea minera, que haga necesario bajar al valle por una cuestión policial? Lo pregunta y con la respuesta a ese punto tiene también la contestación a su curiosidad por la ausencia de mujeres.

El asistente del administrador le dice que en el pueblo de abajo, el que está en la llanura, no en el valle, hay casas... —suspende con vacilación, sin saber si debe decirlo todo—. Hay casas —se resuelve—, dos, para tomar unos tragos y hacer todo lo demás.

Emanuel tiene que preguntar: ¿Qué es lo demás?

—Son tabernas y son prostíbulos. Aquí el trabajo de la mina se puede dejar sólo una vez cada quince días. Los hombres bajan al pueblo el viernes en la noche y hacen lo que quieren, emborracharse lo más seguro. El lunes de madrugada están nuestros camiones en la entrada del pueblo para cargar a los curdas, por sí solos no podrían venir, y autobuses no suben.

—Para recoger lo que quede de ellos, ¿no es cierto?

—Algunos traen más de lo que llevaron: cargan una sífilis. En el pueblo abusan del vino y la ginebra, se pelean, arman escándalos. Aquí arriba, como la proveeduría la administramos nosotros, no les vendemos cuchillos; pero en el almacén de ramos generales, allá en el pueblo, pueden hacerse de uno.

–¿Se cortan? ¿Ese es el hecho al que se refería? Esas son hombradas, nada más, propias de gente que se pasa quince días en un agujero, agachando el lomo.

–Espere, señor, a que le cuente. El domingo Lisandro Reyes cosió a puñaladas a un policía. Lo trajimos, el lunes, hecho una desgracia, se había defendido de la milicada y no le fue bien. No vino bien, es cierto; pero el asunto pasó a mayores, después que lo trajimos le dio un ataque de locura. Decía que le había quedado una muerte por arreglar: la hembra por la que habían litigado.

Satisfecho con su relato, el contable de la administración calla, a la espera de una exclamación u otra pregunta.

–¿Y ahora dónde está el Lisandro, lo han capturado?

–Para peor de todo, se insubordinó –dice con fiereza el ayudante.

–¿Se le insubordinó a la policía?

–Aquí no hay policía. La policía somos nosotros. Pero cuando lo quisimos arrear al calabozo sacó otra vez el cuchillo. Menos mal que otros compatriotas suyos lo achicaron, si no habría más muertes.

–¿Y dónde está en este momento, fugado?

–Lo tenemos en la leonera, atado, y si se escapa, pobre de él. El administrador está en la ciudad para arreglar la entrega a la justicia, los otros policías no quieren subir, deben imaginar que está hecho una fiera y todavía armado.

Más tarde, Emanuel y su gente sabrán por qué la expresión *Pobre de él*. Porque si intentara escapar hallaría que la única puerta es la que da al exterior, y como el calabozo está construido sobre una roca que hace saliente sobre el precipicio, con dar unos pasos se descalabraría al caer. Eso en el caso de que pudiera salir por la puerta trasera. Si lo hiciera por la delantera tendría que poner pecho a las bayonetas de los guardianes.

—¿Qué son, soldados, policías?

—Nada de eso, son mineros de confianza, se les paga un sobresueldo para que ayuden a mantener el orden.

Emanuel no podía saber nada de esto. Que existiera una prisión con puerta engañadora que es como trampolín al horrendo vacío. Que tuviera asumida la función policial un grupo de hombres feroces, instigados por el alcohol o la paga a ejercer represalias bárbaras sobre las infracciones a leyes ¿dictadas por quién?, para el control de esa pequeña comunidad de trabajadores.

Se le representa la visión de una montaña desnuda —en efecto, no tiene vegetación alguna— donde se levanta como un faro una mansión de interior sombrío. Sobre ella, o en el aire, la palabra Justicia flotando en el pórtico del Dante. Emanuel se propone hacer, mediante una publicación en el periódico, que la Justicia, al menos el elemental respeto por la persona y la vida humana trepen esas montañas calvas.

El asistente ha quedado ajeno al efecto causado con su relato y ofrece mostrar todo lo bien que se está allí: dormitorios, con tableros superpuestos montados por colchón de estopa; la despensa donde cuelgan de ganchos cuartos y cabezas de ganado menor (corderos) y, en estantes, cantidad de cebollas y formas de queso elaborado en el establecimiento. Y ahora…, está anunciando el secretario, pero no hay un enseguida coherente.

Cuando Emanuel dejaba caer la mirada sobre un cordero sacrificado, harto de la obsecuencia del guía, pensó una clamorosa maldición: "¡Qué te parta un rayo!".

Su pensamiento se volvió sonoro y se estremeció la tierra.

Los hombres de Emanuel, Emanuel mismo, reciben con asombro el sacudión, que no parece haber trascendido, pues no advierten escándalo ni miedo en el rostro de los hombres que van subiendo el camino empinado, visible a través de la ventana. Tampoco entre los despenseros ha cundido la alarma.

El asistente se limita a decir: "Algún escape de gas, es corriente".

Parece un poco mayor de lo habitual, pues a poco llegan la noticia y la descripción, de algo que luego podrán comprobar: por la sacudida se ha derrumbado el peñón. Es decir, la prominencia de roca donde se asentaba el calabozo.

Emanuel no lo ha visto caer, pero al llegar al borde de la pendiente lo coge como un vahído, como si estuviera por rodar él mismo, contagiado de una frase que ya no retumba en sus oídos, pero de la que conserva el sentido.

Un buen rato precisará para que llegue el momento de razonar y darse cuenta que ha tenido impresiones sucesivas, algunas de las cuales se le presentaron encimadas: él emitió un anatema –¿o no?, pero se le formó, clamaba a su espíritu– y ocurrió la explosión, el rayo, el rayo desde adentro, que demolió el innoble lugar. Ahora le vienen a la memoria otros aspectos: uno, que presenció deshacerse la torre, en fragmentos de roca que se desprendían al aire y caían con suavidad y en silencio.

Dos, el cuerpo y especialmente el rostro de Lisandro Reyes, saliendo como proyectados por el estallido, pero sin ruido ni destrozo; la cara lo más que tenía era una expresión grave, como preocupada.

Recogida la memoria de estas impresiones, Emanuel las analiza y se da cuenta que si bien en el trance vio la cara de Lisandro desprendida como una mascarilla por la explosión, él nunca había visto a Lisandro, no sabía cómo era. La imprecación "Que te parta un rayo" elaborada por él, le trae idea de haber sido pronunciada en otro idioma, que no es el suyo. Rasguña la corteza de aquel momento trágico y descubre que la maldición fue pronunciada en sirio, lengua que él no posee, y se asombra más porque reconoce que en esa lengua sería incapaz de formar una frase completa.

Mientras se ponen en acción las cuadrillas de salvataje, que hacen (no hacen) decir a Emanuel para qué, a quién salvar, si la cabeza del prisionero se estrelló contra un punto agudo de la roca, él lo ha visto sin descender al fondo del precipicio, como están tratando de hacer los otros, con encordadas. Mientras está de testigo de esas acciones inútiles, se le ocurre que del mismo modo que la frase vindicativa pronunciada por un ser extraño –el sirio– produjo un cataclismo y sirvió para liberar al prisionero, acaso con la ayuda del sirio otra frase apropiada podría lograr la liberación de las mujeres sometidas al paisano despótico que las tiene encerradas en un recinto, también de piedra, de la llanura.

Pero, ¿cómo encontrar al buhonero y cómo instarlo a que emita la frase de maldición y liberación? Además, aunque se le pudiera persuadir de ello, ¿qué palabras serían eficaces para el caso? Emanuel tendría que inventarlas y el sirio traducirlas, y, sin embargo, ¿de dónde la magia para volverlas eficientes?

Se empeña, Emanuel, en idear la frase demoledora, pero al llenar de violencia su cabeza y la boca con que dirá la frase al sirio —en caso de encontrarlo— nota más bien que la furia para concebir el conjuro lo invade de un tierno recuerdo sentimental, de las niñas de medias bastas, y recuerda que así era, así fue, la muchacha de medias caídas, la mujer que quiso en la adolescencia y se le perdió.

De alguna parte sopla un sonido, quizás el viento que ruge gozándose de la destrucción de la tierra, sobre el fin de la desgracia, y, sin embargo, para Emanuel es una melodía que se eleva a saludar lo que permanece sin mancilla, simplemente la comba del cielo.

Con delicadeza respetuosa, en la voz y en el gesto con que le toca la rodilla, el conductor del coche procura persuadirlo:

—Ya está bien, ¿no lo cree? Usted tiene que descansar. Si le parece que ha terminado podemos irnos.

Emanuel está reaccionando como volviendo en sí, y trata de entender.

Entretanto el chofer amplía el programa: en medio día de marcha, como iremos en bajada, podremos estar en la hostería donde descansamos al venir.

Desiste de tal propuesta:

—Será mucho para usted, usted está muy cansado. Le prometo llevar una marcha suave para que pueda dormir en el asiento.

Falto de voluntad propia, sintiéndose agotado como al cabo de los años y al fin de la vida, Emanuel, sin hablar, presta consentimiento.

Entre los tres lo ayudan a instalarse y Emanuel puede dormir, dos, tres horas largas.

Hace rato que ruedan por la cinta de pavimento de la llanura y Emanuel, que no lo ha hecho notar, ha abierto los ojos. De pronto, en el registro visual que va haciendo luego de haber salido del sueño y haber dejado atrás el episodio de la montaña, advierte a los demás que ahí, ahí, por donde acaban de pasar, estaba el recinto circular de piedra.

El chofer aplica los frenos y percibiendo que Emanuel se ha despertado lo suficiente para hacer esa comprobación que a los otros se les ha escapado, da media vuelta y enfila hacia donde encuentran destruido el murallón, con vestigios de hierbas y cieno seco entre las ruinas. Rasgos de un alud.

A Emanuel se le ocurre que el fenómeno ha ocurrido por la frase mágica a la que atribuyó la propiedad de derribar la torre. O, en todo caso, por las otras frases que no acabó de redondear pero trataba de hilvanar a fin de que las dijera el sirio y de liberar a las prisioneras del murallón circular. Calla estas reflexiones, convencido de que si en la mañana el conductor descubrió que estaba desvariando, ¿qué pensaría ahora si les comunicara esas ideas?; aunque, se dice, ¿hay alguna razón para temer la magia de la poesía? Tal la naturaleza de los mensajes al sirio, gestados para propiciar la destrucción y, no obstante, de resultado altamente poético, como que tributó liberación a algunos seres.

Callada su lucubración insomne, se aplica a detectar rastro de lo que pueda haber sido u ocurrido con las mujeres encerradas. No es difícil calcular que, si bien no hay una vivienda en todo lo que la vista alcanza, han de haber emigrado más lejos, acaso con otro régimen de vida, ya que puede suponerse irrepetible una construcción similar a la de aquel cautiverio femenino y, sobre todo, en tan pocos días. Lo que sí quedan, más cerca o más lejos, son cuerpos de animales sin duda arrollados por la creciente.

Abandona el coche que viaja, emprende a pie una travesía sin rumbo, sólo orientada por el deseo de hallar a las niñas o el río que se llevó sus casas. Al no encontrarlo, desvía el rumbo que traía. Al no encontrarlos otra vez, los busca en diferente parte. Se le va la vida buscándolos. Muere, con vejez y desesperanza, en el borde mismo de un caudal que ya no puede ver, está ciego. Lo conforta el canto de las sirenas de río.

El chofer tenía indicación de Leoncio Leonardo de que al regresar del viaje llevara el coche a su casa de campo, lo que ilusiona un tanto a Emanuel, pues no conoce ese refugio o retiro, y por ello cuando el conductor sugiere volver directamente a la ciudad, para que Emanuel pueda instalarse cómodamente y reposar, lo insta a cumplir la instrucción inicial. Lo que viene a determinar que Emanuel, por primera vez, vea a Suspiros, de quien tantas mentas existen. Dicen unos en pro de su belleza o sensualidad, otros que la reconocen hermosa consideran que es una beldad rústica, de maneras bruscas y vestir vulgar.

El coche enfila hacia las cocheras y atraviesa un patio-jardín donde se halla una mujer colgando a secar ropa de hombre recién lavada. Toda la apariencia es de una doméstica más, sin embargo el ojo de Emanuel intuye que se trata de Suspiros, causa de las habladurías y fuente de tormentos para el matrimonio, en el hombre por la pasión que lo ata a ella, en la esposa por la traición encubierta pero siempre presentida.

Hace calor y Suspiros, como otra mujer que la ayuda en la tarea, lleva ropas sueltas y amplias, muy livianas. Emanuel tiene un momento para considerar con atención extrema ese cuerpo y ese escote. Siente una primera impresión que lo acarrea a desear mujer, esa mujer. Advierte que no está a su alcance, es la querida de uno de sus patrones. Advierte que no es extremadamente joven, lo que la diferencia de Eva, quien hasta el momento se le había borrado: es una mujer madura, esto es, con madurez y completa.

Como ella, sin ostentación, más bien con negligencia –al continuar su tarea mientras los recién llegados descargan las maletas– no se recata de guardar el busto, Emanuel, superado el momento de imaginarlo, lo contempla y piensa morbosamente que esos son los pechos que lo esperan para que se cumpla la profecía.

Emanuel conoció a un poeta que se jactaba de haber recibido a una admiradora de su lírica en la soledad de su gabinete de trabajo y ella al entrar se desnudó el pecho y pidió que le escribiera encima unos versos de amor. Él decía que de verle el pecho joven tan comprimido, se acobardó, negándose al requerimiento y ella, en venganza, le echó una maldición: que un día se apasionara por una mujer de busto tan amplio como para escribir un poema extenso, pero que esa mujer, en proporción al tamaño de su pechuga tuviera todas las otras zonas rellenas de una obesidad imposible, que fuera para él una pesadilla y un estorbo.

Emanuel compara con la imagen fresca que acaba de adquirir contemplando a Suspiros y halla que esta posee el busto adecuado para servir los deseos de inscripción que pudo tener aquel poeta y, en todo caso, lo que provocó en él, que era un adolescente cuando se le confió la anécdota.

Absuelve a la mujer de la malvada profecía y se lo agradece en cuanto le ha dejado los ojos abiertos a la consideración de las mujeres dotadas de atributos que, sin perjuicio de inyectar erotismo, tengan sus partes con las debidas proporciones.

De lo que le queda una especie de tentación por Suspiros, principio de fiebre que más tarde le dictará una audacia: pedir a Leoncio Leonardo que, a fin de exponerle su descubrimiento del sur, el petróleo no aprovechado, lo invite a un lugar reservado, del cual no puedan salir infidencias, como su casa de campo.

De este modo, en el fin de semana, con carácter de invitado ya está Emanuel en El Retiro, donde no hay trazas del exquisito refinamiento de doña Pilar del Rocío que seguramente prescinde por completo de esta segunda mansión para no inmiscuirse en las trapisondas del marido, para no ver. La casa de tal suerte queda al arreglo y gusto del hombre y de su otra mujer, Suspiros, la cual posiblemente aconsejada por este la ha amueblado con formas rústicas y predominio de la madera, mezclada –en denuncia de la falta de estilo– con algunos muebles de metal inoxidable.

El almuerzo es de sustanciosa y aliñada cocina criolla, como organizada por Suspiros; pero se nota que respecto de la bebida ha dispuesto Leoncio Leonardo, por los vinos italianos y oscuros que acompañan las carnes.

Después aparecen el café y el cognac, cuando ya se está entrando en el tema que Emanuel quiere exponer, lo que provoca una baja en el interés de este, pues el amo indica a Suspiros que se retire. Emanuel comete su primera indiscreción. Insinúa a Leoncio Leonardo que el asunto no es tan secreto para que se haga alejar a las personas de su confianza. Este, con una inesperada severidad, le recuerda que él fue quien le habló de conversación reservada sin riesgo de infidencias.

El invitado se defiende: Sí, pero yo creía... Con lo que deja insinuado algo de lo que se arrepentirá de inmediato: que participa del secreto a voces de que esa mujer se halla bajo el dominio absoluto del copropietario del Diario y, por consecuencia, no es concebible que vaya a traicionar algo escuchando en el segundo hogar de este.

Emanuel describe el casual hallazgo de las tapaderas de metal tendidas en el camino y parcialmente cubiertas por la tierra y las malezas. Refiere las conjeturas y deducciones intercambiadas con sus compañeros de viaje acerca del significado, destino y utilidad de esas cubiertas. Confiesa que lo único que posee es su propia observación y las fotos que hizo el jefe de fotógrafos, aparte de las hipótesis inexpertas de los demás. Dice que de todos sus acompañantes ha tomado el compromiso de absoluta reserva, por si Leoncio Leonardo, bien a través del periódico, bien desde su banca de diputado, pudiera sacar provecho de tal información, ya que se trata de algo que tiene mucho que ver con los más valiosos recursos naturales y con las fuentes de energía que en principio tendrían que ser administradas por los entes oficiales de la materia y no quedar a disposición de los particulares, y de estos, acaso, pasar a la esfera de las supranacionales.

Leoncio Leonardo queda vivamente interesado, se nota, como que apenas concede atención al hecho de que Suspiros, contra lo que se le mandó, haya interrumpido la conversación para preguntar si el señor quiere que sirva frutas o alguna pasta dulce, o más café, y dónde, si en la mesa de la comida o en el saloncito. Él se la saca de encima diciéndole que donde le parezca y Emanuel percibe que en tanto el patrón le da ese trato desaprensivo, Suspiros vuelve la mirada al visitante y, este, al sostenerla, se teje apresuradas ilusiones: piensa que Suspiros se ha interesado, sabe que él luce más joven que su superior, lo que hace suponer mayor vigor o virilidad activa, piensa que también lleva ventaja porque Leoncio Leonardo tiene colgada del pecho, como un camafeo, a la esposa, en tanto a él no se le conoce esposa y de la querida Eva no puede estar enterada Suspiros. En tren de imaginar saca conclusiones maravillosas sobre la sensualidad de Suspiros, hasta ahora quimérica. Se pronostica con ella noches de amor en esta misma casa, a propósito para tales incursiones, en cuanto el amo, es notorio, sólo de tanto en tanto consigue eludir la vigilancia conyugal.

Emanuel se ha estado repitiendo cognac y ya, sin sentirse perdido, se advierte insuflado de un espíritu que lo estimula a ponerse jocoso o más bien a tratar de lucirse ante la joven, en las entradas que esta sigue repitiendo, unas veces para ofrecer algo más, otras sin pretexto. Está complacido por su don de admiración, sin prestar atención a que no se lo debe a su espiritualidad sino a la bebida provista por Leoncio Leonardo. Persiste en la contienda, para mostrarse superior al invitante, aunque este le lleve la ventaja de poseer la casa, poseer fortuna y poseerla a ella, a Suspiros.

Tanto descuida la prudencia y hasta el buen gusto que, por acentuar sus presumibles dotes de ingenioso y aventurero, aprovecha que la joven se ha estabilizado junto a ellos, aunque de pie –tomándose una libertad que el patrono no autorizó, pero ella sabrá hasta qué punto puede desacatarlo–, y refiere los episodios de las mujeres encerradas, con tono insinuante y procaz, sobre todo cuando deduce la función del paisano que las regía. Tal el carácter que le otorga que la narración queda privada del hálito de misterio, de lo extraño que poseyeron los hechos reales. Más con la aparición del sirio, que él transforma, al contar cómo la palabra mágica del buhonero –que en su hora lo cautivó tan posesivamente–, hizo ganar la libertad del prisionero de la torre.

Emanuel tiene recóndita conciencia de que ha rebajado aquellos sucesos –cuya irrealidad le tuvo atrapados los sentidos, y sólo para halagar la imaginación de Suspiros, para lograr que le preste más atención– y se conforta diciéndose que bien vale el malbaratamiento de una historia que ya pasó si lo que le permite es ganar la seducción de la mujer deseada.

Sin embargo, diversa es la consecuencia de su cháchara con motas de desatino. Leoncio Leonardo evidencia que lo anecdótico de la exhibición de Emanuel no lo ha distraído de sostener todos los hilos de la trama, por más que el autor los haya desatendido y esté disipado.

Con toda la autoridad que le da su condición de amo, en cualquier terreno, abandona la fingida atención que prestaba a los relatos del invitado y le declara con cierta intención:

—Me decían que usted es un soñador.

Emanuel siente como una caída brusca y le arden las mejillas:

—¿No me cree? ¿Supone que lo he soñado...? Tengo disponibles fotografías y testigos de todo, metro a metro.

—Quiénes son los testigos, ¿el chofer y los periodistas?

—Así es.

—Más le conviene que no. Porque sucede, y es una lástima que tan pronto lo haya olvidado, que usted me dijo que conversáramos en privado, porque lo que aquí se ventilara no podía ser sino secreto.

—Con ciertos límites, se entiende –acepta el interpelado.

—Sí, los límites de la discreción absoluta. Y tal requisito es imposible porque el asunto está en boca de muchas personas, ¿cómo callarlas, en caso necesario?

Emanuel se sabe desarmado como diplomático y negociador, no atina a resguardar los secretos esenciales.

Con una actitud más juiciosa trata de corregir el efecto que hayan recogido de él y se pone receloso de algo que hasta el momento no ha tomado en cuenta: que a lo mejor, se dice, Leoncio Leonardo se ha vuelto agresivo no porque él haya manejado con imprudencia el asunto, sino porque ha captado sus miradas rapaces sobre Suspiros y se le ha encendido la rivalidad, hallándose en desventaja frente al más joven y más atractivo.

Muchas veces, dentro del transcurrir de la vida normal y del trabajo, ha estado sopesando todo lo que él hizo para afrontar y montar aquel proyecto de las Lagunas. Antes que nada, impidió el desalojo de tierras por los habitantes oriundos y, siempre con la ayuda de la maestra –o él como ayudante y propagador de lo que hacía la maestra– consiguió reequipamiento de la escuela, provisión periódica a los pobladores de alimentos no perecederos, tres motores para extracción del agua subterránea... Recuerda con simpatía que consiguió –consiguieron– fletar dos autobuses que trajeron desde aquella región absolutamente inhóspita, a todos los alumnos de las tres escuelitas y a algunas madres, que conocieron por primera vez la vida de ciudad, la Capital de la Comarca. El director general de Escuelas, no el que sacrificó el puesto de la maestrita sino su sucesor, recibió en su despacho a la chiquillada y tendió la mano a cada uno de ellos. A los dos días regresaron a la somnolencia y la privación de siempre, pero atiborrados de dulces, juguetes, cuadernos y lápices.

Recuerda que todo esto, al menos la resurrección de las dispersas aldeas de laguneros, se consiguió inicialmente con la política del agua. Se dio libre curso a las aguas del río hasta entonces contenidas de tramo en tramo por los diques. Estos no desaparecieron, pero abrieron sus compuertas. Con lo que empezó a hacerse más posible el proyecto del trovador Draghi Lucero, que había recordado, en un libro, que el algarrobo, cuyo cultivo estaba abandonado por la sequía, fue en otro tiempo el árbol del pan de los pobladores de las lagunas, por la facilidad de convertir su fruto, ligeramente dulzón, debidamente molido, en patay, comida que era y volvió a ser de niños, mayores y animales.

Esta visión que casi podía pasar por positiva, no llevó a la prosperidad vislumbrada de plantíos de vid y olivares, la miseria subsistió y se mantenía. No obstante el alto precio que hubo de oblar Emanuel, por lo que, para exculparse en algún grado, él llamó traición menor. Siendo como era una traición en regla, un saqueo. Porque como él, su tío Juan Andrés, había trabajado por las lagunas, en el proyecto de la campaña periodística y al emigrar él al Diario Nº 1 se llevó consigo el material documental y cuanto tenían en elaboración para la acción periodística que debía sacudir a los Poderes Legislativos. En cierto modo, la impulsora de ello fue la maestrita, con su empeño en publicar la denuncia. Como a Emanuel no le fue posible, imaginó "vender" la campaña en grande, como decía para adormecer su conciencia, aduciendo la proyección a través del Nº 1, con el poder amplificador de este que se metería por todos los intersticios de la conciencia pública y oficial.

No estuvo equivocado, al principio, pero el fracaso del plan cuando se estaba poniendo en marcha lo dejó lejos del triunfo y sí con el baldón de haber negociado material que era de otra empresa periodística.

Entretanto, Emanuel había gozado, como propulsor de la campaña de recuperación, de la posición de primera figura en cuanto acto motivaba el plan que muy pronto se vio decaer, ya que el agua, al no ser suficiente para los viñedos de más arriba, era motivo de riña y litigio cuando se procuraba llevarla al Norte, a las lagunas. Estas permanecieron secas, no refloreció la fauna ictícola, no se vio más una canoa de totoras y las tierras empezaron a ser parceladas para venderlas a menor precio a latifundistas con "visión" a la expectativa de que con los años esos terrenos si no servían para cultivos y con el ganado no eran rentables, podían convertirse en zonas de camping con una mínima pero no imposible provisión de agua o dando nacimiento a complejos de viviendas.

Emanuel se vio a sí mismo en los actos inaugurales de varias etapas: la fundación de la colonia, la apertura de una carretera, una suelta de agua –quizá la única– por los nuevos canales... Se vio en la inauguración del nuevo edificio escolar y supo que lo vio la maestrita, pero como ella, comedida, no quería tener parte en la función, él la dejó, para sí, en la mirada y el recuerdo. El álbum de recuerdos femeninos.

Emanuel se conformó con que su historia figurara alguna vez en la crónica de fundadores y colonizadores de estas tierras de nostalgia.

Conforme con figurar –si eso llegaba a ocurrir– en la página de los idealistas, siquiera en los textos de uso escolar, no podía ser de otro modo porque él no aportó capital a los proyectos ni se atrevió a reclamar su parte como cerebro de la obra que se alcanzó a cumplir. Teme actualmente que le pueda ocurrir algo semejante con el hallazgo de los manantiales de petróleo. Leoncio Leonardo enfrenta esa posibilidad y, con más carácter que Emanuel, barre con ella. Le plantea, medio en tono de pregunta, medio en tono de consulta e indagación, si está pensando en vender el secreto a alguien.

Como Emanuel al negarlo pierde las formas mesuradas con grandes aspavientos, y acaso traiciona sus verdaderas intenciones ocultas, Leoncio Leonardo le hace presente que él no podría ir muy lejos, por falta de caja de resonancia: no es político, no es legislador, no posee un periódico, no pertenece a ninguna sociedad anónima, banca u organización industrial que pueda aprovechar el informe.

Emanuel se da cuenta que Leoncio Leonardo, a quien reconoce más avisado que él en los manejos de la cosa pública, le está presentando el cuadro desnudo de cómo funcionan los intereses en esta sociedad a la altura de nuestra civilización: mediante la puesta en marcha de grandes engranajes. Repite grandes engranajes, y agrega: Monstruos, con un efluvio de bilis por saberse irremediablemente ajeno a ellos.

III

El hombre se hace cargo de que debe enviar un telegrama de condolencia. Es nuevo en la región y supone que un cable, como en todos los países, tiene que ser despachado desde la Oficina de Correos. Se incorpora temprano, a fin de no demorar la remesa. Camina la media hora hasta la pequeña ciudad, cortando con la circulación de su cuerpo los bloques de frío intenso de la primera mañana.

En la Oficina de Correos se le informa que no es el lugar apropiado para despachar telegramas, solamente cartas y paquetes son admitidos, que debe dirigirse a Grove, Crescent Florist, y para ayudarlo le anotan en un papel ese nombre y la dirección. El empleado de ventanilla duda sobre el número, a gritos se lo pide a otro que está más adentro removiendo o acomodando encomiendas. El segundo se lo dice: cincuenta y nueve.

El hombre pide que lo orienten, por dónde está la calle Grove. Le dicen que es muy fácil, al pasar la Biblioteca Pública, un edificio grande, por ahí se llega. Como duda haber entendido las instrucciones, al transitar ante el destacamento policial va a preguntar, a que le confirmen. No hay policías –ningún uniformado– en el exterior, ni junto a los automóviles con techo recargado de claxons y sirenas. Comprende, a causa de la baja temperatura, nadie hace guardia en la calle.

Se propone entrar. Tantea una puerta, está cerrada, tiene que ser por el frío. Tantea la otra hoja, donde pone *push* y esa hoja de la puerta resulta dócil, se abre.

El hombre esperaba encontrar, tras la puerta, un vestíbulo amplio contorneado de despachos y cierta cantidad de uniformados. No hay vestíbulo, acaso sí una sala de espera al fondo, después de un corredor; no hay policías ni persona alguna. Toda la pintura interior, de un celeste casi gris. Nadie circula, no se advierte ni se concibe movimiento alguno.

De un costado vienen voces. Se vuelve hacia ellas. Una mujer sumamente arropada se está yendo y al salir le dice perdón. También detrás de un mostrador o pupitre largo, ha quedado otra mujer, con lanas, pero no excesivamente cubierta.

El hombre pregunta por Crescent Florist. Tiene la vaga impresión, sin que nadie aún le haya hablado, de que todos saben a dónde quiere ir. La empleada le dice que es la tienda de la florería y él dice yo quiero despachar un telegrama. La mujer pone la expresión de quien alega: ¿Y de dónde, si no?

Repite la pregunta, dónde está la calle Grove, que es la de Crescent Florist, y la preguntada le dice que al pasar la Biblioteca, la de la izquierda.

El hombre se siente más orientado, emerge del edificio policial y comprueba, frente a las anchas calles, que no tiene idea clara de por dónde encaminarse.

Anda, no obstante. Hay un edificio blanco con peristilo.

Arriba, a nivel del tejado, consigna que es la Biblioteca Pública, pero la mirada que se proyecta hacia todos los rumbos no distingue cartel alguno que ponga Grove Street. Lo inmediato de la Biblioteca no es una calle, sino un puente ancho.

Duda, se vuelve y reconoce el autoservicio de bebidas, donde ayer se proveyó de una botella de vino lambrusco. Le da más confianza la perspectiva de que podrá comunicarse con alguien conocido de antemano, la señora que cobra en la caja.

Ingresa con los brazos vacíos en la fila de compradores que ya se retiran y al llegar ante la cajera trata de explicarle que no ha hecho compra porque lo que él desea es enviar un telegrama. La cajera le dice que desde ahí no se puede, que tiene que ir a Crescent Florist y él exhibe el papel para mostrarle que eso ya se lo han indicado, y pregunta cómo se llega a Grove 59. La empleada lo instruye: al pasar la biblioteca, a la izquierda. Él replica: hay un puente. Ella le enseña: después del puente, derecho adelante.

Él regresa a la calle, vuelve ante la biblioteca, enfrenta el puente, lo supera y en el otro extremo hay dos carteles, uno marca Grove. Ante el primer edificio de esta calle intenta verificar la numeración, pero la casa no tiene número. Sigue caminando hacia arriba y le parece ver en una puerta al número 11. También le parece que a lo mejor no es y que tampoco esa casa esté numerada. Se aproxima y descubre que lo que creyó un once son dos hendeduras verticales donde acaso se aplican las llaves.

Busca otra casa. La primera que ostenta número le informa que está frente al 24. Mira calle adelante y se le ocurre que es muy larga, mientras vuelve a tomar conciencia del frío que arrecia. Encuentra el motivo: la calle corre junto al río, donde nadan bloques de hielo o de nieve congelada.

Camina, camina. Cuando está por desistir, razona que tiene que mandar ese telegrama, por carta el mensaje llegaría fuera de oportunidad.

Piensa que es bobo andar caminando, junto al mar de hielo y bajo un viento no menos desconsiderado, por una calle de casas sin número y cerradas –seguramente por lo impiadoso de la temperatura– hacia donde atiende una florista o un florista, que tal vez él no entendió bien o no le entendieron al preguntar, habla poco ese idioma, y acaso le dieron señas equivocadas.

¿No es que se usa mandar flores a los deudos de un muerto o, mejor, al velatorio?, ritual que ya debe de haber pasado. Entonces, él tiene que mandar el telegrama.

Nota que ha llegado al número treinta y tantos. Pero de los pares, el cincuenta y nueve es impar. ¿Seguirán los números de la otra acera una numeración equivalente? ¿Cómo comprobarlo? Aquí ya no hay casas, principia una zona ocupada por una arboleda, muy natural, junto a un río. Más allá verá.

Más allá, sobre la acera de números impares, se vuelca el último pliegue de la colina donde se erigen cruces de tumbas, varias hileras de lápidas con inscripciones que refieren que tal señor murió a los setenta y siete años o a los ochenta, y tal señora, a los setenta y nueve o a los cincuenta o a los cuarenta, pero todos en el siglo del mil setecientos. Deduce que en alguna parte tiene que haber un cementerio de muertos más actuales.

Aprecia que al abandonar la lectura de lápidas, con dar unos pasos ha entrado en otra atmósfera, no en otra realidad, porque se mantiene sobre el costado el curso de agua que arrastra témpanos y el viento no cesa de alisar la superficie de las orillas.

Un poco más adelante se reanudan las casas victorianas, con porches listados de verde. No es otra irrealidad en la que ha penetrado, es otra realidad, lejana, quedada en el fondo de la edad.

Y ni una persona que transite por esta Grove, ni una presencia humana con quien intercambiar siquiera una frase: Tenga un buen día. Tiene que ser por el frío, nadie baja a los jardines congelados, donde la hierba por ahora conserva tenuemente su verdor, en manojos de hojas rígidos.

En este momento descubre que si no hay caminantes, por la ruta circulan vehículos, pero como ensimismados, sin estridencias, ni ronquido de motores, los vidrios alzados, imposible comunicarse con sus ocupantes. Más suelto y libre un muchachito, acaso un mensajero, que aparece como una ráfaga por la acera y se aleja con igual presteza.

Todo está incorporado a esta atmósfera sin presente, bordeada de pretérito.

Superado otro tramo, sobre el mismo costado donde estaba el cementerio se avista una casa, de madera como la mayoría de las demás, baja, de un piso, se diría que un poco más alegre. Tiene que ser por las coronas de flores, que cuelgan a los costados de los muros. Son de ramas de pino trenzado con su verde perenne salpicado del color vivo de algunas flores, más bien, de una flor, sólo una en el centro del arco de la corona.

Por delante, carteles transversales indican: Crescent Florist. Seguro de haber llegado, pero a fin de evitar otro error, busca sobre el maderamen el número de la casa. Es el 59.

Mira ávidamente la cantidad de signos pegados en los vidrios por la parte interior y uno de ellos anuncia que ahí reside la empresa internacional que se ocupa de la emisión de cables, aunque no lo expone con ostentación como si fuera sólo algo de lo mucho que allí se expende o se merca. Más destacada aparece la palabra *bulbis*, que venden bulbos querrán decir.

Adentro encuentra atareados a un hombre viejo y a un joven, ninguno de los cuales presta atención a su entrada. Entre los tiestos de esas plantas llamadas pensamientos, con sus hojas de terciopelo azul o morado desplegadas a despecho del invierno inclemente –ahí no se percibe, impera, casi agobia la calefacción– se puede encontrar además el rostro, que no impresiona bien, de una mujer a un hilo telefónico, que evidentemente está en una conversación que puede llevar tiempo.

El hombre se resigna a esperar el fin, o una pausa. Sin embargo, tiene que desistir. La mujer de gafas y de cara excesivamente pálida no termina su discurso o diálogo a la greña.

El viejo no se asombra de que el recién llegado le anuncie que él no quiere flores ni coronas, sino despachar un telegrama. Condesciende con un gesto casi desdeñoso y con la cabeza le señala a la mujer con máscara de yeso, la que parece estar terminando la reyerta, con mucha vivacidad y una voz aguda que desentona.

El hombre está evocando el silencio del cementerio que acaba de dejar, tan a mano, y ve a la mujer ponerse a la máquina, una especie de computadora que también puede ser una caja registradora. En esta, que es silenciosa, se encienden y se apagan lucecitas rojas. Dándose cuenta de que es la transmisora, el hombre recuerda las de alfabeto Morse que vio en una estación ferroviaria, en tierras y años perdidos.

La mujer le extiende el formulario y él lo llena. Como no está indicado el lugar para la firma, se abstiene. La mujer requiere: ¿Quién lo manda? Él la sigue, como algo que llama su atención pero medita y responde, insomne: "Emanuel". Medita aún, en ese momento suspendido, y corrige: "Familia Emanuel", le parece más de fórmula.

Quizá en este punto, Emanuel, que ha estado soñando su propia muerte o el camino que lo estaba llevando a ella, a sus requisitos y pompas, sueña que Eva, que duerme a su lado y recibe un telegrama con la palabra condolencias. Condolencias por él mismo, por la muerte de Emanuel enviado por "Familia Emanuel".

Eva sigue durmiendo. Emanuel, que ha percibido las claridades del alba, ya no puede dormir. Recorre hacia atrás el sueño que cree haber soñado y no desmiente el trámite que lo ha llevado por una carretera muy queda, orillando de un lado un río y del otro un cementerio con lápidas del mil setecientos. En el camino se dio con más de una decena de iglesias de diferentes credos y en la cuesta final una empresa funeraria para velar difuntos antes del sepelio, por el abandono de la costumbre del velatorio en el propio hogar. Nota que la iglesia metodista sigue cerrada, tal como estaba cuando pasó de ida ante ella.

Bien despierto cavila que si ha sido un sueño y no un desfile de recuerdos que llevan consigo la muerte, esta se da también como una acumulación de factores que la simbolizan, y lo único que determina su asombro es el proceso inverso, porque si todo llevaba en el sueño a su propia muerte, ¿cómo es que los elementos propios de un ordenamiento previo estaban en el sueño como consecuencia anticipada? Se dice que no lo entiende, aunque tampoco se niega a aceptarlo como un vaticinio ajeno de su muerte y también descarta que deba tacharlo de simple presentimiento o deseo de defunción.

Si es deseo, se interroga, ¿es sentido por otra persona respecto de él, o es él mismo, Emanuel, quien está deseando morir?

Tal vez, se dice, sea Eva quien ha estado soñando que él moría o lo está deseando, acaso siempre, sin confesarlo ni incurrir en acciones que la delaten. Sin embargo, en la voluntad de su pensamiento absuelve a la compañera, porque no la puede reconocer culpable o bien la considera incapaz de ningún acto ofensivo, y menos de aspirar a su muerte o procurársela, sería un signo de superioridad sobre él, que Emanuel no le concede.

No obstante admitir, en su claro desvelo, que sus deslealtades para con ella y algunos encubiertos menosprecios podrían hacer prender en el corazón de la mujer el deseo vehemente de que él desaparezca. Lo cual lo traslada a otra forzada suposición. Para el caso de quien haya soñado su muerte, la de él, sea otra persona, no él mismo, y no sea tampoco su esposa, ¿no podría haberlo sido Suspiros?

Se sonríe: Qué mundo tan pequeño el de las mujeres que pueden sentir algo por él, con tendencia al bien o a la destrucción. Si no la compañera, la pretendida nueva amante y si no, a pensar el desatino de que podría serlo la propia esposa de su amo.

Aunque, ¿por qué descartar a Suspiros? Él ha hecho evidente que la desea, ostentó su pasión ante el dueño de esa mujer... ¿No se habrá convertido, en la mente de la joven, en un peligro para su situación acomodada ante Leoncio Leonardo?

El soliloquio del desvelado lo traslada vertiginosamente a otra comprobación culpable, la de que, despierto, ha descuidado acechar a Suspiros. Ha olvidado que tuvo un sueño donde Suspiros, que es de cabellera azabache, la tenía bermeja, era decididamente pelirroja, y él asoció ese dato a otra situación en que desesperado por la infidelidad previa, una muy imprecisa, pero capital, del pasado, cuando no se conocían aún, quiso cobrarle o hacerle pagar lo que ella había hecho, para lo cual, por dejarla marcada, le incendió la melena que, bajo la acción del fuego, no se veía carbonizada, sino escarlata sublime.

Tal vez, sospecha Emanuel, como hace tiempo lo venía presintiendo, ese sueño suyo contagió a Leoncio Leonardo e indujo a este al bárbaro atentado que realmente cometió contra Suspiros. Le prendió fuego a la cabellera y aunque reaccionó a tiempo para evitar que muriera, a la joven le quedó quemada parte del cuero cabelludo, también la cara, lo que de algún modo se enmendó, aunque no sin dejar huellas, mediante la cirugía estética. Emanuel se da cuenta, tiene conciencia, de que sueña y a la vez predice acciones futuras o las da por cumplidas. No le dan paz esos procesos, que normalmente debieran ser de descarga. Todo lo contrario, lo inundan de desasosiego y de un cierto recelo de los sueños transmisibles. Este es otro motivo de los que inducen a Emanuel a proponerse dejar de soñar, o a no hacerlo más en adelante.

Deduce además que la violenta pasión que lo llevó a sus sueños de ajusticiamiento de Suspiros por el fuego puede haber determinado que esta soñara el sacrificio de su peligroso admirador. Con lo que queda satisfecho, aunque no del todo, de su mente razonadora. Es tan flotante su cavilación que recae en una duda: si Leoncio Leonardo quemó la cabellera de Suspiros, ¿cómo supo ella que ese tipo de inmolación le fue sugerido por Emanuel mediante la transmisión de un sueño? Decididamente, volver sobre ello con el pensamiento es obedecer las apariencias de realidad que lo inflaman, pero lo asustan, pues se reconoce rencoroso y vengador implacable, a diferencia de lo que es realmente en la vida despierta o de cómo trata de no ser en la vigilia. Pero, admite, son luchas que desgarran, sin dejar certidumbre de nada que permita decir: Yo soy.

Sale del lecho, con una débil percepción aún del riesgo de que su mujer, al despertar, pueda regañarlo a causa de lo que anda soñando o, peor aún, se guarde la animosidad y se la vaya administrando después por gotas durante la vida diaria. Se dice, Emanuel, que este método de castigo en porciones hace insufribles a las esposas.

En la noche siguiente, Leoncio Leonardo, que ha encontrado pretexto para no dormir en su casa, se introduce en la cama de Suspiros y al hacerlo la adula porque la nota perfumada.

Otra noche libre, la siguiente de esta, y otra incursión junto a la amante. Al juntar su pierna con la de ella, vuelve a percibir la fragancia, o cree que la tiene, emanada del cuello, de los brazos, no sabe de dónde, tal vez del jabón de baño. Pero en vez de halagarla, la fastidia con una frase celosa: que para quién se perfuma tanto.

Ella le replica con cierta melancolía: Si supieras qué perfume es, de qué flores...

—¿Qué flores...?

—Son flores amarillas, de muerto.

Suspiros no sabe por qué, pero en el momento de empezar a prestarse a los requerimientos varoniles de Leoncio Leonardo, recuerda a Emanuel, aquel periodista osado que almorzó con el amo y a ella le pegaba la mirada no a los ojos, sino más abajo, al busto. Está por dormirse, como acariciada.

Esa noche, Emanuel, que duerme solo en lugar aparte, porque Eva está indispuesta y prefiere que él la deje reposar tranquilamente, sin dormirse aún percibe la emanación de un penetrante perfume. Se levanta a ver si localiza de dónde procede, por si Eva ha dejado algún frasco o bote sin tapar. No localiza el origen.

Por una sencilla asociación piensa en flores y se ve muerto, en su capilla ardiente. Comprueba nuevamente que la idea de la muerte propia no lo preocupa, aunque sí le enciende como un poderoso llamado que lo lanza hacia atrás. Recela de que, a los tumbos, llegue al principio de todo, sin embargo se detiene en el repaso de lo que ha vivido. Asocia aún, ese aroma nocturno de procedencia ignorada, con otras experiencias, ya de naturaleza variada, como es propio de los sueños. Llega a la niñez y se siente incitado a campear más arriba, la adolescencia, con la única figuración del aula del colegio secundario, su banco en la parte de atrás, elegido a propósito en un ángulo desde donde podía mirar en abanico a todos los condiscípulos, sin tener ninguno detrás que lo atacara tal vez a traición.

Pero aparte de esa impresión, que ni siquiera es visual, no consigue recoger otros retazos de aquel tiempo. Un momento, sí, pero muy confuso, el de entrar con otro estudiante a la casa de unas jóvenes que estaban con la madre y una vecina, en disposición de entregarse a la danza de parejas, con ellos, los invitados, y la música de un fonógrafo, victrola se llamaba entonces, ahí en el salón comedor con todos los muebles cubiertos de bordados y sobre el piano un mantón de Manila con una flor encarnada sobre fondo negro. También en aquel recuerdo vienen fragmentos de una conversación moribunda: qué habría sido de América sin Colón, seguiría poblada de indios, dice una de las señoritas.

Se impone la flor encarnada del mantón de Manila, se sale del bordado y avanza como el jardín de rosas con amor cultivado por su padre. De quien se le ha borrado el rostro; será por ahora, se consuela: ya volverá. Sin embargo, la remembranza, que no hace pie en la ensoñación ni en la vida despierta, es un desfile nuboso, atmosférico, del que no capta fisonomías ni hechos, y más bien le crean la impresión de que asiste a un largo tiempo sin escenario conciso ni personaje reconocibles, que es, se dice, como no haber tenido juventud.

Más accesibles están los tiempos que ya no puede encuadrar en la adolescencia, sino en lo que realísticamente tiene que nombrar como comienzo de la edad adulta, o madura, cuando principió a ser lo que es, esto es, cuando empezó a sufrir de verdad, no de fantasías o de vanidades.

Los episodios se le aparecen revueltos con otros de diferente edad, pocos lejana, muchos más cercana. Son de distinta entidad e importancia y lo arduo de ellos consiste en que carecen de significado o si quisiera desentrañarlos, como un analista, fracasaría.

Algunos de los que semejan poseer mayor bulto se le aparecen sin año. Uno le resulta motivado por una pizca de azúcar en polvo, lo que cabe en una bolsita de papel, esas muy pulcras que te alcanzan con el café en la barra, y salta a una montaña de azúcar. No contemplada como una mole que por desplazamiento podría aplastarlo. No como un monte de piedra, de tierra o de árboles, no tampoco al aire libre. No vista de abajo, sino literalmente desde arriba, a poco menos de su nivel, con una visión que es la que podría deparar la marcha por un carril, en una vía ferroviaria, a la altura misma de las cúspides. O mejor, pasearse por un balcón que diera a ellas. Con la diferencia de que en este caso están por medio la grandiosidad y una irresistible sensación de vértigo, como asomado al vacío. Emanuel ha llegado, no sabe cómo, a un enorme galpón, nave o depósito y en un ascensor eléctrico ha montado la altura de tres o cuatro plantas o pisos hasta una pasarela o andamio desde donde tiene ante sus ojos, a sus pies y enfrente ese monte blanco que es todo de azúcar. Hacia el fondo del espacio, el azúcar acumulado reposa como dos pechos de mujer muy voluminosos pero que no han perdido exactamente la condición femenina, son sensuales.

Está mirando con despreocupación, hasta que en el sector de más allá, también llegado en un ascensor eléctrico, aparece un niño que atropelladamente, con ligereza, igual que huyendo de un raptor, salta al encumbrado océano de azúcar, que lo recibe blandamente, sin un sonido perceptible. Se agita por escapar, mas evidentemente no puede hacer pie firme en nada y se hunde entre los pechos de la matrona de azúcar. Pierde altura, absorbido hacia abajo y va desapareciendo. Lo último que se ve del chico son las manos, a flote y tratando de aferrarse desesperadamente a una saliente firme, que no la hay, todo es azúcar, como si fuera polvo, aunque incomparablemente blanco.

Toma un hilo del episodio, con la certeza de haber asistido, ¿pero cuándo?, a una muerte horrenda, ahogado en el fino, implacable y asfixiante polvo de azúcar.

Después ve un complejo industrial de tipo portuario, de empinados silos, adonde llegó a través de una ciudad donde los negros recorrían melancólicamente las calles y la ciudad tenía un nombre relativo a la primavera o las flores. Se le ocurre que ese lugar, a pesar del nombre inglés y del tipo de población –blancos, pero, más, negros– no se halla en los Estados Unidos, sino en Sudáfrica.

Esta posible referencia a una realidad, a un recuerdo concreto, también tiende a esfumarse como si él, sin ahogarse su respiración, se hundiera entre los dos pechos blancos de la montaña de azúcar, donde sus manos tratan de aferrarse, no con rudeza ni desesperación, sino con lascivia y voluptuosidad. Pueden ser los pechos de Suspiros, que está en el entresueño. De ellos procede, tal vez, la onda de perfume, que ha vuelto, poderosa, tanto que lo despierta del todo y al interrogarse sobre su origen, vuelve la cabeza de un lado a otro buscando el macizo de flores o, podría ser, un animal fragante que se protege bajo el lecho. Está lúcido y sigue percibiendo el olor.

Embiste la puerta del dormitorio de Eva y esta, despertando al instante, pone cara compungida, como notando que a él lo domina el deseo y avanza sobre ella para violarla. Está en la transición a la resignación cuando él se pone a clamar preguntándole por el aroma, de qué flores son. Ella niega saber palabra de lo que él le habla, le jura que no ha traído rosas...

–Rosas no, flores amarillas tienen que ser.

–Hay rosas que son amarillas.

Como nota que se enardece con su negación y su respuesta, opta por abuenarlo con otras maneras:

—Estás cansado, vete a terminar de dormir, has trabajado mucho, te conviene un buen reposo.

—El descanso eterno es lo que preciso, nada menos, y lo estoy deseando, cielos, cómo lo necesito.

Se le afloja la voluntad, cesa el cuestionamiento a la mujer y se vuelve a su dormitorio, aunque madurando las palabras inofensivas de la compañera: admite que debe tomarse un gran descanso, como cuando se fue a la montaña, pero más amplio. Y a la montaña no: no tenía vegetación y estaba llena de crueldades: el calabozo junto al precipicio, el aluvión que barrió con el caserío vecino al recinto circular, las mujeres de medias bastas y caídas del harén rural... Se acuerda de Gema, cuando tenía, ella, unos dieciocho años y se avergonzó de haber salido de las matas junto al canal con las medias negras sin alzar.

Se le ocurre una vacación con Eva. No, siempre está enferma, con sus dolores de cabeza. Con Suspiros, ¡eso! Sin embargo, ¿cómo sustraerla a Leoncio Leonardo? Desencadena proyectos: raptarla en un caballo (él no sabe montar), en un automóvil (demasiado fácil para los perseguidores). Llevarla a un país atrasado o hacer que ella viaje hacia allá, para encontrarse. Un país lejano, elevado, con población indígena, con ruinas de antiguas civilizaciones (o no). A esta altura se acuerda de Iquitos y se promete: Lo tenemos que conversar. Sabe que no con Eva.

Hace por sacársela de la cabeza, ya que se negó a revelarle el origen del aroma que lo inunda. Se reanuda la proyección de la película que le circula por la cabeza. Detiene un instante la imagen para fijar la figura de la chica de las medias caídas. Sigue el proceso y las mujeres son muchas, mientras él rabia por dormirse, aunque quizás haya cogido el sueño otra vez.

Son, a ver, una, dos, tres, cinco, siete, once..., con medias gruesas, de futbolistas, la parte superior doblada hacia fuera poco más abajo de las rodillas. Las medias son rojas y están para enfrentarse con un equipo de otras once mujeres sin medias ni piernas. Se dirige a la posada a comer un plato de *fricassé*, este guiso de carne de cerdo le conviene para las alturas donde están. Y estando tan alto, en este paisaje lunar, ¿no les faltará el aliento a las mujeres futbolistas para correr, correrse y darle al balón?, ya están ellas lidiando sobre la mera tierra, ya normal el juego, y ellas se lanzan malas palabras como los hombres.

El salón de despacho casi vacío, si no fuera por la secretaria, cuando Emanuel regresa en la mañana y conoce que más lo seduce el proceso nocturno que lo estuvo poblando de figuraciones, aunque tendrá que averiguar por qué lo del color amarillo. Al decirlo, aunque para sí, se da cuenta del acto fallido, quiso decir sencillamente del olor o del perfume y adjetivó, amarillo, tiene que descubrir por qué alguien dijo que las flores amarillas son de muerto.

El rincón de la secretaria es oscuro, excepto el haz luminoso que cae oblicuamente sobre la máquina de escribir, ella queda en la media luz. Se pregunta si hoy se habrá vestido de amarillo.

–¿Novedades...? –como con ganas de no saberlo.

Sí, casi las de siempre, que tal corresponsal reclamó una publicación postergada. Que llamó el inventor que desea que el periódico lo ayude en la propulsión de su ingenio. Que vino, muy temprano, el viudo diciendo que tiene nuevas pruebas: su esposa, que murió, está viva; ayer al atardecer fue a llevarle un recordatorio floral y cuando se retiraba escuchó golpes en el vidrio del nicho. No cabe duda, la enterraron viva y pide que la saquen.

Emanuel escucha la relación de novedades y a cada una va acordando: rutina.

Se relaja, dando sueltas a su sensación de cansancio, tiene que ser por el mal dormir.

–Señor, llamaron tres veces del Sindicato de Canillitas. El entierro será a las once.

–Oh, no –se defiende, pero al instante pregunta:

–Tengo tiempo, ¿qué hora es?

Un "canillita" (niño vendedor de diarios que los vocea por las calles) al colgarse de un tranvía en marcha perdió el equilibrio y cayó bajo la máquina. Las ruedas de acero le destrozaron ambas piernas.

Emanuel se representa el horror, otra vez que supo de algo igual, pero él presente, no por relatos. El andén de las vías tranviarias quedó con sangre derramada y astillas de huesos. Le vuelve una frase: "Hermano menor del periodista", es la que llevará para su discurso fúnebre.

Acaso alguno de los acompañantes del duelo perciba que así como las ruedas chirriantes del tranvía trituraron las piernas del niño trabajador, él, Emanuel, el "hermano mayor" enterró en ese mismo cementerio al marido de su madre, sin conciencia, en aquel momento, de que no tardaría en germinarle la idea de que su padre murió por él o él ayudó a que muriera. Nunca fue acusado de tal delito y se lo reserva, sin confesarlo, para sufrir, por la incertidumbre y la pena, el castigo.

Al desprenderse de la ceremonia fúnebre el primer impulso es llamar por teléfono a Eva, sacarla, con el remezón telefónico, del enjambre de sonidos de la Oficina de Turismo donde ella ha encontrado una forma de vida independiente, de tener sus propios medios y no vivir sola en casa a la espera de que al señor se le ocurra volver.

Cambia por algo menos riesgoso de reproches y melancolías: la señora de N...

En la primera juventud, con sus condiscípulos más adictos, tramó hacerse pasar por estudiante de Medicina para obtener un cadáver sin deudos conocidos, con el pretexto de necesitarlo para sus estudios de anatomía.

Apoderados de uno, en un cuarto que habían alquilado, lo despojaron de pellejo y carnes secas y vistieron el lugar de cortinados rojos en un ambiente de cerrada oscuridad, donde lo único que resplandecía, a la hora de las ceremonias, era el esqueleto recompuesto, colocado bajo el haz de luz de un *spot* de teatro.

Con este decorado se dedicaron a sesiones de espiritismo válidas sólo para el iniciado, a quien confundían con miedos y preguntas y alguno de ellos hizo confesión general del pecado de tratar a palos a su madre.

Algunos vecinos advirtieron los movimientos de los estudiantes, los espiaron y cayó sobre ellos el cargo de ejercer la magia negra. La policía no procedió en forma directa: ni allanamiento ni detenciones, los denunció al rector del Colegio. A su turno, Emanuel se disculpó con que sólo habían reunido unos huesos porque los cuatro, al regresar del colegio secundario, querrían cursar Medicina, y así empezaban a familiarizarse con la materia.

Emanuel conservaba, del cuarto abandonado con su olor penetrante y dulzón de incienso, una mano momificada, la única pieza que no habían descarnado. Comprendió, porque el rector se lo impuso, que debía deshacerse de todo vestigio de su temeraria tramoya: esqueletos tenían a su disposición los estudiantes, en el gabinete de Ciencias. Aunque en vitrinas e intocables.

Omitió quemar la mano en el hornillo de calefón de leña, la llevó al colegio y la exhibió como una curiosidad encareciendo su valor y su historia. Un condiscípulo, ajeno al bromazo que los otros se habían jugado, se apasionó por aquel vestigio humano y trató de convencer a Emanuel de que se lo cediera. Este aceptó, simulando escasa voluntad de perderlo, y tomó la precaución de instruir al interesado: los muertos deben estar bajo tierra.

—¿Aunque sólo sea un pedazo de muerto?

—Aunque no sea más que eso.

Prometió sepultar la mano en la parte delantera, baldía y de tierra, de la casa donde vivía con su familia, que era un taller mecánico.

La señora de N... a quien ha llamado Emanuel probando a despojarse, con unas horas de intimidad, de las telarañas que vienen envolviendo no su facultad de discernir, sino sus acciones, como ataduras sutiles. La señora de N... tiene marido. El marido tiene un coche, un sedán amarillo y suntuoso, de mucha cilindrada, que ha dejado aparcado, por los días que dure su ausencia, en la playa del taller mecánico de la calle de la Fe. La señora guarda la lleve.

No esperará a Emanuel en el lugar de siempre, es muy temprano y los vecinos... sino en el sedán detenido en la calle de la Fe. Ella irá, como lo ha hecho tantas veces... y a pesar de lo ocurrido anoche.

Emanuel queda complacido con la doble afirmación que sí, no le preocupa lo que le haya ocurrido anoche.

El lugar de siempre es un apartamento —él ignora si alquilado por ella o tomado en prestamo de alguna amiga— para estos usos.

Hacen las paces sin excesiva gestión, luego que ella se ha mostrado resentida porque tanto tiempo, y él ha fingido celos del marido, para no ser menos a la hora de cuestionarse entrambos. Mientras ella refunfuña los perdones que después de todo él no le ha pedido, Emanuel se dice que si la señora de N... sigue con el marido, pero lo prefiere a él al grado de reñirlo por desamor, tiene que ser porque él es más vigoroso que el marido, pero inmediatamente recuerda la apariencia del esposo y se da cuenta de la falacia de su pensamiento. Tiene que ser entonces —él no se conforma con tomar con naturalidad lo que la mujer le da— que ella es una mujer fácil y si lo hace con él lo hará con otros. El apartamento libre cuando ella lo quiere es una clave. ¿Se está empeñando en hallar pretextos para un distanciamiento, perderse de ella? No. Por lo que, tratando de sacarla de ese pozo de querella donde se han metido, cambia el rumbo de la conversación:

—Dijiste que vendrías a pesar de lo ocurrido anoche.
—¿Yo, dije...?
—Sí, dijiste. ¿Qué ocurrió anoche, con quién andabas? Tu marido no está.

Un rezongo leve de ella le muestra que está irritándola de nuevo y, atendidas sus sensaciones alertas y aún insatisfechas, calcula que no le conviene perder esa fuente de goce. Se allana:

—Disculpa. ¿Pero qué te sucedió anoche?
—Anduve de compras, se hizo tarde y al volver en busca del coche noté frío y que andaba poco abrigada. La playa de estacionar estaba sólo con tres o cuatro vehículos, que lo único que hacían era resaltar la soledad del lugar. En el taller mecánico no se veía luz encendida. Me senté al volante y el motor no arrancaba. Resolví esperar por si aparecía algún mecánico del taller u otro automovilista que me auxiliara. Y yo tenía frío.
—Ya lo has dicho.
—Ya casi sin claridad, no se distinguía nada alentador. Me penetró un miedo de los que vienen despacio, pero van creciendo. Se hizo de noche y yo ahí sola, con la mirada en la ventana del taller por si encendían una lámpara. Y muerta de frío, la calefacción del coche no funcionaba. Tenía miedo.
—También lo has dicho.
—Sí, pero es que era muchísimo. Me venían ganas de gritar socorro, sáquenme de aquí.
—Estabas a poca distancia de la calle.
—¿Sabes lo grandes que son esos galpones y su playa?
—En cualquier lugar de la ciudad donde haya una calle,

al salir a la izquierda o a la derecha hay un bar y enseguida una cafetería.

—Pero te digo que no podía gritar.

—No te hablo de gritar, sino de salir.

—No podía hacer nada, estaba agarrotada.

—¿De frío?

—De pavor. Tenía la sensación de que ahí, escondido, había un muerto.

—¿Un muerto que anduviera entre los coches?

—¿Pero no comprendes? Ya no era una cochera abierta, era como un cementerio y unas manos de muerto me habían atrapado cuello y piernas.

Emanuel hace un esfuerzo por serenarla, ya que parece reingresar en el pánico. Están acostados y él le acaricia la frente y ella le echa un manotazo que aparta la zalamería.

—Eh, que no es la mano del muerto –pretende bromear Emanuel.

La distensión no se produce y ella se crispa:

—Con los muertos no hay que guasear, están vivos.

—¿Cómo nosotros?

—No tanto: de otra manera. Además, es peligroso.

—Si tienes esas ideas en la cabecita...

—¿Qué?

—Se entiende que te haya dominado el terror.

—¿Vas a decir que soy una histérica?

—De ninguna manera –apaciguador–. Lo que ocurre es cómo podías tener la sensación de que una mano... ¿No había alguien escondido en el coche que trataba de apretarte?

—¡No! ¿Qué te imaginas? O me tomas en serio o...

—Bueno, dejemos las cosas en ese punto. Y ahora me vas a decir qué playa de estacionamiento es, ¿en qué calle está?

—La conoces. Sabes dónde estaciona mi marido.

—En qué calles te he preguntado.

—Fe con Esperanza, la esquina.

—¿Dónde está el baldío y al fondo una casa con los galpones?

—Los galpones son el taller mecánico.

Emanuel ha comprendido. Ha comprendido para adentro. No se lo dice. No se lo dirá. Sería darle la razón de su miedo. Esa esquina baldía, pura tierra, sin empedrar ni pavimentar, que sirve de playa para aparcar, esa construcción al fondo, son lo que fueron la vivienda y el garaje de la familia de aquel compañero de estudios que se apasionó por poseer la mano momificada, y él se la concedió previo compromiso de que le daría sepultura en la tierra.

Emanuel deja que la señora de N... quede con las sensaciones que la aterrorizaron, con el corazón en un puño. Calla y se pone taciturno. Se levanta y propone:

—¿Nos vamos?

Ella mira, hacia un punto indefinido, con los ojos sin expresión como quien no ve.

Emanuel la observa, a la espera de una reacción. No hay otra. Entonces deshace el nudo y arroja la corbata sobre una banqueta. Sobre la banqueta la camisa, y así.

Después del encuentro pasional, exhausto, con un vago disgusto por el diálogo, que no se le va, como si hubiera despertado algo sórdido de su vida, Emanuel se adormece. Se le mezclan sensaciones: de las caricias que insisten en buscarlo, a lo largo de las partes de su cuerpo; de una lluvia insidiosa que viene del cuarto de baño, esta descuidada dejó abierto el grifo.

La mujer ardorosamente hace que el cuerpo de Emanuel sienta el suyo y este, con un resto de lucidez, se la saca de encima. Ella no soporta el rechazo y la humillación y le hinca los dientes con rabia. Él deplora: ¿Qué te pasa? ¿Por qué...? El dolor no es suficiente para mantenerlo del todo despierto. Así, en la semiensoñación está casado con la señora de N..., que ha envejecido, mientras sigue en la edad de los cuarenta. Ella está alhajada, es mujer de fortuna. Viajan y Emanuel considera que con esta mujer no se puede andar, en todas partes encuentra algún manco: pordioseros o veteranos de guerra con muñones a la vista o con una manga de la chaqueta vacía y colgante. Cuando esto sucede, y peor en la India donde junto al Ganges hay mutilados voluntarios o porque los padres los hicieron amputar para conmover y ejercer más eficazmente la mendicidad. La mujer se pone muy desagradable: se altera y cae, por la impresión. Emanuel no necesita preguntarle, ni merece la pena cuestionarla. Se da cuenta que es el efecto de siempre: en cuanto advierte un hombre sin manos o sin una mano la golpea lo ocurrido con su primer marido. Ella dice que le comió la mano, ella a él. Revive la náusea y se derrumba.

No se puede viajar con ella. Tampoco si se dan con un hombre de manos hermosas. Ella entra en éxtasis y a continuación en espasmos. También de esta tendencia

Emanuel conoce el motivo. Tuvo otro marido, ¿o era un amante joven?, a quien ella amaba, con cariño e ironía, Manolete, porque él trataba de poner las manos en los pechos de ella o en otras zonas erógenas. Pero en Jerusalén el muchacho, que cultivaba tendencias místicas, se hizo bendecir las manos y nunca más la tocó. Las manos bien formadas, aun de verlas en el púlpito y siendo de un sacerdote, la desacomodan y angustian. Cree reconocer las manos que fueron bendecidas y renunciaron a ella.

En la mano mordida de Emanuel el dolor punza y él, sin despertar a la mujer, entra en un proceso de metamorfosis: es perro o perra y se está entreverando con una jauría que reparte tarascones entre sí. Esta pelea de perros se produce entre cachorros que pasan a ser canes salvajes que avanzan en manadas por las llanuras del Sur, embisten el recinto circular, reiteran vanamente los torpes atropellos contra el hermético portal, en tanto se ve a las mujeres del harén abroqueladas en el muro, presenciando con desesperación el ataque. Con la elasticidad de su cuerpo de perros cazadores, mediante un leve impulso dan el salto y caen en el interior del círculo. Mudan de castas: de lebreles a bulldogs de mandíbulas cuadradas con los colmillos sobresalidos, y arremeten, destrozando a dentelladas el amontonamiento de carnes femeninas que tratan de protegerse unas con otras. Destrozan y devoran los cuerpos. Emanuel, que es uno de los perros, está emitiendo un grito humano de desesperación y el sacrificio de las jovencitas lo atormenta de tal modo que le hace recuperar la forma humana y es un pintor que pinta el agua del río. El torrente se empurpura con la sangre de las yugulares trincadas en el serrallo. El pintor se deshace de la señora de N... con suavidad, y se suma al torrente. Siente que, con infinita dulzura, se le está yendo la vida.

La señora de N... vuelve a poner en acción sus manos sensuales y Emanuel, que ya ha descansado un poco, la sofrena:

—¡Pero mujer! Justo ahora tenías que despertarme, cuando me estaba muriendo...

Pasmada por esta frase aparentemente sin sentido, interrumpe las digitaciones. Lo que permite a Emanuel volver al tema y avanzar conjeturas: que la destrucción de la casa con su recinto de piedra no fue por un desborde del río que los viajeros no encontraron, sino que sucedió a continuación vandálica de los perros, cuando todos los ocupantes estaban con la yugular tronchada y el lugar quedó desprotegido y abandonado. De nuevo, ante un tironeo de la mujer que sigue a su lado, se dice, como si a ella le entregara sus conclusiones: ¿Ves? Por causas así como estas empiezan los diluvios universales.

Maldormido, entra a su casa de pasada, únicamente a ducharse. Al salir del baño, la diligente Eva lo espera con una taza de café gratamente aromático. Le indica:

—Creo que te hace falta.

Él atina al disimulo con unas palabras que preguntan por qué.

Como ella no responde, él se pone insinuante:

—Estuve en casa de unos amigos, se hizo tarde y me ofrecieron una cama. Entonces soñé que estabas de vuelta.

—¿De vuelta de dónde? No me he ido.

—En el sueño sí. Te habías ido con otro, pasaron años y volviste… embarazada.

—¡Qué sueños sucios tienes!

Emanuel ya no tendrá secretaria, se la llevará Leoncio Leonardo. Como ella habla inglés, le dijo a modo de explicación que sería por poco tiempo: un viaje de negocios a los Estados Unidos.

Entretanto que ella se aleja para cultivar un poco más el idioma, le ha puesto un secretario, que sabe violín y tiene otras condiciones que a Emanuel le caen mejor. Como las de una gran habilidad para negar que este haya ido a trabajar cuando quiere ocultarse de una mujer. Lo que lo admira, en pocos días de estudiarlo, es cómo acierta sin consultarlo y sabe con precisión a quién puede dar curso y a quién no. Descubre la causa cuando el secretario-violinista comete la indiscreción de consultar una libretita de notas en su presencia y a raíz de un llamado telefónico. Emanuel se dice: Igual que la mía. Deduce que el violinista a metido mano a su agenda y la ha copiado. En ese carnet Emanuel lleva anotados los nombres de las mujeres que ocasionalmente frecuenta, marcados de rojo los días de su último desarreglo mensual. De ese modo puede calcular, cuándo es o no riesgoso aceptar un encuentro. Si el calendario le dice que corre peligro, naturalmente él se evita una reunión que no puede conducir a nada.

En el curso de los días suceden dos hechos especiales.

Uno, las autoridades de la empresa deciden desestabilizar la situación de un redactor, a quien se suele aplicar el apelativo de Súper, por sus condiciones intelectuales. Es poeta, publica libros de versos; es un fanático del deporte y escribe con igual soltura y tecnicismo sobre boxeo y sobre fútbol, con muchas licencias sarcásticas y un incuestionable humor. Es cineasta y está filmando las proezas de un pugilista arrollador un poco descentrado de carácter. Por esto mismo le parece apto, al Súper, para sacar de él una película.

La secretaria le confía al que fue su jefe y afectivamente lo sigue siendo, que el patrón le hizo adquirir una faja o corset, a lo que ella al principio se opuso: Nunca he usado ese ajustador incómodo y sofocante. Leoncio Leonardo la ha percudido: Ya sé que sus formas no precisan nada que las ajuste o modele, pero tengo que pedirle el sacrificio por unos días, lo que dure el vuelo de regreso. Y para su mayor comodidad, cómprelo una medida más amplia que la suya.

La secretaria revela a Emanuel el uso que se dará al corset; pero olvídelo, por favor, no me traicione, por Dios.

—Si teme que lo haga, no me cuente.

—A alguien tengo que decírselo. Pero una vez que arregle mis cosas, por esto —y hace una cruz con los dedos y la besa, juramentándose.

Leoncio Leonardo la equipa de esa manera para hacerla vestir, en el hotel, en su presencia, no con fines eróticos, sino para introducir, entre su piel y la faja, una cantidad grande de billetes verdes.

—¡Dólares! —se admira Emanuel, sin omitir la conclusión: contrabando de divisas. Desde ese momento acata la orden de enmudecer, aunque sin evitar un arrepentimiento, que se calla, lógicamente: Ese era el gran negocio que obsesionaba al temporario amigo del diario donde trabajó anteriormente. Como hermano del director tenía acceso a la parte operativa y estaba al corriente de que las compras de papel prensa de Estados Unidos dejan un margen de beneficio, no revelable al fisco del país del Norte, para quien las concierta.

Puesto a pensar en la picardía de Leoncio Leonardo, presta atención a lo que nunca tomó en cuenta sino con fines de ilustración para algún trabajo específico: el árbol genealógico de la familia propietaria, que está colgado sobre un muro en el salón principal, junto al retrato del fundador. Requiere una fotocopia. Le parece pequeña para sus fines, pues debajo de cada nombre tendrá que escribir algo. Encarga una ampliación fotográfica.

Cuando se aplica a la tarea se le ocurre que gastará tiempo y trabajo sin ningún beneficio. Difícilmente hallará algún descendiente del prócer del periodismo con marcas de delincuencia, al menos, ninguno confeso, y además tendría que plegarse a las leyes de la herencia, que por ese costado no lo convencen.

De todos modos, debajo de cada nombre y parentesco va poniendo profesión, si el personaje la tuvo, y tendencia política, si es reconocible. Con ayuda de viejos libros va desentrañando la maraña.

Las ramas más robustas del árbol son las de los abogados, legisladores y de militancia conservadora. Primera conclusión: herederos de la tierra, y de profesión bribones.

El periódico, sin embargo —repara en ello— nació notablemente inspirado, según lo enseña la declaración inicial, y en su larga andadura no defeccionó de los principios liberales, según ha podido comprobarlo él revisando los periódicos antiguos y de los años más recientes.

En los últimos brotes del árbol aparecen otros elementos de apreciación, que no necesita constatar en bibliografía alguna, pues los tiene muy presentes, incluso los ha vivido en parte como testigo de esas vidas.

Surgen, en la parte superior del follaje, la más cercana en el tiempo, algunos brotes de moderada izquierda, por lo común derivación directa de la actividad del individuo o de su falta de actividad. Porque aparecen dedicaciones al arte, sea a la bohemia, con notorias simpatías por movimientos o periódicos doctrinarios que podrían considerarse, en lo político, social-cristianos o radicales, a lo sumo populistas o anti-algo.

De tal suerte puede seguirse, en un paralelo con la historia, desde vestigios de los ideales de la Revolución Francesa de 1789, siguiendo por los movimientos de independencia de los pueblos americanos hasta llegar a la organización nacional de los veinticuatro Estados del Continente. Con una suite pocas veces alterada o interrumpida de enlaces con la economía agraria y los principios del industrialismo, en ocasiones con predominio de pensamientos acreditados en su época, como los del positivismo, contactado a la vez con el industrialismo naciente.

En los últimos años aparece una confusión de profesiones, sin dar la espalda, nunca, a las que llevan al poder.

También se da la mezcla de funciones, ya que algunos nacen con vocación o herencia de periodistas y no pasan demasiado tiempo sin emigrar a la más fructífera rama administrativa, cuando no directamente, con el respaldo del Diario, ingresan en la nómina de directores de Bolsa o de los Mercados, del Agro, de Hacienda de la Lana, el Algodón, las Uvas y el Vino o, directamente, del Dinero, esto es, la Banca.

La búsqueda en la Genealogía no lo ha dejado descontento, aunque no pueda preciarse de ningún hallazgo, ha escarbado en algo como un álbum que le hace sentir que ahora sabe, o sabe mejor, dónde está sentado, sin atinar a explicarse muy claramente a qué presta servicio, él, como persona o como periodista. ¿A los instrumentos, medios y recursos del Poder? El Poder no en un sentido edificante, sino tentacular y opresivo.

Hoy ha dado cima a esos apuntes y a estas conclusiones, que se le presentan juntamente con una especie de incomodidad moral, porque los hechos especiales fueron dos y uno de ellos queda fuera de su inmediata comprensión, pero con un indudable sabor amargo: la desestabilización del Súper, un desgarro.

Cuando se retira a reposar, al cabo de la jornada, no logra fácilmente sus propósitos. Anda por una calle llamada Distancia. Cuando pone pie en ella es como si lo hubiera hecho en el primer peldaño de una escalerilla de avión y al instante está en vuelo, en una máquina donde los indicadores de cabina no ponen "No smoking", sino

"No respirar" y también "No descender del aeroplano en vuelo".

La máquina se hunde en las nubes y se cierra el horizonte de las ventanillas, hasta que Emanuel descubre que una, la suya, da con un fondo donde el sol rueda tal una naranja y de naranja es su color y son sus emanaciones como de vapores o como de escapes de otras nubes. Ese color naranja es rojo y el rojo, de fuego. Siente que si el avión penetrara en ese banco de nubes rojas se encendería, pero ¿cómo impedirlo?: el cartel luminoso prohíbe descender.

Muerte inminente, y cuando lo abracen las llamas de las nubes rojas él no quedará del color del tomate sino de la lepra tiznada de los maizales.

No bajar.

La máquina atraviesa las nubes rojas, se despega del sol rojo que es naranja, y ya está en un país de muchos árboles, coníferas, con prados verdes que en un click, un parpadeo, se vuelven blancos como de nieve, acaso ha sido desmenuzada sobre ellos, y el frescor es intenso, no en la cabina climatizada, donde la azafata sirve whisky a los pasajeros, sino allá abajo. No se siente, pero se adivina, muchísimo frío, como el de los cubitos que nadan en el licor y la soda, peor.

Sigue el vuelo y Emanuel intuye que si el avión no estalla en el aire, algo distinto, pero igualmente malo, tiene que suceder. Caerá al mar o se estrellará.

No apearse en vuelo.

¿Entonces...? ¿Está condenado a un trayecto que durará un tiempo indefinido, es lo que está haciendo, un ingreso en la eternidad? Al menos, si el rumbo es hacia el más allá, la seducción del infierno (las nubes rojas, encendidas) ya está pasada.

Anda por calles donde una se llama Grove (arboleda o alameda), aunque carece de árboles. A su lado, como una procesión de álamos, pasan los hombres con prisa. Lo rozan, los cuerpos hacen densa y sofocante la agrupación, que se mueve toda como un solo cuerpo, y él, condicionado por esa vecindad flotante, contagiado por los olores, de los sudores de los demás, pide distancia. (¿Por qué habrá abandonado la calle de ese nombre?).

A uno y otro lados del interior de la máquina voladora el distanciamiento no es posible, las butacas están ocupadas en las ordenadas hileras. Sólo que si los asientos tuvieran una palanca, como trampas, que al ser accionada con el botón del apoya-brazo, la trampa fuera impelida arrojándolo al vacío… Le parece bien, porque puede ser, en el mejor de los casos, una solución de muerte. Pero caer es precipitarse hacia afuera, y descender está prohibido. Ni morir se puede.

Advierte que su rechazo de la cercanía de los otros no es realmente por recelo de que se le peguen los olores ajenos, sino por una razón casi metafísica: para no contaminarse de las malas ideas de tanta gente que no tiene una moral de boy scout, como él.

En el camino que bordea los cercos de primorosas viviendas va quedando impreso el dibujo de los neumáticos, única huella en la carretera cubierta de nieve. Sobre esta fulgura, volcada, una botella de alguna gaseosa. Se inclina, la recoge y la lanza sobre la muralla de nieve, para que no la triture un coche, los fragmentos se incrusten en la llanta de las ruedas, enloquezcan y el conductor pierda el control de la marcha. Se estrellará contra un árbol corpulento y todos los ocupantes perecerán.

Emanuel se sonríe con satisfacción aprobando su buena acción.

Pero la nieve, en cuanto mejore la temperatura, se derretirá, el envase perderá el sostén y alguien lo estrellará contra el cerco de piedra. Un niño saldrá al jardín, a jugar, con los piececitos desnudos y los fragmentos de vidrio, al pisarlos, le producirán heridas cortantes.

No, no es física ni ética ni sanitaria la distancia que pido, alega Emanuel ante el tribunal del sueño.

–¿Cómo la quieres, qué es la distancia?

Emanuel se percibe atrapado por su propio planteamiento, pero le viene una idea que puede ser salvadora. Dice:

–Es no estar.

Percibe la flaqueza de su argumento y trata de adornarlo o enriquecerlo:

–Al menos, que los otros no estén en mí.

"Demasiado difícil", deniega una voz de mujer.

Emanuel se encuentra con una mirada escrutadora y censora: la de su mujer, que dormía a su lado.

–¿Qué has dicho? –la indaga con severidad.

–Estábamos durmiendo y te has despertado.

–¿Hablo en sueños? ¿Me has estado escuchando?

–No, no, Emanuel.

Ella repite su negativa de manera tan vehemente y Emanuel tiene que haber puesto una cara tan terrible que la mujer, como para salvarse de un cruel castigo, bajo la acusación de espiar, agrega un persuasivo, casi lloroso: Te lo juro.

Emanuel cede al sentirse de nuevo atraído por las blanduras del sueño.

Puede al fin volver a la calle Distancia, que a cierta altura hace un codo donde se abre la calle Patíbulo.

Hay edificios muy altos, con multitud de ventanas, y detrás del cristal de estas se repite el perfil de las personas, que ocupan posiciones como las de los viajeros del tren subterráneo pero elevado. Emanuel está contemplando esa multiplicación de ventanas desde la acera de enfrente y al parecer ha entrado al edificio por el aire, ya que portal no había.

Los rostros se vuelcan hacia abajo, mirando como pasajeros del autobús un espectáculo que enseguida desaparecerá de su campo visual. Miran a un punto de la calle allá abajo, lo que provoca a Emanuel a hacer lo mismo.

Sobre la calle está montado el cadalso, sobre el cadalso está montado un hombre de barba negra por encima del cual un juego de electrónica emite mensajes o noticias con la rapidez y el tamaño de los anuncios luminosos de los teatros de Broadway. Pone ahora: Abogado laboral de Alfio, llamado el Súper.

El letrado saca medio cuerpo por la ventanilla, la luz de un reflector forma un círculo donde él, fugazmente, queda. No tan de prisa que no haya dado tiempo al abogado a sacar un brazo y apuntar a Emanuel con un dedo acusador. El dedo, con voz impresionante, dice:

–Al Súper le han cortado las piernas.

Emanuel se revuelve, se defiende, clama:

—No fui yo, no fui yo.

Sin lograr que lo carcoma la vergüenza de considerar que siempre, siempre, está negando las malas acciones, la culpa, la responsabilidad.

El foco de luz sigue al abogado laboral que mantiene la incriminación con el dedo o con todo el brazo alargado hacia Emanuel.

Los seis vagones del metro terminan de pasar y Emanuel se encuentra con que tiene que subir de un plano en otro por el interior de esa nave o bodega del rascacielos. Es como andar a tientas por adentro de una ballena y las bocanadas de esta al proyectar una débil iluminación le explican el porqué de tantísimo silencio: está solo en el vientre de ese barco tan igual a las naves normandas del museo de Oslo. Pretende gritar, para cambiar la situación o sentirse acompañado al menos por una voz y lo que consigue es que se invierta la penuria: ahora debe desmontar, lo que cumple, pero vacilante de terror.

A medida que desciende, su miedo se dilata, a causa de lo que está en los planos inferiores, que es nada, justamente por no ser nada.

Poseído por el vértigo, pero lanzado a desembarazarse de esa pesadilla donde las distancias entre los pisos son enormes, lo cautiva —aunque lo succiona hacia abajo— el temor al vacío.

No ha aprobado sus exámenes en el colegio y lo degradan. Baja, una y otra vez encuentra estrados cubiertos de severos profesores. Se interna en las profundidades. Llega… adonde la nada es grandísima y angustiante.

Le queda, como si la oyera, la frase: Le han cortado las piernas.

La lleva puesta en el camino al periódico que, para hacerlo más lejano no lo recorre en coche, sino como peatón.

Le resulta eficaz, pues se va distrayendo, deteniéndose ante los escaparates.

Al entrar a su despacho se da con la secretaria, que ha vuelto hace unos días.

Le pregunta si tiene miedo de las escaleras. Ella responde que sí, porque si uno se cae...

–No. Está en lo alto de una escalera y no puede bajar.

–En caso de incendio sería terrible.

–No hay incendio, no es mi caso –replica Emanuel y deja turbada a la chica.

Emanuel se ha levantado con una vaga impresión, como si de un tren subterráneo en marcha alguien lo hubiera acusado, apuntándolo con el dedo, de una acción deshonesta y censurable. Suele reconocerse, para sus adentros, como autor de daños e infracciones, pero pocas veces se nota tan tocado, como si la imputación hubiera aparecido en el curso de un sueño que él soñaba. Hace por despreocuparse y para ello recurre, en última instancia, a calificarse duramente, con algo en lo que no cree. Ha entrado en esa cavilación con desconfianza, como una persona cuyo olfato o instinto le hubieran advertido que estuviera por entrar en un terreno nauseabundo, en el recelo animal de darse con algo que está muerto o enfermo. De razonar así, Emanuel se dice que no puede proceder como una bestia, aunque sea un monstruo. No ignora que sus intemperancias y sus pillerías le han creado ambiente de tal.

Se halla en este cerrado soliloquio ignorando por completo a la esposa, que está sentada con él a la mesa del desayuno, algo de lo poco que hacen juntos ya.

Ave se lo hace notar, sin reconvenirlo:

—Antes, por lo menos venías a almorzar. No hablemos de las noches.

—Es que me invitan, sabes. Siempre hay algún compromiso. Más ahora que el diario está empeñado en la promoción.

—Que se hace comiendo… —desliza con palabra serena la mujer.

Él, sin advertir la ironía, asiente: Comidas, banquetes y celebraciones. Comiendo siempre.

—Y bebiendo —apunta ella, sin levantar el tono, con firmeza en la voz.

—¿Bebo mucho yo?

—No lo sé porque no te veo, como no vuelves a dormir.

—¡Oh! ¡Reproches, reproches! —se fastidia él, ante la mirada alarmada de Ave advirtiendo que su hombre está entrado en cólera.

Emanuel prosigue la defensa que, de puro acalorada, lo está vendiendo.

—Lo que no comprendes es que te casaste con un periodista. El trabajo del periodista nunca se acaba, a ninguna hora, dependemos de las novedades que caen de todo el mundo. No, si es lo que siempre he dicho: los periodistas tendrían que ser hombres sin familia.

—Para que no los controlen, para que nadie piense en su bien —se atreve ella.

Como el tono bueno de la mujer no da lugar a que él adopte un aire violento, y calla, Ave aprovecha para consignar:

—Has dicho que los periodistas debían ser hombres sin familia, pero ahora cada vez hay más mujeres periodistas y todo hace pensar que se debe a mi marido que sean aceptadas tantas aspirantes, algunas muy jóvenes y muy lindas, ¿no? —se anima a esa insinuación que deja cortado a Emanuel: ¿Cómo, ya lo sabe? Es otra ocasión para que Ave razone en voz alta— ¿Esas mujeres periodistas, no tienen familia, no tienen hijos, qué hacen con ellos?

—Las mujeres periodistas, aparte de ser muy buenas en el oficio, algunas más audaces y entradoras que los hombres, se las arreglan, puedo decirlo aunque no conozco cada caso en particular, para atender a sus maridos y a sus críos y a veces deben cubrir acontecimientos que las tienen en la calle horas y días.

—¿También de noche?

—También, lo evidente es que no entiendes que el mundo se está volviendo de ustedes…

—¿De ustedes, de quiénes…?

—De las mujeres. En casi todas las profesiones y en casi todas las actividades.

—No imagino a una mujer trabajando en una mina de carbón.

—Puede ser que no, sin embargo, quiero que te des cuenta que una mujer puede ser periodista, y de esa manera cumplir una función en la sociedad, y a la vez cumplir con las obligaciones de su hogar, aunque tenga que tomar una empleada que la ayude en las tareas. Y además te exhorto a que dejes de lado las suspicacias. ¿Acaso has querido insinuar que yo hago emplear mujeres para acostarme con todas...?

–No –sólo ahora Ave se decide a un acento sarcástico–, con todas no. No podrías. Sin embargo –reflexiona y proclama lo que tanto tiempo lleva adentro– desde hace un tiempo son más las noches que no precisas volver a casa a descansar que las que vienes. ¿Es que siempre hay un colega que te brinda alojamiento?

–No te voy a explicar cada mañana lo que haya hecho en la noche; pero sabes muy bien que Leoncio Leonardo me ha dado las llaves del Retiro para trabajar tranquilo en un lugar que no sea el diario, donde la gente insiste a toda hora en ser atendida. Y bien, El Retiro es *mi* retiro –dicho con la mayor energía y de manera terminante.

Lo que no impide a Eva, todavía, unas preguntas:

–¿Te atiende bien Suspiros? El préstamo de Leonardo será con servicio incluido, se entiende.

Ya ha desaparecido de la casa Suspiros, lo que, sin embargo, no modifica sustancialmente ni los hábitos ni el carácter de Leoncio Leonardo.

Los desayunos siguen siendo como una gravosa obligación: es el momento en que se encuentra con la mirada de Pilar, si no ha dormido en casa, viéndose en la necesidad de sofocar las huellas de la dicha pasada.

Protesta porque el café está muy caliente o porque tarda en debilitar su fuego. Siente que en ese clima delirante haría falta un testigo, un tercer personaje y protesta porque el niño nunca está con ellos a la hora del desayuno.

–Pero Leonardo, es que sale muy temprano para ir al colegio...

Entonces protesta porque Pilar del Rocío se presenta a beber su taza de chocolate con los ruleros puestos:

–Podrías peinarte antes.

–Justamente para peinarme bien, cuando salga a cumplir mis obligaciones, necesito que los ruleros me formen las ondas.

Leoncio Leonardo evoca para sí los desayunos con Suspiros, aunque no logra recordar si alguna vez se presentó con ruleros. Comprende que no podría haberlo hecho, no era necesario: ella tenía una caudalosa cabellera lacia y se la peinaba dejándola caer como una cascada sobre los hombros. Recuerda el generoso escote de la joven, que más se descubría por algún gesto de los brazos, por ejemplo, si tenía que pasarle el azúcar a su hombre. De revivirla, empieza a vivirla, hasta le asalta el olfato su aroma de mujer plena. Se corrige precipitadamente: no puede ser, justamente a causa de la cabellera, Suspiros está muerta, se le incendió la melena, enseguida las ropas y ahora yace carbonizada lejos de toda mirada de juicio, de amor o de placer.

Emanuel ha vuelto a la costumbre de cenar, una que otra vez, con los periodistas. Por lo menos, hay humor, se dice. En una de esas reuniones se encuentra con Alfio y descubre que si ha tenido animosidades con él... (¿Por qué? Se remonta al sueño con el abogado laboral que lo acusaba con un dedo tieso)... Ya, de cualquier forma, aunque están a poca distancia, casi frente a frente, el joven poeta no se dirige a él, lo ignora pero sin descortesía. En otros momentos, al encontrarse, lo ha saludado con un gesto leve.

Emanuel se da cuenta por qué Alfio ha retornado, él también, a la mesa de sus antiguos compañeros de la Redacción: porque hay un factor aglutinante, un pugilista en el cenit de su carrera cuyos desparpajos de humor son aceptados sin escozor, porque los suelta con gracia, incluso interpela en broma a Emanuel. Emanuel está al tanto de que Alfio invirtió el dinero que cobró, cuando lo desestabilizaron, en un negocio de producción cinematográfica. Él mismo filmará.

Por primera vez desde entonces, Emanuel prueba llegar a un diálogo:

—Supongo que el guión lo escribirá usted mismo.

—¿Quién si no? —responde Alfio sorprendido porque Emanuel le haya dirigido la palabra y se interese por ese asunto.

—Desde luego —consiente Emanuel—, para algo es poeta.

—Pero —ahora Alfio lo hostiga— a usted no le parece bien que un poeta escriba sobre boxeo.

—Nada de eso. Puede ser muy original.

Emanuel comprueba, una vez más, que Alfio es más joven y tiene más capacidades que él. Además, se convence de que sigue respetando a Alfio. Decididamente es como si estuviera satisfecho de que el joven no se haya dejado vencer, se le ocurre que el triunfador es Alfio.

No le ha disgustado a Emanuel esa experiencia y otra noche vuelve al mismo restaurante, El Clavo.

La situación ha cambiado: entre todos los hombres hay una mujer, Magdalena. Emanuel la saluda con lejanía pero discretamente, ella responde con sorpresa ya que no esperaba ese encuentro.

Alfio –¿por instinto, por astucia?– encara a Emanuel:
–¿Sabe que un redactor se le va?

Emanuel no se inmuta:
–Suele suceder, es normal.

–Sin embargo, no es lo mismo. Usted muestra estar enterado de mi proyecto de filmar. Le informo que el argumento está casi acabado, y precisa una actriz. Lo será Gala.

–Pero... –atina a alegar Emanuel.

–Pero sí, ella le pedirá un permiso, sin goce de sueldo, por tres meses. El tiempo que puede durar la filmación. ¿No se lo había dicho?

¿También en eso?, se pregunta o se queja Emanuel, sin dejar que trascienda su disgusto. También en eso, en quitarle la cercanía de esa mujer durante tres meses, o el tiempo que fuere.

–Nunca me dijo, perdón, nunca supe, que tuviera condiciones de artista.

–Se las vamos a sacar del fondo de ella misma –anunció Alfio–. Tipo tiene, ¿no?, director también, yo seré el director de actores.

Emanuel estaba al corriente de que Alfio cursó la Escuela de Teatro de aquella actriz mayor que en su lejana juventud fue discípula de Stanislavsky en París.

Echa una mirada a Gala Placidia, que está unos asientos más al costado y la considera con estupefacción y con pena, que querría arrancarse y no halla cómo, por lo que se limita a decir:

—Está bien —lo que equivale a anunciar que el permiso está concedido.

Después necesita irse, con urgencia y sin demorar un minuto. Escapa de seguir en contemplación de la belleza de esa mujer tan delicada, de tan poca edad y tan escasa experiencia en el amor. Al pasar abandonando la mesa no puede omitir saludarla con un sofoco angustiado y con muy pocas palabras:

—Adiós, que haya suerte.

Sin embargo, de apartarse en derrota, Emanuel arde en bríos, extremadamente ansioso de una explicación con Gala Placidia: esa asociación que se ha venido gestando a sus espaldas, ¿implica además que ella se ha liado afectivamente con Alfio?

Las aclaraciones se deben producir al día siguiente, en el despacho.

La secretaria tiene aprendido que cuando Emanuel recibe a su cronista favorita hay que dejarlos solos, negado él a otros asuntos y a todo visitante. Sin embargo, esta vez antes de retirarse lo pone sobre aviso de una novedad:

—Lo está esperando desde temprano una señorita, dice que por algo que le importará mucho y que tiene la esperanza de que usted la reciba en cuanto sepa quién es.

—¿Y quién es?

—Olvido —dijo.

Ese nombre le provoca a Emanuel una punzada muy adentro. Evoca: Olvido, flor natural de los juegos florales de 1930... Pero, suponiendo una mala pasada de la casualidad, finge desinterés al indagar:

—¿Es una mujer como yo, es decir, aproximadamente de mi edad?

—Qué va —reacciona la secretaria tomándose confianza—, si es una niña, no puede tener más de veinte años, y le diré que, al nombrarlo a usted, se le han colmado de lágrimas los ojos.

Mayor intriga para Emanuel que, capturado por los recuerdos y los presentimientos, ya se despreocupa un tanto de lo que pretendía requerir perentoriamente de Gala Placidia y prefiere despachar pronto lo que tengan que decirse con esta. Va al instante al meollo de la cuestión y no se entretiene en discutir los argumentos de ella. Que le explica que conoció a Alfio en la Redacción, deposita fe en su vocación de hacer cine y tiene decidido secundarlo en su trabajo. Que entre ellos no hay relación sentimental. Alfio está casado con una actriz que seguramente Emanuel conoce, la que hizo *Madre Coraje*.

—¿Y por qué no ha elegido a su mujer para que forme pareja con el boxeador?

—Los papeles no son los de una pareja, yo seré como la ilusión romántica de un duro noqueador. No es un rol para la mujer de Alfio, ha quedado embarazada y ya se le nota.

Cuando Gala Placidia se ha retirado del despacho, entra la secretaria a consultar:

—¿Puedo hacer pasar a la señorita? Me da una tristeza... Está hecha un montoncito de desconsuelo.

—¿Qué?

—¿No me entiende? Un nudo de nervios, eso es lo que es. Me pidió un vaso de agua.

¿Cómo olvidarlo? No puede haber más de una persona con ese nombre.

De verla entrar, sin ser la esperada, la presentida, a Emanuel se le representa, con un rostro joven, depurado de edad, su único verdadero amor de adolescente, sí que el más secreto.

La joven Olvido no sólo no ha cesado en sus lágrimas sino que ahora les da suelta y le tiende los brazos para que él la estreche. Al hombre también se le humedecen los ojos y se le vuelve irresistible besarle las mejillas.

Emanuel no está confuso, ve con claridad quién puede ser esa niña doliente y espera que haya aún una mayor efusión de sentimientos. Espera ser nombrado con una palabra especial, de intensa ternura, en la que no quiere pensar.

No se produce, y ella, un tanto desahogada, acepta reposar en el amplio sofá rojo.

La damita refiere que, aunque él no sepa de ella, ella lo conoce desde la cuna, cuando era bebé y escuchó su nombre y como su nombre figuraba tanto en los periódicos, ya siendo mayor con harta frecuencia la madre tenía ocasión de decirle:

—Aquí está Emanuel. Él es.

—Es decir —se decide a comentar— que Olvido, tu madre, ¿no me olvidaba?

La chica responde con vivacidad:

—Nunca, hasta hoy. Esta mañana ha estado usted en nuestra conversación.

Con lo que Emanuel toma una noción que desaloja la sospecha que estaba aleteando en torno: que la niña haya venido a anunciarle el fallecimiento de la mujer que conoció y amó en un tiempo muy distante.

Sin embargo, los restos de esa suposición lo impelen a indagar por su estado de salud y ante la negación de que esté afectada, amplía los temas, con relación directa a sí mismo: lo recuerda, sí, pero ¿cómo, con afecto, cuáles son los sentimientos que revela?

—¿Sabes, Olvido, que tu madre y yo fuimos novios?

—Lo sé todo —replica la muchacha, que ya se ha despojado de los rastros de su aflicción—. Sé que se habían prometido, a escondidas, contando en cierto modo con la voluntad de mi abuela. Pero el abuelo los hizo separar.

—Tu abuelo, sí. No creía en mí. Pensaba, supongo, que siendo yo un estudiante que aún no sabía hacer nada, mantenido por mi madre, sin porvenir ni el menor indicio de que llegara a ser una persona de provecho, no se me podía tomar en serio. Ni se podía atribuir a mi sentimiento por tu madre más carácter que el de un amorío.

—Y no era tan poco, ¿verdad? Quiero creer que era algo más grande, más importante y noble lo que había entre ustedes.

—¿Lo ha dicho tu madre o es lo que imaginas?

—¿Qué preferiría usted? No me lo diga. Déjeme el consuelo de suponer que por algo mi madre me educó en el cariño a usted. De ella sepa sólo lo que me ha autorizado a decirle, porque yo he venido a verlo, hoy, con conocimiento de ella.

—¿Qué es lo que desea que sepa, a qué se aviene?

—Que se quedó esperando la felicidad y toda la vida la hizo depender de usted, pero usted nunca, después de la intervención del padre, mostró ánimo de acercarse a ella.

Emanuel traduce, en tanto va cayendo en un pozo de arrepentimiento y la contrición le muda el gesto, que su falta de entereza para desafiar al padre intemperante y despótico ha malogrado la naciente ventura de dos vidas, para lo cual ya no hay redención, como lo prueban la existencia y la palabra de esa joven.

De verla a esta y de saberse querido aún por la madre, le viene el súbito arranque de tratar de reparar el largo daño. Se le ocurre una unión tardía y salvadora, ¿de qué?, se interroga. Olvido madre ya tiene su propia familia, ¿lo acogería, en qué condición?

—¿Quieres indicar que yo he faltado a la delicadeza? En todo caso, tienes razón, me es grato comprobar tu sensatez y te preguntaré si tu madre aceptaría que la viera.

La niña baja los ojos, para no contestar con la mirada, limitándose a decir en un susurro cargado de cariño a Emanuel:

—¡Qué encuentro tan dichoso, para mí, sería ese! —afirma el tono y completa— Pero mi madre no lo consentiría.

Deja cortado a Emanuel y para remediar hasta donde sea posible, explica:

—No quiere que la vea. Reparos de coquetería, si usted desea creerlo así; pero...

—Dile que yo he envejecido y no será muy chocante un encuentro si ella no va imaginando encontrarse con el novio de los dieciocho años...

—Aun así... —admite la chica y deja flotando una irresolución de la que no es culpable.

Emanuel, deseoso y temeroso de que se acepte su propuesta, al comprobar el predecible fracaso descubre que está al borde de un quebranto. Suspira hondo y sin decirlo, renuncia. Toma nota de que se ha acabado otra ilusión, a la que hace tiempo no se atenía, pero ya queda definitivamente entre los materiales irrecuperables del vivir a sabiendas de haber sido amado de verdad.

Le parece que no lo ha dicho todo y con pretensión de arrogancia, desmentida por lo sentida que le surge la voz, intenta establecer una conclusión, por más que esta salte a la evidencia:

—Tendremos que resignarnos, entonces, a morir sin vernos nunca más.

La joven pudo replicar que a esa imposibilidad se condenó él y condenó a su novia, sin lucha y sin pasión.

Emanuel no cesa de repetirse, martillando con dureza: Fracaso, fracaso, uno más y tan grande...

Tiene que deducir que todo intento sería destructor de lo establecido, sin contar la edad, tan despegada ya del tiempo de las ilusiones floridas.

Al descartar esa abnegación, que quién sabe si se animaría a llevar adelante, se enreda en otros argumentos. Confía a la joven que no siempre estuvo ausente de ella. Cuando consiguió establecer dónde vivían se empeñó en verlas aunque fuese a distancia. En un atardecer vio salir de la casa a una niñita rubia, de unos cuatro o cinco años, tuvo la certeza de que era la hija de Olvido pero no el coraje de correr a tomarla en sus brazos. Si él lo hubiera hecho, cuando todavía era joven, ¿habría estado en tiempo de remediar el daño causado?, quiere saberlo de Olvido hija.

Esta le sonríe con compasión, sin aprobar ese esbozo de gesto o acción perdida en el pasado.

Emanuel, advertido de su desacierto, intenta la alternativa. Se ofrece a ayudarlas, declarando sin necesidad lo que está a la vista: que ahora goza de una buena posición y, a fin de aumentar el peso de su ofrecimiento, comete el error de poner de relieve que no solamente tiene buenos ingresos, sino influencias y poder.

Olvido lo escucha y mirándolo a los ojos no puede ocultarle decepción y un poco de lástima.

Emanuel cobra conciencia de que otra vez ha perdido a su amor más augusto y mejor nacido, ahora naufragado en la segunda Olvido.

Emanuel entrevé que la jovencita se ha contenido para no replicar algo así como: No me humille, no nos humille. En cambio le propone un medio que no pisotee sus sentimientos ni lo hunda en derrota:

–¿Tiene una frase para mi madre...? ¿Qué es lo que prefiere que le diga? No todo lo que hemos conversado, me imagino. Debo tratarla con la mayor delicadeza.

Como faltan unos días para empezar el rodaje de la película, Gala Placidia continúa trabajando en el periódico. Le hace alcanzar un papel a Emanuel: "Te odian".

Lo desconciertan, la brevedad y la agresión que, piensa, revelan sentimientos de Gala Placidia contra él.

La llama por un teléfono interno, sin que la comunicación pase por la centralita, desconfiando de ser oído por la telefonista.

Gala Placidia pregunta si quiere que vaya al despacho, comprende que Emanuel ha reaccionado por el billete escrito.

Él le responde:

—No aquí. Nos reuniremos en El Retiro.

—No puedo. Estamos en preparativos y debo encontrarme con Alfio.

—Sí puedes. Pasaré a buscarte con el coche a las nueve.

Al reunirse hay una introducción con copas, que ella ha propiciado.

Él le pregunta por qué.

Ella le responde con calma y dureza que lo odian porque él ejerce la censura internamente en el periódico, ahoga todo lo que tenga que ver con el populismo.

—Ahogas las ideas, no te das cuenta que se está gestando una revolución que ya llega a los bordes, y no permites que las ideas que están en el aire, en boca de todos, pasen a la imprenta.

Eso dice Gala Placidia ondeando con galanura su cabellera rubia y él le pregunta si ella también está en eso.

—¿En eso qué es?

—La acción social, la acción sindical.

—No se puede no estar.

Cambia el tono de interrogador para defender su posición:

—No tienes idea de cuánto, con moderación, he tratado de modificar el pensamiento de la Dirección y de los muchos patrones que tiene la empresa. ¿No has notado formas más abiertas?, auque por mis convicciones nunca me embanderaré ni complicaré la supuesta línea del periódico.

–Sí.

–Desde aquella manifestación populista, gigantesca de veras, que soportó gases lacrimógenos e incendió automóviles y autobuses.

–Sí que lo hemos notado. Pero pensamos que fue por el miedo, esta tibia transigencia que no podría llamarse cambio de rumbo.

–Y por la influencia que se me tolera.

–¿Por tus sutilezas?

–En cierto modo sí.

–Pero con los de arriba usas la sutileza y con la Redacción usas las órdenes o directamente tachas lo que no te parece conveniente. Directamente, lo que has asimilado bien es la mentalidad de los patrones, así como participas de sus beneficios y privilegios, incluido el uso, que nadie ignora, de este Retiro que es de Leoncio Leonardo.

–¿Entonces...? –concede Emanuel.

–Entonces, que serás barrido.

Emanuel quiere saber si también será barrido por ella. Ella ríe, pide otra copa, y dice: Vayamos a dormir.

Dormido junto a Gala Placidia, Emanuel siente una opresión, como que algo lo ha tomado de la garganta. Está por gritar y le sale un hilo de voz ineficaz. Despierta del todo y descubre que Gala Placidia, dormida aún, ha enlazado sus piernas, sus bellísimas piernas finas y largas, alrededor del cuello de quien yace a su lado.

Emanuel medita que aunque Gala Placidia ha sido muy dura e injusta, le está dando otra prueba de amor con aquella presión que se le hacía insoportable. Se atiene en todo caso, a la gratísima sensación de sentir aún la piel suave de las piernas de la joven sobre su propia piel.

Como confirmación de lo que ella le ha anunciado, en casa de Emanuel, una madrugada, estalla una bomba, no demasiado poderosa, de esas que llaman intimidatorias.

Y cavila si esa acción es obra de populistas o, por lo contrario, de las fuerzas represoras también como forma de advertencia por haber ablandado la mano, en el periódico, respecto de la violencia incesante de las fuerzas que por entonces supone que son las populares. ¿Quiénes lo atacan: los de derecha, los de izquierda, los sindicalistas? De todas formas se siente ya un perseguido.

No puede impedir la imagen de Gala Placidia con su cabellera rubia anudada en la nuca y en la mano una bomba como una albóndiga colosal, que deposita ante la ventana de su escritorio, al pie de la noche. Estalla la bomba y es la emisión de un contenido de tuercas y tornillos que van a dar en la cabeza de un caballo. Si muere el caballo será que ha caído la paz. ¿Qué paz, la universal o la personal de sí mismo, de Emanuel? Emanuel no percibe si delibera sobre estas cuestiones en el sueño o despierto.

Emanuel siente otro tipo de distancia, la distancia que los demás toman respecto de él. Tiene la sensación del indeseado.

Todo lo cual encuadra en las representaciones de muchos de sus sueños, sobre todo el sueño circular, y se dice que tienen que provocarle otra actitud frente a la vida, exactamente la del que se observa en el sector opuesto del auge o del triunfo.

Depone, o cree estar deponiendo, orgullos y vanidades, arrastrando el posible desprecio: se confía en Alfio, con descripción de su estado de ánimo y su pensamiento actual. Alfio ha visto venir esto que está sucediendo, ese vuelco a la exteriorización, en largas y ahora frecuentes tenidas de jarras de cerveza, que empezaron con una invitación de Emanuel, aceptada por Alfio sin entusiasmo y más bien con una mezcla de curiosidad y condescendencia.

Alfio no sabía de qué quería hablar Emanuel y Emanuel no sabía qué deseaba comunicarle a Alfio, ¿acaso meramente su desazón, o sus temores...? Emanuel sólo considera que al menos debía ser confidente con una persona, la que él consideraba más íntegra entre todas las que conocía o había tratado: Alfio.

Emanuel percibía que si lo llevaba a Alfio la pretensión de una indulgencia, estaba pretendiendo demasiado: Alfio no era, no podía ser, un administrador de perdones ni clemencias, no cuadraba con su temperamento ni sus ideas.

Alfio atendió las revelaciones de Emanuel sin sorprenderse, como coincidiendo en todo lo que este hallaba de reprobable en sí mismo dándolo por real. Escuchó impávido la declaración de Emanuel, que sospechaba que se había echado encima el odio de la gente y que acaso el gremio de periodistas lo sindicaba como un enemigo. Para decirle esto último Emanuel tuvo que sacar otra revelación que le hizo su propia mujer: había oído que los periodistas lo querían mal porque él no los favorecía para que llegaran a posiciones mejores. De lo que Emanuel se defendió, ante Ave primero, ahora ante Alfio, haciéndoles notar que las decisiones sobre ascensos y promociones no dependían de él, como en su mayor crudeza lo había demostrado lo que se hizo a Alfio, sino de la Dirección, que tenía la última palabra. Pero que anualmente hacía propuestas que procuraban no dejar a nadie de lado ni estancado. Aquella vez Ave ironizó: Seguramente, en las propuestas de mejoras, las que encabezan la lista –dijo– son las mujeres.

Al conversar uno y otro día, frente a un plato de carne y unos vasos de vino espeso, Emanuel se consideraba en descenso, ¿de qué? ¿Acaso de nivel social? No. Se apeaba de su orgullo y del autoritarismo que lo habían venido caracterizando ante los que tenían que soportarlo, incluso en sus arrebatos de ira.

Sostenía que se disminuía, pero al mismo tiempo era como si se purgara, como si sus poros se abrieran a aires más libres. Le nacía cierto orgullo de haber sido como fue y a la vez ser como era actualmente.

Llegaría a reflexionar que Maldoror había caído por no ser como él ni como Alfio.

Es un hombre joven que se presenta con aspecto pulcro, bien peinado, no obstante la melena caída hacia atrás, y al extender las manos sobre el cristal de la mesa escritorio luce uñas limpias y bien recortadas. Habla como si le costara el esfuerzo de retener una vehemencia y dice llamarse Maldoror. Ha traído una carpeta de tapas verdes y la deja al alcance de Emanuel.

Explica el contenido: Son cuentos. Dice que sin embargo, lo que se propone escribir es una novela. Aclara que puede que sea la novela del desterrado.

Emanuel lo observa escrutadoramente y no lo ve con edad para haber estado expatriado ni prematuramente ni por mucho tiempo. Quiere saber:

—¿Pero usted realmente ha conocido el destierro, el exilio?

Maldoror le devuelve una mirada serena, clara, al tiempo que descuelga levemente, como un desdén, el labio, y contesta con otra pregunta:

—¿En dónde cree que estoy?

Emanuel piensa brevemente: Un caso difícil, un personaje especial. Prorrumpe en un ¡caramba! acompañado de este comentario:

—Pues se diría que es de acá, que no es un extraño. Destierro implica ser puesto afuera.

Maldoror luce una actitud que es la del asentimiento a lo que Emanuel sostiene, y corrobora con mucha calma:

—Yo estoy fuera.

Emanuel lo considera de manera grave y penetrante; finalmente, hace un gesto como diciendo: Dejemos las cosas como están. Que equivale a admitir: Él dice que está fuera, aceptémoslo, y adelante, a otra cosa.

Para marcar la pausa o la transición a otro tema, ase la carpeta y empieza a hojearla. Se detiene en el título "Mesmer".

Interroga, levantando la vista por encima del escritorio:

—¿"Mesmer"?

—Lo mismo podría haber sido titulado "Mamut" o "Cromwell" o "Rasputín".

—¿Es una biografía?

—Sí.

—Pero si es la biografía de Mesmer no puede ser la de Rasputín.

—Según cómo se tome. Lo que usted dice sería el aspecto exterior de las cosas.

Emanuel tiene una actitud que es como la de respirar hondo. Regresa al momento en que Maldoror le dijo que se trataba de un libro de cuentos.

El visitante se lo confirma. Le dice que dentro del libro hay dos cuentos, muy breves, diminutos, "para que no se noten". Son cuentos de amor. Pero él no cree en el amor.

Al decir esto último mira fijamente a Emanuel, con un aire altivo y a la vez lastimoso, dolorido de que no se lo comprenda.

—Es lo que he venido a preguntarle a usted.

Emanuel da orden tajante a su cuerpo de que no se alce, que no se salga del sillón ni se ponga violento.

—¿Cómo podría yo decirle a usted en qué cree, si no lo conozco, es la primera vez que lo veo y sólo hemos cruzado cuatro frases?

Emanuel teme una sobreestimación, que el muchacho le responda algo así como: Para usted tendría que ser suficiente, a fin de darse cuenta de quién soy.

Maldoror no recurre a ninguna adulación y Emanuel opta por pensar que dejará que se vaya y nunca más lo atenderá, esto es lo que habrá indicado a la secretaria.

Pero el visitante no muestra intención de retirarse y permanece pasivamente, sin iniciativa y aparentemente sin conciencia. Mira nomás a Emanuel. Hasta que este lo insta en la forma más elemental de hacerlo:

—¿Y...?

No se molesta el preguntado por eso que podría tomarse como una petulancia o una provocación.

Tal y como si Emanuel hubiera completado la pregunta de una manera más fastidiada o más grosera: ¿Y..., qué más tenemos que hablar, por qué no se ofende y escapa de una buena vez? —Maldoror se comede a decirle:

—Disculpe, en realidad soy muy hablador.

Emanuel se dice: Bueno, ya es algo, siquiera ha vuelto a hablar, e inserta, con saña, este comentario:

—¿Que es muy hablador? No lo ha mostrado ante mí, se lo agradezco.

—¿Usted opina de esa manera porque me he quedado callado, aparentemente?

Emanuel asiente:

—No hay lugar a pensar algo distinto.

—¿Eso creyó usted? Hemos seguido hablando. Usted piensa algo malo de mí, lo que no me asombra ni me decepciona del todo. En realidad, tratándose de usted, de la posición que ocupa, debiera sorprenderme —ya está dicha la sobrevaloración que Emanuel temía.

Lo que termina de chocar a Emanuel, quien apenas reprime el impulso de hacer sonar el timbre para que venga un ordenanza y lo lleve a la puerta de la calle. Pero se recobra, algo le dicta que proceda con otro estilo. Se limita a la excusa clásica:

—Usted me disculpará, pero en este momento estaba tan ocupado y llevamos hablando...

—Quince minutos —lo ayuda el importuno. Se pone de pie con cortesía y sin asomo de enojo—. Comprendo, ya me retiraba. Sólo que pensé que usted querría saber algo más de los cuentos breves.

Emanuel tiene ganas de replicar: ¡No, ya basta!, y sin embargo accede:

—Sí, cuénteme, si no es indiscreta mi curiosidad; en realidad debiera esperar a leerlo.

—Puede ser ahora, ¿por qué no? Es el caso de una joven que vive sola, con la familia, y todos quieren envenenarla.

—¿No hay una contradicción...? ¿De qué habla usted? La joven vive sola, pero con la familia, ¿es eso estar solo? Y además... ¿la familia quiere matarla?

Maldoror lo atiende como si se compadeciera de su reflexión, pero se allana: Ya lo leerá y me dirá.

En ese momento le sale como un ansia angustiada: ¿Lo leerá, verdad?

Emanuel renuncia a fastidiarse, pero no puede evitar ser abrupto. Comete la imprudencia de facilitarle el camino:

—¿A qué ha venido, en busca de un empleo? —con el pensamiento asumido de decir no a cualquier aspiración de tal naturaleza.

Pero Maldoror, sin contagiarse de la tensión que ha creado:

—¿Un trabajo de periodista? Sería lo último que se me ocurriera aceptar.

Lo que deja a Emanuel en una actitud cerrada.

Han pasado un par de días. Emanuel es sacado de la concentración sobre una cantidad de papeles desplegados en su mesa de trabajo por la voz de la secretaria que le anuncia la presencia de Maldoror. Emanuel está a punto de reclamar severamente: ¿Pero no le dije que a ese señor no lo atenderé más?, cuando se apercibe de que a ella no le ha dicho nada y se le ocurre que si no la ha prevenido es porque quizá no rechaza del todo verlo.

—Hágalo pasar, pero adviértale que solamente podré atenderlo un momento.

La secretaria se retira y al volver, con Maldoror, demasiado pronto, interrumpe el gesto con que Emanuel estaba por entregarle la carpeta verde para desentenderse de esta y del autor... Fracasado ese propósito de anticiparle la desestimación, en cuanto lo tiene delante le declara, como para zanjar la cuestión:

—No lo he leído, ni espere que lo haga.

Lo que no parece producir ninguna impresión a Maldoror.

—Siéntese —ordena Emanuel, en vista del poco efecto de su rechazo.

Maldoror obedece, muy sumiso. Emanuel, sin argumentos ante la actitud desarmada del joven, le plantea:

—¿A qué ha venido otra vez?

—En busca de trabajo —dicho con humildad.

—¡Pero! ¿No me dijo...?

No deja prosperar su asombro, ni lo acompaña de ironía alguna; se da cuenta que caer sobre la humildad del peticionante sería como pisotearlo, sin necesidad.

—¿Qué sabe hacer? —le propone bruscamente.

Percibe o puede imaginar que el otro, alentado por esa pregunta que equivale a abrirle las puertas, tiene que estar anhelando exponer todo aquello en lo que es hábil, se siente capacitado o calcula poder hacer, pero lo sofoca: Maldoror calla.

–Usted, ¿quiere un café? Señorita, ordene dos.

Sin despreciarlo, pero urgido por su ánimo de no aceptar, Maldoror se opone:

–Para mí, no.

A Emanuel se le ocurre que acaso al postulante le preocupa su invasión del propio despacho señorial y le propone bajar a la cafetería del periódico. El invitado esboza un gesto de cómo quiera...

En la cafetería, perturbadora para una sensibilidad común, no sólo por el ruido de las tazas y la vajilla, sino por la conversación vehemente de periodistas discutidores, Maldoror, pasivo en extremo, aguarda el gesto con que Emanuel lo invite a ponerse cómodo.

Sentados a una mesilla, Emanuel encarga dos cafés. Se le ocurre que al chico puede gustarle con leche o crema y lo consulta. Obtiene una tímida respuesta de me es igual. Emanuel cambia la orden: Uno que sea cortado.

Cuando son servidos, Emanuel liquida la taza en dos tragos, mientras su acompañante se abstiene del todo.

–¿No lo toma?

El joven bebe un sorbo.

–¿Sin azúcar?

–Está bien –lo despreocupa Maldoror.

–Está bien –repite Emanuel con una respuesta ambivalente, ya que se refiere al azúcar y al comportamiento de Maldoror, algo cambiado, pero asimismo escasamente natural.

Emanuel comprende llegado el momento de cesar las familiaridades, revestir su autoridad y disponer, para lo cual le consulta si el trabajo que quería es de redactor o de entenderse con cifras.

—¿Empleado administrativo, contable? —se alarma el aspirante, y Emanuel advierte que puede estar encauzándolo hacia un enclaustramiento como el de la oportunidad anterior.

Directamente le pregunta sobre qué querría escribir. Teme que el joven pida Letras o Cultura, porque todos los aprendices de escritores que llegan a un periódico aspiran a regir, lo más pronto posible, la crítica de los libros que han hecho los que saben más de hacer literatura. O bien, los prudentes, prefieren iniciarse como correctores de pruebas de páginas o de galeradas.

Tampoco en esto es Maldoror como los demás. Ante la pregunta que se hace repetir, declara:

—Arte... o Crímenes.

—¿Cronista policial?

—Sí: asesinatos, robos en gran escala, incendios intencionados, desórdenes...

—Me parecía más propenso al orden que a los desórdenes.

—Tiene razón —se humilla Maldoror, si bien aclara. Sólo quería observarlos, no vivirlos, para luego describirlos.

—Pero, ¿puede creer que el asesino o el incendiario espera a que usted llegue secundado por un fotógrafo...? ¿Y por qué ha pedido Arte, está preparado?

—He estudiado Estética.

Emanuel omite replicarle de la manera que le ha saltado a la cabeza, no conoce sus tendencias y no quiere más colisiones: el arte que se está haciendo no tiene mucho parentesco con la estética.

Lo lleva a la planta donde trabajan los redactores, le asigna un escritorio, lo presenta a los periodistas que están en plena faena y, al no encontrarlo, con la mirada pregunta por el jefe de la sección. Le indican que puede estar abajo bebiendo café. Emanuel toma nota de que no lo ha visto en la cafetería y deja encargado:

–En cuanto llegue, que pase a verme.

Al dirigirse a su despacho va ganando tiempo: le informa a Maldoror que lo pondrá en manos de un periodista de primera, con la condición especial de que también es escritor: Se entenderán, usted se sentirá cómodo, tendrá con quien dialogar sobre lo que le interesa. Referencia que deja indiferente a Maldoror, bajo la mirada de Emanuel que pretende ir observando sus reacciones.

Cuando los alcanza Branco, el jefe de la sección, Emanuel propicia que se den la mano y luego despide al jefe entregándole la carpeta verde, con la recomendación de que la lea, "Especialmente –subraya– los cuentos cortos".

Aclara que retendrá unos momentos más a Maldoror, antes de hacerlo ingresar a la sala de trabajo, porque debe cumplir el trámite administrativo. Que le confía a la secretaria, quien lleva a un Maldoror puntilloso que no abre la boca, como si hubiera nacido privado de toda curiosidad por lo que le rodea.

—Dígale al jefe de personal que yo firmaré el alta.

Después de un rato regresa la secretaria, evidentemente contrariada, y deja en el vestíbulo a Maldoror.

—¿Qué ocurre? —reclama Emanuel.

—Que no quiere dar el domicilio.

—¿Quién? —pareciera que Emanuel ya ha olvidado el encargo o es que no puede admitir lo que le anuncian.

—El nuevo.

—¿Y cómo lo van a ingresar si no?

—Eso le ha explicado el jefe de personal y yo traté de hacérselo entender, pero es... usted ya sabe cómo es.

—Hágalo venir.

Cuando Maldoror se presenta:

—¡No ha llenado el formulario de inscripción para el ingreso!

—Sí, lo he hecho.

—Pero incompleto, no pone el domicilio.

—No puedo.

—¿No puede o no quiere?

Al verse exigido, le hace una señal con los ojos de que la muchacha los está escuchando.

Emanuel se fastidia:

—Para la señorita no hay secretos, en este despacho, y después de todo, ¿por qué tiene que haberlos en la empresa respecto de sus empleados?

Maldoror se halla acorralado y entonces se aproxima con atrevimiento a Emanuel, hasta junto a su hombro, y le susurra:

—No me haga un daño, señor.

Emanuel se sulfura:

—¿Cómo daño, qué daño le estamos haciendo? Le estamos dando una ocupación rentada, y de buenas a primeras, sin cartas de recomendación, sin antecedentes laborales.

Como lo increpa de frente, ve que el joven se está sujetando para impedir un estallido, que no se sabe si será de cólera o de llanto.

Emanuel no quiere avanzar sobre el conflictuado, no obstante este le tritura los nervios. Le ordena a la secretaria:

—Vea al administrador y dígale que no puede dar el domicilio porque deja la casa que ocupa, está en tren de mudanza.

La joven toma partido:

—Puede decir adónde irá o cuál es el domicilio que quiere dejar.

Maldoror asiste en silencio y niega con la cabeza, enfurruñado.

Emanuel se encrespa:

—Pero caramba, ¿cómo es posible que no pueda decir dónde vive?

—¿Que dónde vivo? ¿Usted quiere decir *vivir*, realmente? —y con un dejo de sarcasmo—. ¿Es que estoy viviendo, tengo la presencia de un ser vivo?

Con la máxima seriedad y con una gran contención:

—Entiéndame bien: déjese de sutilezas comigo...

—¿Sutilezas, yo?

—O juego de palabras o como quiera llamarle. Entiéndame bien: alguna dirección tiene que poseer, algún documento de identidad.

—Sí, lo tengo y lo he exhibido al señor jefe de personal.

—¿Y no figura allí el domicilio?

—Figura, pero no es válido, ha caducado.

Con otro esfuerzo de comprensión:

—¿Esta situación es transitoria o será indefinida? A lo de no poder dar el domicilio me refiero.

—Depende de hasta dónde llegue... una persona que tiene gran poder para salvarme o destruirme.

—¿Se refiere a mí?

—No —y luego de una pausa—, usted no es tan importante.

Emanuel pasa por alto tal desdén.

—¿Quiere decir que está en peligro? ¿Por qué no recurre a la policía, entonces?

—Por ahora la policía no podría hacer nada. Todo tiene relación con los hechos, con los que se produzcan.

Creyendo entender, compadecido, Emanuel sigue buscando:

—Y cuando se produzcan, ¿no será tarde?

—Pueden no ser inminentes. Me protejo, me estoy defendiendo... —echa una mirada hacia la secretaria, para verificar si esta atiende a lo que se está diciendo—. Me defiendo tan pasivamente, tan ajeno a la denuncia, al alboroto, tan pérfidamente, que me parece que estoy endemoniado.

Emanuel lo escucha hasta ahí con atención concentrada. Enseguida adopta una resolución:

—Señorita, no vaya al jefe de personal, llegue al administrador, y dígale de mi parte que el nuevo empleado está tramitando un nuevo apartamento, cuando lo tenga avisará la dirección. Y si el administrador no se satisface, atiéndame, señorita, y atiéndame usted, caballerito, por un tiempo puede dar mi domicilio, la dirección nomás, la de El Retiro, Carretera M-6, kilómetro 170, usted sabe... —y volviendo al joven:

—Pero no lo autorizo a que se vaya con sus muebles a mi casa.

Emanuel, sintiendo que ha dado una solución adecuada al obstinado problema, trata de encontrar de nuevo la mirada de Maldoror. Este la tiene baja, ha seguido de pie ante el escritorio, tamborilea sin sonido sobre el cristal y declara:

—Es muy justo.

Emanuel deduce: Justo para su conveniencia y su tozudez.

Emanuel suele preguntar por el novicio a Branco, si ha aprendido a trabajar, si rinde... Más de una vez encarga a Branco que le haga ver los originales de lo que escribe Maldoror, sin hacerle notar a este la doble vigilancia.

La mirada del principal no descubre errores de importancia ni parcialidad alguna, tampoco preocupación de estilo.

Con el deliberado propósito de humillarlo, una tarde Emanuel pasa por una exposición de pintura y luego confecciona él mismo la crítica, que expide a los talleres de composición vía jefatura de Branco. Minutos después, Maldoror entrega al jefe un comentario sobre la misma exposición. Branco le advierte que la suya no irá, es decir, que no se publicará, que ya está hecha.

—¿Por quién? —indaga Maldoror con un asomo de furor.

Branco se limita a contestarle con un signo del dedo grueso de su mano derecha que señala hacia arriba.

Al día siguiente aparece impreso el comentario de Emanuel.

En las primeras horas de la tarde, Maldoror se dirige al despacho de Emanuel y pide a la secretaria que lo haga recibir.

Cuando se le franquea la puerta, el joven se encuentra en un salón oscuro, excepto por dos luces oblicuas que marcan sectores de claridad: una se vierte sobre los papeles que Emanuel manipula y otra alumbra el teclado de la máquina de escribir de la secretaria. Esta recibe dictado de la traducción de un despacho enviado por el corresponsal en Italia.

Maldoror avanza como herido o seducido por el primer cono de luz penetrante y más bien como si se hubiera deslumbrado, mientras él y su superior quedan en la zona oscura. Por efecto de la luz o por su manera de ser, el muchacho se adelanta hasta el borde de la mesa escritorio con la cabeza gacha y cuando habla lo hace por un costado de la boca. Ha empezado por no hablar.

Emanuel se lo hace notar:

—Usted pidió comunicarse conmigo. ¿Qué tiene que decirme?

—Sí, ¿quiere mi puesto? —le plantea con dureza y violencia.

—¿A qué viene eso?

—Usted sabe. Si desea que me vaya, dígamelo, desde que entré a este lugar le dije que yo no quiero ser periodista, ni sé hacer de periodista.

—De todo eso, tan completo, me entero ahora.

—Pues entérese, pienso horrorosamente de este oficio.

—Profesión, si le parece. Más respeto. ¿Y qué halla de malo en el periodismo?

—Subordinación, falsedad, mentira.

—Esos son los costados negativos, que hasta cierto punto admito, dicho por usted. Pero deja de lado lo que prefiere ignorar o usted no lo sabe sentir: lo que el periodismo tiene de bueno y útil, lo constructivo.

—Yo he estudiado ética.

—Usted me dijo que había estudiado estética.

—Una y otra cosa.

—¿Y ya se ha graduado? ¿Le han dado título de juez de los valores morales de la profesión periodística? No lo parece, porque lo que ha hecho es repetir los lugares comunes de la gente hostil al periodismo no obstante que cada mañana vuelve a él para informarse de lo que ocurre en el mundo, cuando no para tonificarse con una opinión editorial que despeja un problema de orden público o enterarse de alguna trapisonda de los que mandan, aunque sea de los que están más abajo, pero también tienen su esfera y sus estructuras de poder.

—¡Retórica! —interrumpe con rigor Maldoror.

Por encima de la insolencia, Emanuel logra darse cuenta que ha estado hablando como en un discurso de aniversario. A la vez ha dejado de lado la preocupación que ha llevado a ese iracundo a enfrentarse con él, lo que lo mueve a condescender:

—Usted ha venido con algún problema o con un propósito. Desahóguese. Nos hará bien a los dos.

—No me avergüence ahora con la magnanimidad. Usted sabe que yo respiro por la herida. Usted ha descubierto o le han contado, ¿quién lo hizo, mi hermana?, que mi padecimiento es moral, tema al que usted quizás no es ajeno, pero deja que los demás la infrinjan.

—Acabo de hacer oratoria o retórica, como la llama usted, para que caiga en la cuenta de que también tengo principios y trato de ejercerlos justamente a través del periodismo. Entretanto le hago notar que, con su furia mal contenida, se ha excedido. Y no se lo permito. Bastaría que yo recoja uno de sus improperios para justificar una orden de que se lo ponga en la calle sin demorar un instante.

Con este párrafo, bien seguro de haber recuperado entereza, Emanuel siente como si se hubiera ganado un respiro y persevera en la actitud tolerante, aunque todavía con una frase que implica indignación y desprecio:

—Sólo un alma desorientada puede permitirse tales afrentas a su superior.

—¿No puede ser un alma angustiada?

—Puede serlo, pero ya estoy demasiado cansado de litigios con usted, de sus misterios y rarezas. No preciso su puesto, ni para mí ni para nadie, necesito el mínimo de respeto que haría que si usted tiene pan en la mesa, antes de tomarlo lo bendijera agradeciéndomelo.

—¿Por qué? —contesta con rabia Maldoror—. ¿Bendecirlo a usted? ¿Acaso se considera omnipotente? ¿Usted es Dios?

Y cae de rodillas, sin disimulo de la hipocresía con que se ha sometido a tal actitud.

—No me bendiga a mí, sino mi acción, que ha hecho que usted pueda llevar el pan a su casa. Yo se lo he dado. No soy omnipotente ni soy Dios, pero soy el amo, o lo represento. ¡Y póngase de pie! Le ordeno. No haga el bufón.

—Usted me habrá dado el trabajo, pero yo día tras día me lo gano, mientras usted trata de usurpar mi posición: se pone a hacer crítica de pintura, desalojándome de mi tarea, y para peor, sin saber siquiera de color.

—¿De qué habla?

—Que usted confunde los colores, o el grado de los matices, el rojo con el bermellón, y otras lindezas por el estilo. Y se ha dedicado a comentar justamente la exposición de pintura que yo había elegido.

—¿Con que usted la tenía en vista para comentarla...?

—Eso digo.

—Pero no me lo dijo en el momento oportuno. ¿Le participó a alguien sus propósitos?

—¿A quién?

—A su jefe inmediato, al menos.

—Era innecesario, todos lo sabían.

—¿Cómo es posible?

—Me espían, leen mi pensamiento. Mi hermana los habrá aleccionado, y me tienen sitiado. Me van a matar —y estalla en un sollozo.

Lo que quebranta además a la secretaria, metida en esa contienda sin pretenderlo, angustiada de presenciar la lucha terrible de ese humillado que pretende humillar a otros.

Hace traer agua y les alcanza un vaso a cada uno. Hace traer té. Da tiempo a que se recomponga el silencio.

Emanuel, asimilando el discreto comportamiento de la secretaria, ensaya otra forma, como si recobrara a un discípulo o un aprendiz que pide el dictamen del docto, y a su turno pregunta si Maldoror cree sinceramente que se pretende suplantarlo como crítico y si ha llegado a pensar que él, Emanuel, con todas sus responsabilidades y nunca con tiempo para nada, va a ponerse a disputarle una columna, cuando puede disponer de todas. Si no ha pensado, Maldoror, que no tiene la exclusividad de esa función y si la está llevando es gracias al visto bueno de él, de Emanuel, ya que el jefe Branco no está descontento con su trabajo.

Con el deseo de escapar de esa atmósfera contenciosa entre cuatro paredes, empieza por preguntar la hora a la secretaria. Ella se la dice y Emanuel dictamina: Hora de cenar.

Le indica a la secretaria que llame por teléfono a La Perla a fin de que reserven mesa para dos, y a Maldoror lo impulsa:

—Vaya, ponga en orden sus originales, salude al jefe y vuelva, que vamos a cenar juntos.

Maldoror se alarma:

—¿Cenar, yo con usted...?

—Es lo que le propongo, ni más ni menos.

Maldoror balbucea un reparo. Emanuel le ordena, autoritario:

—Obedézcame por una vez en la vida. Le hará bien salir.

Emanuel se impone la regla de distraerlo, de no volver sobre los temas que acaban de zarandear, de los que salió mal parado y prefiere no caer de nuevo en ellos. Cubre esta defensa con una capa protectora, tratando de hacerle ver, de paso, cómo es de apreciado, él (y hasta querido) en un sitio relativamente popular, el restaurante italiano al que lo encamina.

Le presenta con soltura y familiaridad a los propietarios: la dueña, Ingrazia, que supervisa las mesas, y su madre, que gobierna la cocina. Tiene ahí el pretexto para el cambio de tema. Cuenta a su invitado, que no termina de ponerse cómodo en la silla, está azorado, la historia del transplante de Italia de esa buena gente. El suicidio de la hermana mayor, que murió sola en una habitación del hotel familiar atestado de huéspedes. Que la señora Ingrazia escribe poesía con mucho sacrificio y con depurado amor a las tradiciones de su lugar de origen. Tiene la máquina en el mueble donde despacha los desayunos que los camareros van sirviendo a los clientes matinales. Al mismo tiempo atiende a los proveedores, que le traen las pastas, dulces, la mantequilla, la leche... Sacando provecho de las pausas dentro de ese trajín, teclea versos.

—Usted, Maldoror, debiera conocerla mejor, se podrán ayudar el uno al otro.

Maldoror responde con vivacidad y rechazo:

—No nos entenderíamos, yo no sé italiano y, por lo que he oído, ella no domina bien el castellano.

—Ah, mi joven amigo. Cuando hay voluntad, se puede. Pero, si a usted le falta...

—No es eso, entiéndame bien.

A la primera incitación a comer, Maldoror comienza como urgido por un estado nervioso, acaso para librarse de seguir hablando. Ingiere vorazmente, pero no acepta probar el vino.

Emanuel colige: Tenía hambre atrasada. No expresa observación alguna, sin embargo; le pregunta si conserva a los padres vivos, si está casado y tiene hijos.

Maldoror, sorprendido, cesa de masticar. Luego reacciona:

—Tengo una hermana, algo menor que yo.

Es tan poco comunicativa la respuesta, tan melancólica, que Emanuel percibe la aproximación a otra zona de peligro y decide no dañar el resto de la noche provocando su mal humor o sus ideas atravesadas.

Maldoror no admite un cognac, ni trasladarse a un bar en busca de una copa cualquiera que él prefiera, ni terminar en un cabaret para presenciar el show de medianoche...

Agradece el ofrecimiento de Emanuel de llevarlo en coche a su casa, prefiere ir a pie. Emanuel atribuye la negativa al propósito de Maldoror de ni siquiera darle una idea de la zona donde vive, sólo recurre a la argucia de averiguar si tendrá mucho que andar.

Maldoror responde, como si nada:

—Cuestión de una hora.

—¿Una hora caminando?

—Menos, si de casualidad queda en circulación algún autobús. Es tarde.

En la cena anual de la corporación de gente de prensa, de la que participan las esposas, hay una distribución para seis personas en cada mesa. Emanuel ha tomado sus precauciones para que nada delate, ante Ave, su relación con Gala Placidia. Esta quedará en el sector de los redactores y Emanuel con Ave en la mesa de los jefes.

Sin embargo, pronto se produce el ingreso de más comensales que los previstos y se deshace el orden preestablecido. La llegada tardía de algunos, más la ausencia de otros, crea y rellena huecos. El propósito de intercambiar una frase con alguien lo impulsa a recorrer el salón, y acaso aceptar al paso una copa de amistad.

Emanuel localiza fácilmente a Branco y busca a Maldoror, sin resultado. Impensable que esté en una de las rondas que encadenan las manos para bailar y cantar en el centro del salón. Descubre por qué busca a Maldoror, el Mudo, como ha empezado a llamarlo para sí. Porque tenía una pequeña esperanza, que al Mudo se le hubiera ocurrido hacer participar de la fiesta a su hermana, y mira por dónde iba a llegar Emanuel a conocerla.

El músico es de los más movedizos y tiene un don que arrastra a los demás. Impone su vedetismo con juegos musicales al piano y obligando a cantar en coro. Rápido y chistoso, suelta expresiones de humor, faltando al respeto con reconcomio y con gracia a Branco y Emanuel, lo que ellos soportan. La secretaria, que lleva su propio registro, desde la mesa donde está con Gala Placidia, se dice: Ya se las cobrarán. Se da cuenta que ese pensamiento la asaltó también cuando Maldoror pronunció frases humillantes para Emanuel en el despacho de este.

Emanuel nota que Ave se está hartando del tono de la reunión, ya propensa al bostezo, y que a él le ocurre lo mismo, aparte de notarse en zona de peligro, por los excesos de confianza de algunos comensales, y defraudado porque no está lo único que podía crearle una curiosidad, acaso sentimental y vaya a saberse si amorosa también: la presencia de la desvalida hermana de Maldoror. Ha contemplado a distancia a Gala Placidia, que no se sale de su nueva condición de contratada para hacer cine, lo que ya es sobradamente notorio y ha motivado algunas de las bromas e imitaciones del músico que funciona como el gracioso de la noche. Emanuel propicia la retirada, con el asentimiento de Ave. Cuando descienden la escalinata hacia la calle, en la acera está Maldoror. Se ha levantado las solapas de la chaqueta, quizá para defenderse del frescor en una espera inmóvil de largo tiempo.

En cuanto distingue a Emanuel se adelanta con el evidente afán de hablarle. El interpelado se pone expeditivo:

—No, esta noche no. Lo que tenga que decirme, mañana. ¿No ve que estoy con la señora?

Maldoror muestra en la cara la aceptación, pero no la resignación, aunque se limita a un: Pero, yo sólo quería...

—¿Está enfermo? —pregunta con discreción Eva a su marido, acaso con certera intuición.

—No lo sé, ni lo parece; pero... podría ser.

—¿Quién es?

—No lo conoces, uno de los nuevos redactores. Personaje extraño que ya me ha dado dolores de cabeza. No hablemos más de él.

Eva insiste, dominada por sus propias impresiones del encuentro:

—Me pareció escuchar, ¿o me equivoco?, que de él hablabas con el músico esta noche.

—Sí, me propuso algo descabellado: que si puedo ocuparme de él, porque está acorralado por el miedo.

—¿Miedo de quién, de qué?

—El músico, que tiene menor desorden mental que el otro, aprovechó la franqueza que propiciaba la sociabilidad de la fiesta para prevenirme —y no de manera siniestra, lo que le quita crédito— que a este muchacho, Maldoror se nombra, lo están matando.

—¿Qué? —se alarma Eva, pero ya hay que entrar al coche que los está esperando.

En el camino de regreso al hogar, requiere una respuesta más completa:

—¿Lo están matando...? ¿Quién, cómo?

—La hermana. El cómo no lo sé.

Emanuel se ha quedado corto en responder a Eva todo lo que podría decir él acerca de ese personaje extraño. Al volver a pensarlo, al día siguiente, advierte que ha descuidado un filón informativo. Invita al músico a beber una cerveza en el bar de ahí abajo, y se explica mostrando su inquietud:

—Maldoror es un muchacho tan difícil... ¿Cómo ha podido usted llegar a él? ¿Lo conocía de antes?

—Si se lo contara...

No se lo cuenta, pero le pinta un barrio sórdido, de casas de una planta, bajas y rechonchas, con la pintura manchada por la humedad. Ahí habita Maldoror. La casa carece de la bondad del sol y hasta de día está alumbrada con lámparas portátiles de gas o kerosero.

—La hermana, si no fuera tan linda, sería una bruja —considera o reflexiona el invitado a la mesa de Emanuel.

—¿Es vieja?

—No, a la vieja, perdón, la madre, la echaron de la casa entre los dos.

—¡No puede ser!

—Se lo digo yo —dice el músico, causando otra reserva mental, sobre este, de parte de Emanuel.

Pero a Emanuel se le ha prendido de nuevo una ilusión:

—¿Cómo es la hermana?

—Más joven que Maldoror.

—Tienen algo de parecido.

—Las fisonomías regulares y la calidad de la piel. Maldoror es de buena presencia y refinado en sus maneras, pero ella lo es más.

—¿Por qué dijo que lo están matando?

—Es lo que piensa él. Dice que pretende intoxicarlo, poco a poco. Que pone veneno en las comidas. Por eso evita comer.

—¿Y cómo se sostiene?

—Compra fiambres envasados y, a veces, él mismo se prepara un huevo o unos fideos hervidos. ¿No ha notado lo desmejorado que está?

—Hambriento, diría yo —apunta Emanuel recordando cuando devoraba las pastas y carnes italianas.

—Sí, pero a veces, tal vez desesperado por el hambre, se da unos atracones... O cuando sale con alguien de confianza a comer fuera, por ejemplo conmigo, aunque también desconfía de los cocineros de los restaurantes, tiene idea de que están complotados con la hermana. No crea que no come nunca. Y cuando exagera en cantidad unos días se le nota en la cara y se ve más saludable.

—Disculpe, pero me inclino a no creer lo que me está diciendo.

—Si no cree, pregúntele al doctor Abraham, el psiquiatra. El Mudo lo acusaba de complicidad con la hermana y de que él, el médico, lo había hecho encerrar.

—¿Pero es que vive o ha vivido encerrado en su casa?

—En su casa no, en una casa de salud. Como le mostró una ofensiva desconfianza, el doctor dijo que no lo atendería más. El Mudo quiso llevar el asunto a la policía, pero no sabía qué denunciar. Como los policías no son psicólogos le reclamaron con severidad que dijera qué era lo que llevaba ante ellos. Maldoror dijo que una tentativa de homicidio.

—Pero usted no estaba ahí, ¿cómo puede saberlo?

—Me lo ha dicho el Mudo —asombra a Emanuel la designación igual a la que él le aplicó la noche anterior.

—Habla, entonces, hace confidencias. ¿Por qué lo llama mudo?

—Porque dice sólo lo que le conviene.

—Como todo el mundo, aunque algunos hablan más.

—¿Lo dice por mí? Es mi carácter.

—No lo digo por usted. No me atribuya acusaciones, así conseguirá que no le crea una palabra, porque me parece que usted se está asimilando a él.

—¿Me quiere llamar intrigante?

—Insiste, usted: yo no quiero llamarlo nada.

—Ah, bueno. Él es muy zorro y bien se le podría decir intrigante. Aunque, creo, no intriga más que contra la hermana y contra su médico. Pero cuando está muy desesperado se entrega a la confesión con total sinceridad. Yo he asistido a un par de esas crisis. Cuando le toque a usted sabrá cómo se pone él.

Emanuel se come de ganas de conocer a la hermana de Maldoror. Piensa de sí mismo con bajeza, pero sin vacilar en su determinación obcecada y pasional de conquistarla y seducirla.

Una noche que estos sentimientos lo desvelan, entresueña que ha llegado a la hermana de Maldoror y esta puede ser Olvido hija. Avanza con fortuna en el camino del embeleco y cuando la está acariciando, ella lo llama: Padre, con un tono que puede ser de afecto enternecido o de rechazo desagradado del manoseo.

Después, Emanuel está sobresaltado y con vergüenza. Teme que la joven haya hecho trascender el abuso carnal que él pretendió; teme, de la que fue su novia, la reprobación, la repugnancia, el desprecio. Hasta que se dice: Pero si no ha sucedido, lo he imaginado o lo he soñado. De lo que asimismo duda, ya que las impresiones de aquel atropello erótico fueron tan vivas que subsisten en su sensibilidad. Se obliga a repasar la relación: él estuvo con Olvido hija una vez en su propio despacho, otra la invitó a una copa en un salón elegante donde quizá cometió el primer error de iniciación, ya que era lugar frecuentado por mujeres de costumbres alegres y ligerísimas de ropas; sabe que Olvido hija estuvo disgustada y como retenida a la fuerza en ese lugar que, si no lo era, merecía ser malfamado. Con posterioridad lo único que la memoria registra es la ausencia total de Olvido, ni lo visitó ni se comunicaron por otro medio. Él esperaba que ella lo buscara y no sucedió. La noche que lo tuvo en los brazos, ¿cómo fue, dónde? ¿La llevó al Retiro? Repasa circunstancias y se dice categóricamente no. ¿Entonces, dónde? Porque era un lugar reservado que hizo posible hasta ciertas frases que tal vez a él lo confundieron y lo alentaron. Ella dijo: "Usted no me ama a mí, ama a mi madre y me besa besándola a ella". No manifestó, con palabras ni gestos, indignación o menosprecio. Pero se le soltaron las lágrimas.

Para buscar los últimos indicios de lo que puede haber sido su mala acción, acude al refugio, a ver si quedaron botellas descorchadas y vasos usados. No los halla, tal vez la nueva chica de servicio puso orden y limpió. Porque en su fuero interno nada llega a convencerlo de que no consumó una felonía, ya que, reconoce, cometerla estaba en sus intenciones.

Lo que le hace sentir con inmensa pena que si contaba con una estimación de buena naturaleza, antigua y perdurable, trasladada de madre a hija, la ha perdido. Se amonesta: Moralmente, descalificado.

Sabe perfectamente que no es ese su primer gran paso hacia la degradación y la pérdida del respeto o del amor que pudo inspirar. Se siente extraviado, aunque desafiante: perdida Gala Placidia, perdida Suspiros, perdidas Olvido madre e hija; sin haber sido capaz de inspirar un auténtico sentimiento amoroso que él pudiera percibir, le brota el sentido de fracaso que le llega acoplado a la conciencia de la destrucción.

Sin embargo, los caminos de su mente continúan siendo arbitrarios, y al mentar la destrucción ha pensado no en la propia, sino en la de Maldoror y la hermana, primero esta, así el hermano sufre más en cuanto lo descubra.

Un día de los inmediatos, la secretaria informa a Emanuel que la familia de Maldoror ha avisado que este no podrá concurrir a trabajar porque está enfermo.

Emanuel vibra y se exalta: ha llegado la oportunidad.

Indica a la secretaria que manden médico para comprobar la dolencia.

Ella le hace presente: Sí, ya lo conversamos con el jefe de personal, pero ¿adónde? El único domicilio que ha dejado es el que usted le facilitó, en el que nadie cree, pero no hay otro.

–Dígale a quien llame por él que corre riesgo de exoneración, si está fingiendo enfermedad.

–Se lo advertí, señor, a la señorita que llamó.

–¿Señorita, quién?

–Dijo ser la hermana. Anunció que si Maldoror no mejora en un par de días, avisará.

–En ese caso, reclámele el domicilio a ella.

Así sucede y se hace necesario el envío del médico. Cuando este se halla de regreso, Emanuel muestra un vivo interés, le dice que Maldoror es un empleado muy estimado y que a él particularmente le preocupa que se recupere.

–Una intoxicación –dictamina el médico–. Algo que ha ingerido. Hice lo que pude que ya no era mucho. El lavado de estómago tendría que habérselo practicado en el día mismo que empezaron los dolores y la postración.

–Comprendo.

Emanuel comprende o supone comprender más de lo que ha respondido: no se le escapa que algo de verdad puede haber habido en los temores de Maldoror que le participó el músico.

Comprende además que en el fondo de sí mismo hay satisfacción, la de ver que Maldoror es víctima, real o mental, de algo demoníaco, y que esa condición lo envuelve a él, Emanuel. Intuye que al menos esa forma de lo demoníaco se podrá enfrentar con la verdad y la realidad, lo que puede hacer posible que él llegue a la hermana.

Para lo cual toma un partido osado. Ruega al médico que haga un segundo reconocimiento del paciente y que lo lleve con él a la visita.

El barrio es tan pobre como en la descripción del músico, pero menos cochambroso y sin excesivos signos miserables.

El médico lo guía hasta un acceso que da a un pasillo, al fondo del cual se distingue un emparrado. Ni voces, ni ruidos, ni música de radio vecinal.

El médico llama a una determinada puerta, que se entreabre sin dejar visible a la persona. Esta –una voz femenina– hace presente que ya no es necesario el auxilio porque Maldoror se está reponiendo y en dos días más volverá al trabajo.

Para el médico, al parecer, es una explicación suficiente. Sin embargo, Emanuel con un susurro y unos gestos lo insta a que anuncie que ha venido acompañado por una de las autoridades del periódico, que se interesa vivamente por comprobar el estado del joven, a fin de serle útil si resultara necesario.

Tal anuncio no causa efecto. Luego de un reservado murmullo de la interlocutora oculta tras la puerta entornada, el profesional saluda y hace gesto de retirarse.

Emanuel lo detiene:

—Dígale que soy yo, Emanuel d'Aosta.

No le desagrada del todo la nueva negativa a permitir la entrada. Se siente orgulloso de la entereza de la joven, es uno de los atributos que en su momento tendría que doblegar.

Aunque no le satisface que la sola mención de su nombre no le haya causado el efecto acostumbrado en todo sitio: obediencia, pleitesía, ante una de las figuras superiores de la imponente empresa.

Cuando regresan, tragándose Emanuel el frentazo y la desilusión de no haber llegado a ver a la hermana, le surge otro propósito.

—¿Cree que es un caso de psiquiatría?

—No, aunque yo me he limitado a ocuparme de su malestar físico.

—¿Conoce al doctor Abraham?

—Sí, fuimos compañeros de estudios.

—¿Sabe que él lo ha estado tratando?

—No lo sabía, pero ¿tiene importancia?

—Posiblemente sí. ¿Puede hacer el favor de contactarme con ese doctor?

—Sé que tiene consulta y hay que solicitar turno.

—El enfermo no soy yo. Consígame una entrevista privada, reservada. Si es posible, que él acuda a mi despacho.

Cuando el encuentro se produce, el doctor Abraham se anticipa a decir que si Emanuel no lo hubiera hecho llamar, él se habría ocupado de buscarlo.

—¿Y por qué?

—Porque usted y yo tenemos una vida en nuestras manos.

—No es así, ya fue dado de alta.

—Estoy al tanto, pero sólo del principio de intoxicación. De lo demás no lo han tratado. Yo estaba en eso; pero, aunque según cómo se mire, vaya unas milésimas contra la ética profesional, tengo que decirle que el caso es grave, de peligro, y acaso usted, sin saberlo, es el único que lo está ayudando a que esta tensión no explote.

—¿Qué hace, qué tiene?

—Cuando lo tratamos por primera vez, porque nos llegó vía hospital, se hizo necesaria su internación. Parecía pacífico, pero siempre estaba alterado. Un día desapareció. Por influencia de la hermana retomamos contacto e intentábamos seguir, profundamente, el tratamiento.

—¿Es doloroso, podría causarle miedo?

—No es un placer, puedo decirle, no es un placer ser tratado con nuestros instrumentos que llevan carga eléctrica, y otras cosas. En definitiva, se resistió.

—¿No pudieron seguir el tratamiento?

—Parecía amansado. Pero entró en unas crisis que empezaban por ser llanto y terminaban en verdaderos arrebatos. No podíamos más, con él, en el Instituto. Decidimos su traslado al Centro Mayor.

—También se habrá resistido, supongo.

—No, porque lo tratamos sin empleo de la fuerza,

creíamos que la simple convicción bastaría. De todas maneras, lo mandamos en una ambulancia, como único ocupante, además del chofer y un enfermero en la parte delantera del vehículo.

—¿Fue cuando escapó?

—Usted lo sabe. Para llegar del Instituto al Centro Mayor hay que atravesar de lado a lado la ciudad. Cuando la ambulancia hacía ese viaje, tienen que haber sido las once de la mañana. El coche se detuvo ante un semáforo con luz roja. Eso fue exactamente frente a la iglesia. Bien, este jovenzuelo endiablado parece que había venido estudiando la manera de abrir la puerta trasera, que no le fue difícil, porque no iba enllavada y con cerrojo (se le había advertido al enfermero que no se trataba de un caso peligroso). Bien, abrió sin ser visto, los guardianes estaban sentados adelante, y escapó, seguramente para meterse en el primer agujero que encontrara, como un animal perseguido, y lo que para él habrá sido como la buscada madriguera, resultó ser el templo de la esquina.

—Causó espanto, también lo sé.

—No por lo que cualquiera imaginaría: el ingreso en fuga de un desesperado con apariencias de trastornado, sino porque el enfermero, a pesar de nuestras recomendaciones, había tomado la precaución de hacerlo despojar de sus ropas, todas, incluso las interiores. De modo que las señoras lo que vieron entrar disparando era un hombre desnudo. Imagínelo, en cuero vivo, lanzado a lo largo del pasillo central hasta toparse con el altar.

Emanuel no puede menos de sonreír, si bien se apresura a borrar de su rostro esa expresión malévola.

—No tenía idea de tamaña proeza de mi protegido, aunque algo me dijeron, pero lo tomé como una exageración maliciosa.

—Bien, ya lo sabe. Pero no olvide que si la acción fue pública, lo que antecedió y la manera cómo logró fugarse no pueden ser ventilados, tienen que ver, por nuestra responsabilidad médica, con el secreto profesional. Adminístrelo con ese cuidado. Tenga en cuenta además que no está curado y dista de llegar a estarlo. ¿Puedo contar con usted?

—De mí él sólo puede acogerse a mi paciencia, y ya la está disfrutando, ventajosamente.

—Conforme. Sea humanitario. No descuide que de él puede esperar lo peor.

—¿Una agresión?

—No está loco, dejemos sentado eso. Lo que tiene son escapes o fugas mentales. Pocos desvaríos. No creo que se pueda esperar que él lo ataque a usted. Le está agradecido. Tiene buenos sentimientos y en general los aplica.

—¿Qué entonces?

—No lo sé, es impredecible. En todo caso, el mayor resentimiento lo vuelca sobre su hermana. Si ese rencor lo ahoga, procurará darle salida. El cómo lo hará es la incógnita que nos queda. No olvide que se considera un perseguido y quiere huir.

Emanuel se pregunta si está entrando en la edad de la razón, porque se llama a sí mismo animal racional recapitulador. Recobra convicciones de culpa y remordimientos, desde la adolescencia y con mayor abundancia y daño, en la edad adulta. Dice que no ha recibido el amor ni la fortuna, a lo que más sus afanes lo han llevado es a trabajar.

Que quizá ha malogrado el amor puro de la adolescencia en la persona de Olvido, que fue su única novia. Para ella compuso una oración que solía pronunciar de noche, a la luz de la luna y en descampado, en su aniversario, es decir, en la misma fecha que se dieron el primer beso. Al presente percibe el odio que lo rodea. Siente temor de alguna otra ofensa en su honor, o al descrédito, al desconcepto. Siente que está padeciendo la influencia enfermiza de Maldoror y al mismo tiempo, no puede quitarse del alma el amor por la desconocida hermana del trastornado.

Admite que tiene un amigo, un solo amigo, a quien respeta aunque pasen tanto tiempo sin tratarse ni hayan vuelto a las confidencias sobre sus inquietudes artísticas y sus proyectos de otros tiempos, cuando él era menos importante. Ese amigo, que tratará de rescatar, se lo promete a sí mismo, es Alfio, el Súper, y se molesta convocándolo con ese apelativo, que no dice nada de la verdadera calidad del personaje, tan esquivo que se le ha tornado, ya resulta imposible comunicarse con él. No puede decir, Emanuel, si el despegue de Alfio equivale a un rechazo o a una tardía venganza por lo que no le hizo, sospechado no obstante de haberlo hecho.

Un distanciamiento, acaso similar aunque rodeado de otras circunstancias, respecto de una persona de otra naturaleza y para él de otro signo. Esa inaccesible mujercita, hermana de Maldoror, tan sospechosa y difícil de seducir, de la que teme que se le convierta en una obsesión posesiva. Ha vuelto a soñar con ella, dándole en el sueño no los rasgos de Olvido hija ni de ningún otro ser conocido. No ha logrado atribuirle rostro, por lo mismo que nunca ha podido llegar a verla, pero no duda que era ella, en el sueño.

Entretanto, Maldoror se reincorpora al trabajo. Emanuel reclama su presencia en el despacho. Tiene la impresión de que recibirá a un despojo humano. Sin embargo, el joven está de buen semblante y, en apariencia, sin ninguna flaqueza física.

—¿Qué le ha ocurrido?

—Un desarreglo estomacal.

—¿Causado por qué? —Emanuel está a la expectativa de que denuncie a la hermana, porque desea vivamente oír hablar de ella, aunque fuere con inquina. No se produce ese resultado.

Mientras, quizá a causa de su redoblada reserva, Emanuel lo está odiando. Considera que Maldoror es más digno que él en su comportamiento. Sabe más de arte. Tiene fuerza de voluntad para pasar sin comer, aunque sea privación a causa de un temor malsano, enfermizo. Con lo que consigue evitar el fantasma tan temido por él: obesidad. Pero, se dice, tiene que ser por el alcohol. Un buen día lo abandonaré y estaré de nuevo en forma.

Piensa también que entre ese ser de apariencia digna y la hermanita tan guardada de sí desalojaron a la madre, lo que es abominable: arrojar a la calle a una anciana, dejarla sin medios de subsistencia. ¿Será verdad todo lo que le han contado? Emanuel se dice que tendría que hacer justicia con Maldoror, por sus maldades y sus ocultamientos, porque no es normal y sólo los seres normales tienen derecho a disfrutar de la vida, los que no lo son la padecen. Y en ese último razonamiento halla la manera de aplacar su enojo.

Mientras Emanuel cavila, Maldoror está a la espera del momento en que su superior descargue el palo sobre él. No puede darse cuenta que Emanuel en lo que piensa es cuánta razón asistió a las personas que, como Gala Placidia, le advirtieron que lo están odiando. El denso lodo de odio florece en espinas que a Emanuel le atraviesan el alma.

En cuanto Maldoror se aleja, la secretaria dice a Emanuel que el viaje a la América del Norte está resuelto para la semana próxima. Se asombra, Emanuel, de que ella lo sepa y él no.

—¿Quién se lo ha comunicado?
—El señor director.

Otra humillación para Emanuel. Le resulta tan oprobioso que lo desarregla y, contra su costumbre, el episodio y su carga de resentimiento lo incitan a volver prematuramente al hogar. Nada comunica a Eva. Se introduce en el salón, le pide una manta para cubrirse y cierra la puerta.

En la mañana, Emanuel sale de la ciudad. No, está en la ciudad. Se ha apartado únicamente de su calle. Ha pasado a otro sector, hacia el centro urbano. No se puede salir de la ciudad sin irse. Al andar, acaba de dejar al costado el escaparate de estilizadas letras que anuncian el despacho de billetes: "Aerolíneas...".

¿Tanto ha andado, diez calles?

Llega ante la iglesia por cuyo interior, se le ha dicho, Maldoror volaba desnudo. ¿Por qué, para designar la acción, se ha representado al joven no corriendo, sino volando?

Imagina a las beatas al tránsito de ese ángel de piel blanca a lo largo del pasillo hasta abatirse al pie del altar. Sonríe. Irreprimiblemente.

Sin haberse desasido de esta fugaz alucinación, encuentra a Maldoror a la vuelta de la esquina. Se empeña, Emanuel, en borrar de su rostro el gesto sonriente, Maldoror supondría —y con razón— que se burla de él. Diablo de muchacho, con lo manso que parece...

Emanuel cree notarlo como vacilante, como un ser trabajado por la duda profunda. Por lo contrario, Maldoror se muestra firme al dirigirse a Emanuel, después de saludarlo con respeto pero con distanciamiento. Le dice que ya que lo ha encontrado por azar, acaso en una caminata desocupada, querría que le permitiera un párrafo. La armadura defensiva de Emanuel se agrieta y cede.

Echan a andar.

Maldoror, sin mirarlo, la mirada puesta en el suelo de baldosas que pisan, le dispara:

—¿Ha pensado en la muerte?

—¿Le parece tema para una mañana tan luminosa?

—¿Es que no se puede hablar de la muerte o, mejor, morir a pleno sol? ¿Tiene que ser un trance misterioso que se realice en la sombra, en la noche cerrada?

—No necesariamente, pero creo que hasta los animales guardan cierto recato para el acto de pasar, justamente, aunque le parezca una metáfora, al reino de las sombras.

—Le pido que no hablemos en abstracto.

—Entonces, ya que así lo quiere... Sí, he pensado en la muerte; ¿pero la muerte de quién, la mía, la suya...?

—La muerte como noción de una realidad ineludible para todos.

—Sí, también.

—¿Y qué conclusiones ha sacado?

—Ante todo, que es postergable, lo que la hace, en cierto modo, o por algún tiempo, ineludible.

—Usted quiere decirme, seguramente, que hay que hacer vida sana, estar bajo atención médica, no ser imprudente ni como automovilista ni como peatón... En pocas palabras, llevar una vida burguesa y cautelosa, de hábitos y miras sedantes, no afrontar riesgos ni asumir proezas.

—En cierto modo...

—¿En cierto modo es así? Entonces nos estamos saliendo de la cuestión. Veámoslo de otro modo.

—No tengo mayor interés en discutir este asunto.

—No vamos a discutir.

Hasta el momento, Maldoror ha venido expresándose en forma un tanto autoritaria, aun para indicar que no van a discutir. Desde ese punto se modifica y parece que suplicara, con otra pregunta, una frase esclarecedora, que lo ayude a salir de una tribulación o superar una ansiedad:

—Dígame entonces, ¿cree en la subsistencia de una forma de vida más allá de la muerte?

—Como católico que soy, tengo que pensar afirmativamente.

—Dejemos de lado los esquemas. Dígame usted, por su cuenta, ¿cree, siente, que algo de mí, de usted, de ese mendigo que está sentado en el umbral del templo, sobrevivirá a la muerte?

—Sí, lo he pensado. No puedo creer que la resurrección de los muertos se produzca de cuerpo entero, con todos los atributos que estos tuvieron en vida. Se me ocurre que pasaremos a ser espíritu.

Nota que su respuesta no conforma al indagador, por lo que acude a abundar con una ampliación:

—Por infinitos que sean los cielos, si se suman los muertos de las distintas edades, habría que suponer que no hay espacio posible para tal superpoblación. Lo que se me ocurre es que, perdido el envase material, quedaremos sólo en espíritu.

—¿Un fantasma?

—No he dicho eso. Lo concibo, a cada minuto, como una llamita inextinguible.

—¿Y el cielo, o los cielos, como dice usted, están alumbrados por esa multitud de llamitas eternas?

—Podría ser, pero no es más que una especulación. No me haga caso.

—¿Y a quién o a qué debo hacer caso entonces?

—Hay muchas religiones, elija.

—¿Me lo dice sin ironía?

—Yo mismo he confesado pertenecer a un credo.

—Está bien. Ahora, dígame, ¿se sufre mucho al morir?

—¡Qué pregunta! Usted mismo puede darse la respuesta. Se sufre, sin duda, si se llega a la muerte por una larga enfermedad dolorosa o cuando la muerte es producida por algo que destroza el cuerpo o una parte del que va a morir. ¿Qué más puedo decirle? Está tan claro, es tan conocido y evidente...

—Puede resultar evidente, a quien prefiera ignorar el preparativo para acabar que puede estar elaborando calladamente un hombre sano, lúcido, íntegro. Por otra parte no es tan evidente si después de muerto se sigue sufriendo por la misma causa que generó, digamos por caso, una muerte voluntaria. Porque si lo que subsiste es el espíritu, según usted, ¿no puede quedar para siempre flotando un espíritu torturado?

Hace un silencio y se aviene:

—Comprendo que es mucho preguntarle. Y si se lo pregunto no es porque lo piense a usted un sacerdote, un confesor o un vidente del más allá.

—Lo suponía, no puede pensar de mí sino como un corriente ser humano, que en realidad ni se preocupa siquiera por los problemas del otro mundo o de la otra vida, como usted prefiera llamarlos.

—Y dígame, en los accidentes o por la muerte violenta, sobre todo, si uno mismo la ha buscado, ¿habrá mucho que padecer?

—Yo creo que se sufre más en el período preparatorio, desde el momento de tomar la decisión, especialmente si se piensa en lo que se va a dejar, y acaso, supongo, lo más terrible, ha de ser el instante decisivo de empuñar o disparar el arma. Lo demás ya no cuenta, se está muerto.

Con empecinamiento, Maldoror explora:

—¿Es mejor vivir o morir?

—Si no se vive muy mal, es preferible vivir. De todos modos, cualquier vida, cualquier persona goza de algunas ventajas o placeres del solo hecho de estar vivo. Se me ocurre que justamente el miedo a la muerte se cifra no en la duda de cómo se estará después de muerto —ya que en el fondo todos somos incrédulos— sino en la certeza de que al morir quedará privado de todo cuanto en vida le da satisfacción o gusto.

—¿Usted es partidario de la muerte violenta?

—No tengo instintos asesinos.

—Es tarde, tengo que cambiarme de ropa para ir a trabajar.

Y así, abruptamente, Maldoror interrumpe su sondeo sobre la muerte, seguramente sin haber quedado convencido de mucho, tanto es así que a modo de despedida dice a Emanuel:

—No se preocupe por esta charla. Usted morirá beatíficamente.

Asombrado de sus palabras y del acento paternalista con que las ha dicho, Emanuel atina a responder:

—Moriré como me lo mande el destino o como me venga en gana, pero le advierto que una vez más ha estado a punto de exasperarme. Y ahora se va pretextando el trabajo. ¿No trabaja para mí? ¿Acaso le estoy exigiendo el horario...?

Maldoror inclina la cabeza y se retira con precipitación.

Emanuel reemprende el camino de pocas calles hasta el periódico. Al darse cuenta que en un momento más estará ante la secretaria, le baila en la cabeza esta determinación: No la dejaré salir al pasillo del hotel. Leoncio Leonardo le ordenará ingresar a su habitación para armar el contrabando de divisas y ella tendrá que obedecer. Así, se dice, son las grandes potencias mundiales, meten su oro hasta en las intimidades de una chica decente.

Al entrar, ante los ojos de la joven necesita dar una explicación de su apariencia de ebrio con un último resto de dignidad para mantenerse en pie. Sin embargo, ella se anticipa a proponerle:

—Se ve muy cansado, señor. ¿Le ha sucedido algo?

—Tiene razón. Tienen razón, usted y Eva, mi esposa. Debo descansar en una cama. No le cuente a nadie lo que me ha ocurrido. Yo me recuperaré, ya lo verá.

Recoge el diálogo que el día anterior quedó trunco por su bajón moral o por el golpe a su orgullo.

—Señorita, ¿quién le ha comunicado que el viaje a la América del Norte está resuelto para la semana próxima?

—El señor director.

Así como ella ha repetido su contestación, Emanuel revive la humillación de que se pasara por encima de él y vuelve a devanar que se van sumando muchas lastimaduras a su orgullo, en general procedentes de niveles inferiores a los de él; pero que ahora los arañazos procedan de más arriba, donde se sentía más fuerte y respaldado... Se dice que no aceptará hacer el viaje, tal vez hasta que deponga su arrebato de pundonor, al recuerdo de los intereses que él mismo tiene en juego, acaso su parte o pago de su disimulo por la riqueza en billetes verdes que la secretaria traerá bajo el corset.

Tiene presente que cuando se habló de esto ella fue exigente en reclamar garantías de que su respetabilidad no sería afectada. Sin embargo, imagina las circunstancias: el acoplamiento de los billetes tendrá que producirse bajo su ropa interior en la soledad de un cuarto de hotel en un país remoto.

Ella anunció que antes de decidir lo consultaría con su padre. Leoncio Leonardo se opuso, para que la operación no trascendiera a otra persona. Emanuel repara en que sólo a esta altura a la secretaria se le ocurrió recurrir a la autoridad paterna que es como decir al resguardo moral de la familia, lo que indica que normalmente la dejaba de lado o la respetaba muy poco, lo que muestra que durante tanto tiempo de trabajar a su lado ha estado abierto el acceso a una aventura con ella, y él, infeliz, que nunca se atrevió a probar...

Se pregunta qué habría hecho Maldoror de estar en su posición y decide que seguramente refugiarse en una moral respetuosa, que lo pondría más cerca de lo religioso de lo que él mismo, Emanuel, se reveló ante el joven durante el cuestionario sobre la muerte. ¿Y Alfio, el más respetado? Impredecible: o un atropello o un comportamiento de buen compañero de trabajo que se ríe de las facilidades del amor de su generación, sin abusar de ellas o tomándoselas con toda naturalidad.

Pero él es Emanuel, que ha estado perdiendo la oportunidad y hoy o de ahora en adelante difícilmente intentará la ventaja.

Viene viviendo sin respeto a nadie, al menos a ninguna mujer, ¿por qué esta súbita contención?

¿Desdice esta vacilación su personalidad? ¿Cuál es su personalidad, la visible, la respetada o acatada? ¿Cuál es, la de ser odiado, que presiente y tiene indudables signos de estar siendo vilipendiado, sin esmero de los demás por ocultárselo?

Y la persona, ¿puede seguir siendo, viviendo así conscientemente?

Hay que cambiar de persona, se dice, con inseguridad de que eso no constituya más que una frase.

El cuestionamiento no queda en ese punto.

Reemprende la marcha y le indica a Maldoror (que

ya no está a su lado, lo abandonó): Volvamos, tenemos que atender el diario.

No se halla en paz, sin embargo, de estar solo. Perviven las sensaciones y los pensamientos como estocadas con que lo ha punzado Maldoror.

No es la sensación de un doble, alcanza a distinguir: es el efecto de una intromisión en una conciencia que se le acopla como un desabrimiento, un reproche, una acusación deprimente. Quizá de cara al exterior, ya que el camarero demanda qué se van a servir los señores y Emanuel asume su individualidad: Un café sólo, por favor.

La mañana asoma sus dedos, aún teñidos de noche. La niebla estival persiste, anuncio de una jornada de calor sin atenuantes.

Maldoror, ni ebrio ni dormido, sale de su cubículo y emprende el camino de la cuesta. De frente vienen vehículos automotores que con los faros atinan a perforar la bruma. No se puede ver mucho. Cuando Maldoror asciende la curva que abre el camino hacia Fray Luis Beltrán de pronto se ve impedido de cumplir su desafío, ya que los coches se vuelven muchos, lo envuelven, no se le oponen de frente. Viene una pausa cautelosa, del tránsito motorizado y del ánimo del caminante. Es cuando advierte que, como siempre a esa hora matinal, los autobuses, que llevan su prisa horaria, se desmandan sin reconocer vallas, obstáculos y desvíos. Pasa, como un bólido, uno. Pasa otro que ofende el olfato con su vaho de gasolina.

Viene un tercero, en franca acometida. Maldoror salta a un costado, queda plantado en el centro de la carretera y se lo lleva por el aire, sin un quejido, aunque sí con un estallido, la máquina rodante.

Maldoror queda sangrante sobre el pavimento, exhausto el cuerpo, pero con un brillo, acaso victorioso, en la mirada. Los ocupantes del autobús ya frenado, descienden, comentan. Un policía, que formaba parte del pasaje, activo pero no eficaz, reclama: Indicios.

—¿De qué? —inquiere otro.

—De si ha sido un accidente o un suicidio.

—Vamos, hombre —desdeña el averiguador.

Un chico ha recogido y trae un zapato. Enseguida vuelve con otro y los deja al alcance del policía.

—¿Para qué, qué es esto?

—Son los zapatos del muerto, yo los vi saltar por el aire cuando lo atropellamos.

Indicios.

La noticia llega a la redacción en el parte policial del mediodía. Consigna el nombre (un documento estaba en su chaqueta), no el domicilio. Menciona el último desprendimiento: los zapatos, único objeto rescatado de quien ahora estará desnudo en la morgue.

Emanuel solicita y concentra información en la soledad de su despacho. La secretaria no ha llegado. Lo acomete una sensación de soledad profunda y densa, emanación acaso de la que coaccionó a Maldoror.

Piensa qué hacer. Ha tomado nota de que en el parte policial no está el domicilio de Maldoror y, por consiguiente, no podrá deducir el de la hermana. Puede investigar o hacer que otro averigüe. Pero está tan cansado...

Piensa en la ayuda a la hermana, que queda sola. Socorro económico, compañía, afecto.

Reniega, se da cuenta adonde lo encaminan los instintos. Reacciona, por una vez de raíz, diciéndose: Soy un poseído, sólo busco una cosa, siempre.

Y trata de persuadirse: Esto tiene que acabar.

Repasa, como acometido por una punzada, la muerte de Maldoror, que él posiblemente pudo haber impedido... Pero son memorias de su desorden moral en el que –atenuadamente– no ha cesado. La protesta contra sí mismo. La condenación. La huída a otro país. Como explosión aislada, no por ello menos lacerante, surge el intento de atropello contra la pureza de Olvido hija, ¿que cometió o no? Trata de deshilvanar y en esa especulación se adormece.

¿Sueña o tiene efectivamente en las manos el Periódico Nº 1? Su primera página despliega la fotografía con la gran piedra que se ha deslizado por la nieve de la cordillera y bloquea el camino de la montaña andina. Con este título: "La causa del homicidio". El sueño, con sus mecanismos prodigiosos y sutiles, le da ocasión de retroceder en busca de ataduras que formen el encordado hacia ese titular. Se encuentra en la estación ferroviaria de Chamartín con Sofía, que debe viajar o trasbordar al *Puerta del Sol* para llegar a París. Junto a la joven, un baúl, que al intentar alzarlo le hace notar que sus 40 kilos no son una dádiva, y ni un porteador a la vista. Se decide: Sofía tiene que viajar y él es el único hombre en el andén. Además, le ha nacido, posesivo y urgente, el deseo de disfrutar con

Sofía, a quien ha conocido en esos momentos y es tan espléndida como le anunciaron. Hace el esfuerzo y lo penetra un taladrante dolor en la entrepierna, como si fuera una quemadura, acaso un desgarramiento.

En la portada del periódico domina la mole pétrea pero en los ángulos de la página están recuadrados y muy nítidos, el retrato de Sofía y del padre.

El texto, que Emanuel lee o sueña sin leer, informa que el señor quiso disuadir a la hija de pasar por ese desfiladero. Riñeron, enardecidos, encrespando odios por la demasiado sufrida tiranía del padre y la voluntad de la hija de ser independiente, hacer su voluntad. El padre, no la piedra, mató a la hija.

El viajero despierta, recuerda que adquirió una hernia inguinal a causa de haber levantado el pesado baúl de Sofía para favorecer una escala de dos días en Madrid, antes que ella siguiera a Francia, a fin de dar tiempo al despliegue de sus instintos. Recuerda que la odió un tiempo como culpable de su hernia inguinal y por la operación quirúrgica a que tuvo que someterse, unos días internado en la ciudad sanitaria de La Paz.

Revisto lo que no hizo: ni vengarse por haberle causado la hernia, tan sin provecho, pues no logró seducirla, ni siquiera protestar ni mandarle una carta agresiva. Su necesidad de desahogo ha terminado en esta revancha ejercida en el sueño: no es el padre quien mató a Sofía. Es él, Emanuel, quien lo hizo. Soñar matarla ha sido como matarla. El sueño de matar, tan frío, sin pena, sin espanto ni arrepentimiento, ha sido como matar.

New York y, más adelante, Miami con pausa y relajo

de unas horas antes de acogerse a la barriga protectora de otro jumbo a la América Central.

El interludio tolera la inversión de un tiempito para una gira en taxímetro hasta Miami Beach. Todavía es invierno, pero no en esa playa que prospera hacia las estaciones más cálidas, a expensas de un generoso sol. Llega con el coche hasta el borde de arena, más allá, no tan lejos, está el mar incesante, con su aleo pacífico entre verde esmeralda y azul de ave del paraíso. Se despoja de calcetines y zapatos y avanza unos metros por la superficie caliente. A lo lejos, doscientos metros, se divisan las sombrillas parasoles y una figura ambulante, como la de un mendigo cuya lentitud, acaso al no exigirle esfuerzo físico, tolera que vaya a pleno sol con un abrigo largo y cargue aún, de un hombro, una bolsa de pordiosero.

Regresa al automóvil y no retiene la imagen de la playa, sino la del hombre caduco y estrafalario que caminaba sin ruido ni prisa alguna.

La playa queda atrás y es como dejar —o postergar— una invitación a la residencia, cuando acaso él sea el viejo o un otro viejo harapiento en busca de sobras de comida y de la bendición de la temperatura templada.

Tanta bonanza sentida y, respecto del futuro, presentida, tiene su contrapropuesta en un sentimiento de culpa: después del daño que ha andado haciendo, año tras año, tras haber vivido bajo los signos del engaño y de la traición amorosa y familiar, ¿merece aún esa propuesta de reposo, esa placidez como la de una jubilación al mérito?

El aeroplano desciende en el país de la América cálida hacia un aeropuerto inundado de sones de instrumentos musicales para Emanuel desconocidos, aunque tal vez alguno haya escuchado sonar en una película. Formas de recepción, con música tropical, para los viajeros internacionales, que con el moler de su sonsonete, por momentos crispado de agudos, medio colman los oídos, medio sobresaltan los nervios.

La amiga, conocida en un Congreso, que debía esperarlo, está, lo que es alivio para salir, no para el manejo de las maletas. Aparece, junto a ella, un tío suyo, a la vista no muy válido para ayudar en el esfuerzo. Hay una explicación:

—Mi carro es grande, puede con harta carga; pero está averiado, quedó en el taller de reparación.

Van, entonces, los tres en la cabina, y los bultos detrás, en el sector de carga. Una vez instalados, al atardecer, el tío desaparece. Tiene que ocuparse de una reparación: ir al taller a urgir la compostura, así en adelante estará más cómodo, podrá desplazarse. Hay tanto que ver y seguramente Emanuel, que es periodista, querrá conocerlo todo. Transcurrido el ciclo del día y ya sumergido en la noche profunda, con la ayuda de la fatiga del viaje y unos tragos largos de ron que, a falta de vino, "en este país lo extrañarás, ni se consume ni se hace", lo despierta un tironeo graneado.

Entre sueños Emanuel hace por tranquilizarse: "Este es un país sin vino de uvas y con mucha contienda adentro". Vuelve a dormirse convencido de que lo que ha escuchado es un fusilamiento, y le parece natural.

Sin embargo, la amiga que dormía a su lado, ya activa, le sirve otra versión:

—No te alteres con "las mañanitas".

Pero ya Emanuel ha abierto tamaños ojos, que preguntan, y viene la respuesta:

—Son las costumbres, qué se puede hacer. Alguien cumple años, seguramente una señorita, y la despiertan con esos disparos.

Ella viste sólo el bañador y lo pone en situación:

—¿No me acompañarás?

—Anoche dije que no —plantea él mostrando que ha entrado en el día en pleno uso de sus facultades y de su carácter.

Razona aún: Las siete de la mañana y quiere llevarme, a pie, el coche se lo llevó el tío, a una piscina de cemento en un club, sin sol aún, bajo el tiroteo de los vecinos. Si por lo menos hubiera arena, la mucha arena, y el sol despejado...

Está por dormirse de nuevo, pero ello le hace ver que a la puerta está la criada que anuncia el desayuno.

Ella lo estimula:

—No estarás solo ni perderás el tiempo. Sugiero que hables con Felicia. A pesar de su nombre cristiano, se ha criado con los hombres lacandones y vendrá su *cashpián* (novio), él sabe de mecánica también...

—¿No era que tenías el carro en un garaje?

Sin atender la réplica, ella insiste en que Emanuel tendrá entretenimiento:

—Irás al mercado, ya te diré cómo, a comprar *chiltepes*.

—¿Qué son los *chiltepes*?

—Una variedad de *chile*, muy picante, del tamaño de un frijol mediano.

—Voy, veo y compro, ¿cuánto? ¿Qué cantidad?

—Diez *jiotes*.

—¿Qué son *jiotes*?

—*Quetzales*, te darán muchos.

—*Quetzal*, ya sé, es vuestra moneda.

—¿Ves cómo lo sabías?

—Estoy aprendiendo, pero no tengo *jiotes* ni *quetzales*. ¿Puedo pagar con dólares?

—Cada dólar vale un *quetzal*, pero no te lo cambian.

—Está bien, Chimalmat.

—Y no me llames Chimalmat, es un nombre de la mitología quiché. Soy Alba Rosa, para vos y para todos, aquí.

—Es un nombre heredado, lo sabés, y deformado en su uso en gran parte de América. ¿Notaste?, también he dicho "sabés" y no sabes. Y no por imitar a los argentinos o a los uruguayos.

Ana Rosa toma de desayuno unas tortillas con miel y un alto vaso de agua, luego de haber ingerido un jugo de naranja y mordido un aguacate. Se va a nadar.

Emanuel, más pacíficamente, se ducha en la bañera.

Con las indicaciones de Alba Rosa y la india lacandona se desliza en la sombra junto a la edificación chata, de un solo piso, de tanto en tanto interrumpida por un jardín de grandes matorrales de rosas y otras plantas y flores cuyo nombre no acierta.

Antes del mercado, como antecorte de este, se extiende un terreno baldío donde los *patojos* (niños de condición humilde) juegan a la pelota mientras las madres friegan ropa en lavaderos de material muy ordenados sobre un costado. Todos están a pie desnudo, exento por completo de calzado alguno.

Merodea el mercado que por la parte frontal se anuncia con los pobrecitos mercaderes de lo más económico: hortaliza, frutas, pañuelos, bastos, blusas bordadas para mujeres (*güipiles*) de mucho color y buen gusto, esteras para echarse, sombreros de paja o de fieltro de ala ancha, ropa interior femenina... De un costado se desencadena otra balacera. La mañanita es larga. Ha desbordado una casa de vecindad, tan precaria como las demás, de donde salen humo y olor de pólvora.

Sobre esa miseria y esos signos de violencia y crueldad, trepando por el bajo muro, se descuelga una enredadera que lleva ensortijada cantidad de orquídeas silvestres.

Nada se anuncia con carteles, con palabras escritas, seguramente pocos son los que saben leer: basta la exhibición de una mercancía, tampoco con precio marcado, este depende del regateo. Sólo un anuncio sobresale: Sartoría. Vocablo que intriga a Emanuel hasta que supone el origen latino: de *sartor*, sastre. Luego, es sastrería, y, en efecto, al curiosear por la puerta abierta observa una máquina de coser y paños sometidos a su meticuloso quehacer.

En el interior del mercado todo cambia: nada de sonidos aislados, ruido, vocerío, de las vendedoras que pregonan lo que fríen, guisan y venden, aunque sin verborragia, sólo la mención descolgada de los labios con toda la voz que tienen, eso sí: *Choles* (comida y más bien frijoles), *cambray* (tamales de maíz blanco), barbacoa de *coche* (asado de cerdo), o bien jeta u oreja de *coche*, *chile* (ají)... Medias, ceñidores... *Cabeceras* (comida y agua), que mañana es día de difuntos y que los difuntitos se mueren de hambre. Un absolutamente extraño al ambiente: delgado, alto, rubia la melena, acaso sueco, con calzado de cuero en como ventiladas sandalias veraniegas, muy sucios los pies y las piernas, amazacotado el pelo seguramente por su escasa relación con el agua y el jabón, agotado vaya a saberse de qué travesías, ha dejado caer el desnutrido macuto a sus pies, y devora *tamales*, que tiene servidos en cantidad junto a su brazo derecho, en incesante litigio con las moscas.

En los días siguientes se reproducen las proezas natatorias de Alba Rosa, que regresa satisfecha: ha hecho cuatro piletas... Antes de partir y al volver recaba por teléfono sobre el estado de su coche, con lo que se detiene o demora la impaciencia de Emanuel, clausurado en la casa de familia con india palenque pero incapaz de un intercambio de ideas o de palabras. Esto es la mañana. Más tarde viene el frenesí: visitas que acuden a conocer al huésped o salidas para mostrarlo, todo ello puntuado o regado con copas, ya no simplemente de ron, se va ascendiendo y aparecen con frecuencia el gin y la ginebra.

Comidas, con mantelería y gastronomía europea, o semejante o aproximada.

Emanuel se ha fatigado de la vuelta del perro, hasta el mercado y vuelta, si va más lejos se extravía o tiene que andar preguntando. Se hastía, más cuando descubre o sospecha que en el taller mecánico al sedán le están dando largas. Alba Rosa confiesa que no tiene dinero para pagar la reparación. Él le ofrece dólares. Ella dice: No, estás en mi casa, yo asumo todo gasto.

Lo que corrobora la impresión que Emanuel se estaba formando, de ser mantenido, un animalucho cebado. Está por rebelarse, sin embargo, una hábil digitación interior le permite apartar el amor propio y disfrutar todo lo que pueda del bienestar. Sin pérdida de respeto por su anfitriona, se dice, ella me quiere... a mí me interesa como mujer, y lo pasamos muy bien cuando no me fastidia ni me aparecen los despuntes de ira.

Un día, ella se planta.

Propicia que para ir al correo, cuyos servicios precisa él, lo hagan en el autobús. Deprimentes noticias de este medio tenía él y para la comprobación no hubo más que una hora... de espera al pie donde está indicado: Parada. El autobús corre por una carretera de tierra despareja, tropezando a cada paso con las piedras y si las toma el borde de un neumático las proyecta con brío hacia el exterior y pasan rozando la cabeza de los transeúntes. No tiene asientos, sólo dos, hacia el fondo, pero desfondados. A falta de esa comodidad, cajones de madera.

Compungida por la experiencia, Alba Rosa anuncia que el tío, con la ayuda del indio que está noviando con la criada, arreglará el motor.

Tardan en poner manos a la obra, pero un día al volver encuentran en el patio que el sedán ya no existe. Ha sido desguazado por completo, motor incluido, y las piezas están dispersas por los suelos. La tormenta se forma en la frente de Emanuel y a la hora de la comida ni siquiera el espíritu naturalmente alegre de la sierva, ni el riego de ron que propicia la dueña de casa atenúan el mal humor.

Emanuel, sin energía, como subordinado a una situación pero aún con un destello de rebeldía, exclama: Quería conocer este país. A eso he venido.

—¿Solamente a eso?

—No, viajé por ti, tú lo sabes.

La mujer esboza un lagrimeo, pero con dignidad y el gesto duro, de piedra.

Muda de expresión y anuncia:

—Desde el domingo pasearemos, no más encierro.

—¿Adónde iremos, a otra casa?

—Hasta dónde eres cruel...

Los llevan, en su propio coche, dos enamorados. Alba Rosa susurra a Emanuel que la cuestión no va en serio: él está casado y su compañera lo sabe.

En casi una hora atraviesan unos veinte kilómetros de una tierra apisonada y pedregosa, que va dejando al costado mayor vegetación, más cantidad, ni alta ni cerrada. Llegan al control de una central hidroeléctrica, donde, con una explicación de su extranjería y su oficio periodístico, logran entrar. Llevan una canasta con provisiones y con ella descienden hacia el curso de agua que se forma luego del aprovechamiento de esta para generar energía eléctrica y motriz. Árboles que parecen encumbrados, por el desnivel del terreno, y ellos están abajo, les dan la sensación de haber penetrado en un bosque privado, en una ría de agua dulce y, en ese tramo, mansa, que caracolea en los recodos. La pareja joven se refugia en uno de ellos, pero a poco la muchacha emerge, completamente desnuda. La codicia de Emanuel soporta dos frenos: la vigilancia de Alba Rosa y la presencia del corpulento varón que los ha traído. Se ingenia para mirar, observarla con avidez, bebiéndola como forma de conservar su figura y su sensualidad plena de reserva para cuando le falte interés real acostado con otra que no sea ella.

Comen, hacen juegos de agua, Emanuel en bragas, carece de bañador, Alba Rosa sí lo tiene.

De regreso, por el mismo camino, Emanuel finge cansancio; en realidad está alucinado por el cuerpo de mujer absolutamente joven que tuvo a una brazada, una brazada de la mirada.

Al simular adormecimiento se desentiende de hablar, sólo una vez se le escapa una expresión con aire de protesta:

—¡Pero aquí no hay árboles altos!

—¿Para qué quieres árboles altos? —reclama Alba Rosa.

Emanuel calla la respuesta: para arrojarse de arriba y morir... Después de haber gozado tanto y tan estúpidamente de la vida. De haber ofendido a mansalva, de haber renegado de sí mismo. Y ahora, en este instante, inmediatamente luego de haber tenido la contemplación de una venus de río, perfecta, sensual, por él codiciada... No, ¿a qué vivir?

La antigua interrogación que ha frecuentado tanto, sin atreverse a.

Se adormece, con real cansancio y al principio con cierta lucidez elabora planes: trepar por el tronco del árbol, lo que no es tan fácil para su cuerpo no entrenado en acciones ágiles, caería de una rama y se rompería un brazo o una pierna, quedando inválido y sin morir.

Mientras se deja devorar por la fatiga y esta le oscurece la mente, se le ocurre otra hazaña, que así pensada no es una proeza, sino una acción natural: montar en una bicicleta por el plano inclinado del tronco y al llegar a lo alto del follaje dar el envión final y precipitarse, con la posibilidad de caer sobre el colchón de hojas, sin descartar que una rama desnuda lo atraviesa como una espada y le conceda una muerte rápida y expeditiva.

Sueños.

—¿Quieres un árbol alto?
—Es lo que he pedido.
—Ahí, en la casa de enfrente, en el jardín, hay uno.
—Los he observado. No me sirven.
—¿Servir para qué?
—No te importe. Tienen unos 25 ó 30 metros de altura, pero la corteza del tronco y de las ramas son muy ásperas, espinosas.
—Entonces, iremos más allá del lago de Atitlán, por un camino lateral junto al río picante, sus aguas causan escozor, quizá tengan bichitos en el agua. Si tuviera el carro, mi carro.
—¿Qué harías?
—Ir antes a Antigua.

Una amiga, joven, viuda, su marido se mató, que no usa zapatos ni va descalza como las nativas de pies curtidos, usa *caites* (sandalias), pone coche a disposición de ellos y los acompaña.

Emanuel toma plaza junto a la viuda conductora. Inmediatamente le fascinan: su piel nacida blanca con tonos de rosa pálida a diferencia del tono turbio que predomina en las gentes de la región, el cuello más alto que el de la generalidad, sus formas de mujer, modeladas con curvas.

Descienden para almorzar. Como en todas partes, los hoteles y los restaurantes están en torno de la plaza principal, sólo que aquí no hay hoteles. Se entretienen en circular por los jardines del parque. A Emanuel, a falta de árbol alto a la vista, se le ocurre preguntar, quizás como muestra de fineza romántica ante la damita viuda, por el nombre de una flor que no abunda entre esas plantas, pero fulgura con sus colores, con absoluta identidad. Ni Alba Rosa ni la joven lo conocen. En impulso de curiosidad y para no mostrarse defraudado, interroga con la cuestión a un chico limpiabotas. Este niega, no sabe; pero va pasando otro mozuelo desocupado y el primero lo interpela:

–Eh, vos, que sos vegetariano. ¿Cómo se llama esa flor festonada de azul?

Los tres visitantes ríen: porque sea vegetariano, el *güiro* (niño, muchacho), supuesto que sea vegetariano, ¿tiene que estar al tanto de la botánica y en particular de las especies florales?

La tarde es igual que para una especie de peregrinación religiosa, todo está consagrado a la religión: menudean los nombres de santos, no sólo como es natural en las iglesias. Destacan la belleza serena de la Universidad y la donosura y altivez vulneradas de la catedral en gran parte abatida por el terremoto del 1700.

Se detienen en una aldea con una iglesia. En esa inmovilidad Emanuel considera que el paraje está encantado, no se oye el rumor más leve.

La tarde se ha ido. Queda para otro día la morada y finca de campo del alumno de Alba Rosa.

En los días intermedios, de regreso en la Capital, Emanuel consigue la única fuga del tutelaje de su amiga. Invita a una copa a la viuda joven en salón con terraza al aire libre y comienza su despliegue de plumas de pavo real, con algunas osadías nada más que verbales. ¿Fructificarán? Está por verse.

Hacia el lago hay que montar por un dilatado camino sin matices, ni vegetación siquiera, como no sea la rastrera y achaparrada. Sólo al final, pasado el puente sobre el río picante, se abocan a la vegetación y a espaciadas poblaciones, de cuatro o cinco viviendas, a lo más. En una de ellas la casa del alumno, un estudioso joven y sacrificado, que vive en tres habitaciones sin gente de servicio, alimentándose de la leche que él mismo ordeña o de las comidas elementales que se prepara. Un anacoreta del pensamiento.

Que los lleva por la finca, al principio inofensiva, luego agresiva por lo ardiente. Se dan con un hoyo donde arqueólogos realizan excavaciones. Han traído piedras, no pocas de ellas labradas con fábrica primitiva que muestra el aposentamiento sobre una ciudad sepultada por la erosión. Los arqueólogos y sus peones, como para no alejarse del ambiente que han hollado (o vuelto a la faz de la luz) han construido sus viviendas de paso con las características de las chozas que su imaginación adiestrada les permite vislumbrar semejantes a las que allí existieron centenares o miles de años antes.

Los arqueólogos, celosos de sus tesoros, no conceden que los visitantes se lleven ni un objeto ni un fragmento como recuerdo de esas memorias que, realmente, no les pertenecen, ni como memoria siquiera.

Emanuel desliza una mano de mortero o triturado de piedra en su pantalón y cuando emprenden la continuación del viaje, el coche se hunde en la arena, patina y no hay manera de hacerlo avanzar.

Un peón anciano que quizá ha observado la acción de Emanuel, les sentencia:

—La piedra no se quiere ir.

Entre ofendido y humillado por haber sido descubierto, Emanuel se refugia en algo más querible, la contemplación de ese cuerpo tan cercano de la joven viuda con el que y con la que puede fabular algo con las dimensiones de un intenso y devorador amor. En silencio, muy callado, lo medita con una reserva de sentido común que le está dictando: ¿Otra vez...? ¿Cómo puedes? ¿Hasta dónde llegarás? ¿Que no es que ibas a suicidarte para cesar en el daño a los que te siguen? ¿De todas formas, no está soñando ese paseo y esas aldeas en trance de encantamiento?

Triunfa de esa cavilación diciéndose: Al menos poseo una conciencia moral.

Surgen polvorientos y sudorosos de la excavación, lo cual tampoco merma el frenesí de Emanuel por la viudita. Está confiriéndole espacio a su ardor, otra tarde en una terraza o en un albergue más secreto y, acaso, viajar, con ella, ¿hacia dónde, por el camino de regreso del que había desistido? ¿No será la respuesta que quedó planteada: Ronda del Amor Hermoso, muy cerca de la Travesera del Milagro y del río Manzanares?

Sueños.

¿Sueños?

Apenas emergen del foso desembocan en un maizal o cañaveral, que al menos les da frescor, aunque no mucha sombra. Es predecible que en la hondonada habrá un curso de agua.

Descienden hasta el agua, pero todo se halla excesivamente frecuentado. Una cantidad de hombres está trabajando y saluda a los que llegan. Emanuel se echa de bruces para recoger agua con la mano.

Uno de los hombres lo previene:

—Así no, patrón.

—¿Cómo entonces?

—Antes refrésquese un poco. Viene muy acalenturado, le hará mal.

—¿Después, sí?

—Después de lo que yo le dé.

No es él quien le dará. Ordena a un *patojo*:

—Vos te me subes y descuelgas tres cocos.

El adolescente pega el brinco hasta el cocal. Con los pies se engarabita en el tronco y se ayuda para ascender con impulsos de las piernas y colgado en todo instante de sus brazos. Se pierde en lo alto, en el ramaje de la copa. De pronto lanza un grito de prevención y en unos segundos cae en el borde del arroyo un coco con sus hojas, y lo sigue otro y otros. El que dio la orden, el capataz, con un machete libra el fruto del follaje de un golpe certero, lo parte en dos y pasa el casco a calmar la sed. Primero el brindis a las mujeres. Cuando a Emanuel le corresponde a su vez, goza tanto el dulce líquido vegetal que pierde su natural contención, arroja al suelo el coco vacío, entrelaza el cuello de la joven y la besa poderosamente, ansiosamente, en los labios.

Ella se deja.

Emanuel, en este momento recuerda las leyes de la hospitalidad y coge entre sus brazos a Alba Rosa para darle un beso también, que ella no rechaza.

El juego táctico ha sido perfecto, se dice Emanuel engolosinado y pidiendo más. Pero tendrá que ser en otra ocasión.

Infidelidad conyugal. Solapado desdén. Hirientes actitudes. Acciones y especulaciones interesadas.

Cada frase se va inscribiendo, con el magnetismo preciso y rutilante de la pantalla de IBM y Emanuel no sabe si las lee al volver del sueño o al entrar en la ensoñación. Desde luego, no al entero reposo, no son cargos sedantes, de lo que no duda es que sean contra personas indeterminadas, sino contra él, por ejemplo.

Es una mujer inteligente y culta, Alba Rosa, lo que no autoriza que haya llegado al uso de las máquinas electrónicas en un país subdesarrollado, donde no existen, ni antes del desarrollo, en otras naciones de la alta tecnología.

Sin embargo de no conceder ni un palmo de razón a las acusaciones y de su pretensión de desprenderse de ellas, no puede obstruir el malestar que le causa el saberse descubierto o denunciado.

¿Que a caso al extinguirse la instalación en la Colonia de New Hampshire ha conquistado otro medio de subsistir? ¿Se dedica a algo útil y rendidor? ¿Tiene algún plan, siquiera esbozado? ¿De qué vive? En simulacro de pretendiente, que nadie cree. Esto, en todos los idiomas, tiene un mal nombre, que él no querría merecer y, simbólicamente, se golpea en pecho.

La compañera de este tiempo de zángano es la abejita, laboriosa, metódica y rendidora, sí que neurótica también.

Ella ha distribuido razonablemente su tiempo. Empieza con el vaso de agua y el zumo de naranjas, amén de la dentellada al aguacate. Coge el bus y en forma exigente reclama en la compostura del carro. Le dan largas, una y otra vez. Con un taxímetro acude a la Universidad, pero el mandamiento de pago no ha salido. Vuelve crispada a su casa, donde vocea preguntando si pasó el cartero de la Zona 14 y si hubo carta para ella. Cuando no la hay se hunde en un reparo mohíno. Si ha llegado, pide un whisky, dispone que se acelere el *ayaco* de carne con maíz, *chiltepes* y patatas, salsa de tomate además, mastica nerviosamente y más calmadamente se encierra en su estudio con la correspondencia de la mañana.

Cuando baja el calor suelen salir, hay invitaciones para actos culturales y más frecuentemente *cocktails*.

La noche —si la extensión de la tarde hace lugar a ello— es para la televisión: panorama informativo del copamiento de aldeas tachadas de subversivas, asesinato de campesinos, pregones de victoria, banderas de dolor... La noche es para las noticias ilustradas y lo demás.

"Más desganado cada vez", amonesta la pantalla de IBM y Emanuel se felicita de haber duplicado, por fin, su conciencia, aunque sea de forma acusadora e impiadosa. ¿El doble pérfido o el que dice la verdad?

Las horas de la mañana entre la natación y la comida lacandona son para que Alba Rosa escriba muchos papeles que no cuida de guardar ni ordenar.

Durante su ausencia, como hay por lo menos dos horas para que Emanuel campee libremente, mete mirada en lo que quedó sobre la mesa escritorio.

Un principio de orden existe, el título que va en lo que presumiblemente será la cubierta: "Acopio de varia fuente sobre los orígenes, las modalidades y el ser interior":

"El agua tiene un dios o muchos dioses. También en sus orígenes una abuela. Atit es abuela. De ahí Atitlán. Desde su altura inmaculada la nieve se derrite y deviene agua."

"Verde y amarillo esparcidos son la riqueza. El amarillo es el maíz, luego, el pan, luego los hombres."

"La flor del maíz no fue más bella que la última mañana de estos reinos. Alusión al *teocintli*, maíz divino, del que se hizo el primer hombre."

"Siete palomas blancas, número cabalístico o sagrado, como lo son el 4, el 9 y el 13, este reservado a lo nocturno y misterioso."

"Hemos venido del mar. Las tribus vinieron del mar,

no del océano, que sus dioses protejan en su inmensidad, sino de los mares interiores."

"Nahuel, ángel de la guarda. Tú eres mi perro, tú eres mi ángel, por eso te llevo encadenado. Y yo soy el ángel de tu ángel, amor mío." (¿Es alusión a Emanuel?)

En esa cavilación se encuentra Emanuel cuando irrumpe en el patio la voz de Alba Rosa: "¿Ha pasado el cartero?".

Tendrá que suspender la lectura de las notas hasta mañana a la hora de la piscina.

"¡Oh, lo desconocido! ¿Sabes dónde comienza? Guárdate del camino negro. Antes de llegar a Xibalbá, lugar del desvanecimiento y de la muerte, se cruzaban cuatro caminos: el rojo, el blanco, el verde y el negro, que efectivamente de los cuatro era el Xibalbá el que halagaba el orgullo de los viajeros para atraérselos, diciéndoles que era el camino del rey. Pero el Xibalbá era el lugar de la desesperación, del desvanecimiento de los muertos."

Sin sentirse ajeno ni a la vida, simbolizada por el maíz, ni a la muerte, adonde lleva el Xibalbá, Emanuel prefiere la serie de los árboles, sobre todo el capitulillo del Árbol de la Vida: "Sobre la tierra cúbica creían los mayas sembrado el árbol de los cuatro puntos cardinales, de los cuatro ángulos del mundo, el Vahón-ché o Árbol de la Vida. En algunas pinturas figurativas se ve el cuchillo de los sacrificios con la forma de este árbol, sobre las víctimas humanas.

"En el *Popol Vuh* (biblia quiché) se habla de árboles que crecen y crecen de tal modo que no se puede descender de ellos, algunos transportan así hacia el cielo a quienes llegaron a su cima. El maestro es un 'árbol que anda' y la recta interpretación de esta manera de hablar puede ser de movimiento hacia el cielo, hacia las nubes. Un árbol anda creciendo y engrosando."

Emanuel percibe el timbre con que Alba Rosa anuncia su llegada y oye el ronquido de un motor de carro y la bocina, lo que lo seduce, no sin desconsuelo de tener que abandonar las notas que lee a hurtadillas de la dueña, porque la próxima tiene un título, para él, seductor: "Mar, hombre, arena". Piensa en el hombre de la arena de Miami Beach, pero debe arrancarse de la lectura.

Inmediatamente, ella lo invita a que conozca, por fin, el suave rodar de su sedán. Poco les dura la recuperación y el placer: de pronto, el automóvil no anda más, ni obedece lo más mínimo a las múltiples maniobras de manijas y pedales.

—Se ha ahogado —dictamina Alba Rosa.

Se acerca un comedido que seguramente conoce a la señora y dictamina:

—No tiene combustible.

Alba Rosa no lleva dinero para comprarlo. Emanuel ofrece sus dólares.

—No te los recibirán. Quetzales hacen falta. Y ni cambies por moneda nacional, guárdate tus dólares para cuando verdaderamente te sean necesarios.

Advertencia que a Emanuel le cae como un preaviso de despido: un buen día, hastiado de él, lo pondrá en la calle y tendrá que atender, por sí mismo, a sus necesidades.

No obstante las reservas que esa sospecha le crea, Emanuel pasa con ella una noche feliz, bien estimulada por unas copas de ron blanco.

Le ha pedido que, para favorecer el sueño, le narre un cuento indígena infantil, está tan alcoholizado, desesperado en su mar de tentaciones, tribulaciones y pizcas de conciencia de culpa...

Alba Rosa narra algo que él no entiende bien, se le mezclan historias, se le atraviesan los nombres... Se le ocurre un pasaje del *Popol Vuh* mal narrado o atendido con aptitud de comprensión deficiente. Porque versa sobre Vucub-Cakik y los dos gemelos, que lo atacan con cerbatanas u otra arma contundente, por odio, porque el anciano se cree el creador de las montañas y del agua y de todo, y así lo proclama. No soportan tanto orgullo. Sobre todo, porque Vucub-Cakik se atribuye la creación del hombre y el hombre aún no ha sido creado sobre la faz de la tierra.

Los hermanos gemelos lo atacan y el golpe en la mandíbula hace que al anciano se le caigan los dientes.

Con lo que Vucub-Cakik pierde poder. Sin dientes se pierde el poder, no se puede masticar, ¿cómo alimentarse para vivir, para ser rey o jefe...?

Emanuel, en su nube de embriaguez, atina a llevarse la mano a la dentadura, tienta los dientes y los nota flojos, caducos, a punto de perderlos...

Una luz de razón le alumbra su historia al trasluz de los personajes de la leyenda *quiché*: perdió el poder, y no en estos días, sino cuando se desprendió del periódico, su instrumento de autoridad. A pesar del alcohol, mantiene sensatez para darse cuenta que su compañera de lecho, si conoce su caso –y lo conoce, él mismo lo ha referido– ha utilizado la anécdota mitológica, un poco deformada para el caso, a fin de enrostrarle su decadencia.

Al amanecer despierta, sin mañanitas: en vez de balaceras suenan campanillas en su casco craneano. Despierta cuando ella se está calzando el bañador. Él la observa, sin desearle los buenos días, sin hablarle para nada, sin ninguno de sus reproches e ironías con que suele enrollarla desde temprano. Él quiere meditar, sin interferencias, el significado de la leyenda, hasta qué punto lo alcanza. Se dice que quizá no fue un sarcasmo cruel sobre su pérdida de poder al salir de la conducción de un diario soberano, sino algo más simple, se le ocurre: él ha ejercido cierto poder sobre Alba Rosa. Alba Rosa (rosa de sacrificio) viene padeciendo sus insinuaciones malintencionadas, sus burlas, sus desdenes, sus incentivos a que sea de tal o cual manera que no está en la manera de ser de ella. Y, lo peor, la ostentación de que le importa poco como mujer, al plegarse a la viuda y cortejar en las reuniones a cuanta mujer apetitosa le alcanzó, acaso por mera cortesía, un vaso. Más peor aún: su carencia de control, en el diálogo con gente seria que lo recibe con respeto y especialmente cuando cree que se le presenta la oportunidad del galanteo.

Por consecuencia, como esa revisión es cierta, él lo reconoce, Emanuel cree entender que la caída de los dientes, con su simbología de pérdida de poder, indica que ha perdido sobre ella, sobre Alba Rosa, el poder de fascinación que la unió a él.

De ahí al desamparo total en este país sin riqueza ni oportunidad hay un corto trecho. Confirmación plena de lo que estuvo pensando, cuando aún permanecía sobrio, en el momento anterior al ron y el relato que... ¿tiene que ver con el *Popol Vuh*? Con él, con Emanuel, tiene que ver.

Deja de lado la cavilación para entregarse a una expectante curiosidad: Alba Rosa, entre sus escarceos filosóficos y a veces psicoanalíticos suele colocar referencias sutiles a la condición humana y, por ocasiones, la narración breve de algo que se asemeja a alusiones acerca de la situación que llevan, o al carácter y modalidades de Emanuel.

Cuando ella se ha retirado a retozar en el agua, vuelve al pequeño escritorio, que ya ofrece un aspecto distinto: ha sido ordenado. ¿Acaso un último mensaje, de tajante exclusión, escrito al recogerse del lecho y dejado a propósito bien a la vista como recriminación y despedida?

Estas suposiciones de estar cayendo ya definitivamente en estado de disfavor o desvalimiento, no lo colman ni lo distraen por completo de su otro objetivo: releer el apunte sobre el hombre y la arena.

Como no lo encuentra, se distrae o hace tiempo hojeando un libro a propósito de los guaraos, el de Mariela, y lo halla en la misma línea mágica de los que sin duda frecuenta Alba Rosa y bien querría él que anudaran su existencia, sólo que el de la autora venezolana es más exquisito de vocabulario:

"Este mal jebu duende carga piedras brujas a cada lado del pico y anda por los caminos encharcados de los morichales, aguardando a los hombres que yurumean a solas."

"Cuando el guarao corta la palma, Misisikire se presenta como mujer hermosa, de camisón muy encarnado y frente y cara y cejas de amapola. Entonces él se siente enamorado y desea acariciarla, enamorarla, asirla, pero el Misisikire –que prepara el engaño con deleite– lanza piedras al rostro del hombre ilusionado y lo deja silente y prisionero."

Le ha sido grata la frase "Entonces él se siente enamorado y desea acariciarla, enamorarla, asirla", por lo que le evoca la piel blanca y limpia de la joven nacida blanca con tonos rosados, en el parque de Antigua, cuando ella se fugaba de sus amagos de caricias furtivas eligiendo chucherías de los vendedores ambulantes, *güipiles* bordados primorosamente y vistosos *chales* (dijes) de abalorios que al fin no compraría. Sus dedos se complacían en el deleite de la caricia de esos primores.

Pero ni recuerdos ni otras lecturas. Afanosamente busca leer, como si fueran las tablas de su destino, esas páginas enigmáticas, de momento perdidas entre tanto apunte o borrador de filosofía, de psicología, de freudismo, de esta dama su anfitriona tan dada a leer y a producir volumen tras volumen.

Las encuentra y de tal modo conectadas con su memoria que es como si escuchara a su abuela narrarle un antiguo cuento alemán...

—Si no te duermes, si te portas mal, vendrá el hombre de la arena...

—¿Quién es, abuela, el hombre de la arena?

—Un ser protervo y ominoso.

—¿Qué es protervo y ominoso?

—Protervo es perverso, malo. Ominoso es siniestro, que causa terror.

—¿Y hace daño a los niños?

—Cuida que ellos se conduzcan bien, con sus padres, con su abuela y en todo.

—¿Y qué hay que hacer para portarse bien como él quiere?

—Por ahora, y para comenzar, dormirse. Mañana será otro día.

—¿Y si no puedo dormir?

—Vendrá el arenero, con su enorme saco cargado de arena y te arrojará puñados a los ojos.

—¿Puñados de arena?

—Sí, que te causarán mucho ardor.

—Golpean a la puerta, abuela.

—Tiene que ser el arenero.

—Ya me arden los ojos.

—Ciérralos y duérmete.

—¿Y si no lo hiciera?

—Con la arena los ojos se te llenarían de sangre y saltarían de las órbitas. Entonces, el arenero se los llevaría a las lechuzas, a su nido, y los búhos o lechuzas pequeñas los devorarían a picotazos con sus picos curvos.

—No, no abuela. Dormiré, con los ojos bien cerrados.

Ni el cuento que narró Hoffmann ni el relato de las nanas que precedieron a Hoffmann en la Alemania antigua dejan de guardar relación con la inquietud, no física, sí atroz, de los recuerdos aún recientes de Emanuel, que se deja transportar en un ensueño a la playa de arena donde merodea el repugnante pordiosero a pleno sol con su abrigo invernal y su saco arenero.

Como si lo hubiera previsto exactamente igual que ha resultado, Alba Rosa, tan lúcida, tan vidente, ha completado su anotación, con seguridad en estos días últimos y a sabiendas de que él fisgonea sus papeles:

"Si no te comportas como se debe, Emanuel, el arenero no sólo esparcirá arena sobre tus ojos, te los arrancará y se los dará al pico famélico de las lechuzas.

"Y como todos sabemos, Emanuel –asómbrate, también en este perdido rincón del trópico–, cuál es tu inclinación más pronunciada de apartarte de la decencia y de la lealtad, he de advertirte que la nana del arenero tiene su moraleja: el arrancar los ojos de los niños que se portan mal es el símbolo de la castración, el arenero representa al padre castrador. Y el arenero puede ser una arenera. El padre castrador puede ser una mujer, aunque no sea la madre.

"¿De verdad no temes la arena de tus víctimas?"

Ante la pregunta indeleble, con tinta escrita, respira hondamente, tal una convocatoria de fuerzas o de espíritu y, con culpa y sin salvación, como al rescate de lo estropeado para siempre muchos años ha, pronuncia una invocación que se remite a su juventud:

–Olvido.

Esta edición de 2000 ejemplares se terminó de imprimir en
Artes Gráficas del Sur, Almirante Solier 2450,
Avellaneda, Pcia. de Buenos Aires, en el mes de marzo de 2008.